有爱的青春陪伴者

听说你命里缺我

小布爱吃蛋挞
—著—

贵州出版集团
贵州人民出版社

图书在版编目（ＣＩＰ）数据

听说你命里缺我 / 小布爱吃蛋挞著. -- 贵阳：贵州人民出版社, 2016.4

ISBN 978-7-221-13145-4

Ⅰ. ①听… Ⅱ. ①小… Ⅲ. ①长篇小说 - 中国 - 当代Ⅳ. ① I247.5

中国版本图书馆 CIP 数据核字 (2016) 第 094839号

听说你命里缺我

小布爱吃蛋挞 著

出 版 人　苏　桦
出版统筹　陈继光
选题策划　大鱼文化
责任编辑　韦士杰 胡　洋
流程编辑　胡　洋
特约编辑　廖晓霞 魏归期
装帧设计　刘　艳 孙欣瑞
封面绘制　闲鱼干
出版发行　贵州人民出版社（贵阳市观山湖区会展东路SOHO办公区A座，邮编：550081）
印　　刷　长沙鸿发印务实业有限公司（长沙黄花工业园三号 邮编410137）
开　　本　880×1230毫米 1/32
字　　数　274千字
印　　张　9.5
版　　次　2016年8月第1版
印　　次　2019年10月第2次印刷
书　　号　ISBN 978-7-221-13145-4
定　　价　37.00元

T I N G S H U O N I M I N G L I Q U E W O

目录

听说你命里缺我

T I N G S H U O N I M I N G L I Q U E W O

目录

听说你命里缺我

Chapter.1

小伙子你缺“多水之木”啊

“吱——”刺耳的刹闸声划破宁静的夜幕，十六月圆之夜，虽然才八点钟不到，学校门口的小路上却没什么人了，一部分趁着中秋假走亲访友，一部分不喜欢这吹着风时刻会飘下雨来的天气蹲在宿舍谈天打牌玩游戏，还有一部分……管他呢，反正路上没什么人。

林陆刚从距离 C 大不远的姑妈家吃了晚饭回来，骑着自行车下天桥的时候忽然听见一道苍老但浑厚的叫声：“哎哟我的腰！”他急忙刹车，看到离自己三米的地方卧着个人，路灯昏暗看不真切，他下车扶着车把，眉头皱了皱推车过去询问：“您没事吧？”

半躺在地上的是个老者，须发全白，穿着绛色立领衬衣浅灰棉麻长裤，他手扶着腰，吸着凉气跟林陆说：“小伙子，扶我一把。”

“嗯，您等下。”林陆没多想，把车子先推到桥底停好，又返身回到那老人身边，两手托着他的胳膊把人扶起来，“用不用去医院看看？”

老人站稳后活动了下腰股，扶着天桥栏杆慢慢往下走：“不用不用，小伙子下次行善当心些啊，万一有碰瓷的赖上你怎么办？”

林陆一手垂在裤侧，一手微微向前虚扶，怕那老人再摔倒，回他：“没事，桥上有监控。”

“噫——”老人不赞同地发声，“就我刚才摔的那片，全是树枝挡着，监控哪里看得到。”

林陆几不可见地笑了下，没跟老人多辩，倒是回头看了一眼刚才那枝叶繁密的地方，看到有微弱的红色指示灯闪烁，这才又回了头。

那里的摄像头是他亲手安装的，用于实验室新课题流量监控和人脸识别的研究。

老人又絮叨了几句，见林陆反应淡淡的，想他估计是不喜欢跟陌生人交谈，摆了摆手：“小伙子你先走吧，我就住家属院里，自己回去就行。”

已经到了桥底，林陆看了看手表，离开会时间还剩二十分钟：“大爷，您上车我送您回家吧。我顺路。”

因为载了人，林陆的车速有意放慢，对老人揽在自己腰间的手有些不舒服，忍着没说。估计是太过于沉闷了，大爷开始和他聊天：“孩子，你叫什么啊？也是这学校的学生啊？哪个专业的？”

“林陆。”他怕自己不言语这大爷会继续追问，干脆挑着能答的答了。

“哦，哪个 lu 啊？双耳击那个吗？”大爷一边问，一边掐着指头算，“你这名字起得不太妥啊，是你爸妈图方便直接拿姓凑一起的吧？哎哟，这木克土啊，怎么起名这么草率……”

林陆加快了些车速，不太想跟他讨论这些。

谁知老人却来了兴趣一般，又问了他的生日时辰，非要给他批批八字：“相逢就是有缘啊，你帮了我一次我也得帮你一次不是。”

林陆无奈地随便说了几句，那老人居然就凭着这语焉不详的几句给他算了个大概：“孩子啊，你这五行看似缺水，可又没那么简单，本是大吉大利、富贵青云的命，唯独这名字有些挡运。”

林陆觉得他下一句大概就会跟他聊“改名十块，改命两百”了，老人却又来了句：“不过这也不是大问题，找个命里带水的姑娘就行，但是你这土克人家姑娘水，所以最好找个有水有木，多水之木的姻缘。哟，我算着你这星格跟红鸾星相对，估计你的多水之木将近啊。”

“好的，谢谢您，您到家了。”林陆脚撑在地上，悄悄舒了口气，这老人太热情了。

“我就住这楼401，你有问题可以来找我啊，我姓周，周易的周。”老人冲着林陆离开的背影喊了句，晃了晃脑袋，“这孩子命格真好，C大校友名人录上要添人了啊。”

差五分钟八点，林陆锁了车在新宇楼前，看着电梯指示层数在17楼，转身往安全通道的楼梯上跑。一口气上了六楼，这才深呼吸调了调气息，还没走出两步，一个慌慌张张的身影冲出来，手里端着个鱼缸，大概没想到转弯的地方会碰见人，那端鱼缸的人吓了一跳，脚下打滑人往前倾，鱼缸以一个漂亮的抛物线形状在空中转体三百六十度后砸在了林陆的腰间。因为有了这一下缓冲，鱼缸掉在地上的时候虽然水洒得差不多没了，可玻璃缸子没碎，只在缸脚处有了裂纹，那两尾漂亮的红色金鱼正在缸里扭动身体。

关小柳踉跄了好几下，多亏扶住了来人的胳膊才没摔倒，慌乱地蹲下去把鱼缸拿起来看郑主任的金鱼是否安康。瞧着它们扭曲的憋屈样，她跟林陆道了声歉：“同学对不住啊，鱼命关天，我先去添上水哈！”

说完就如同忽然出现那样，又慌张地跑走了。

林陆皱眉，用手拂了拂T恤下摆上的水，好巧不巧，大部分水洒在裤裆的位置……他突然想起了之前那个神神道道的老头儿说的话：“小林，你命里缺水啊。”

呵呵，这下倒是补得挺足。

他就这么黑着脸，湿着衣服，推开了会议室的门，屋内的圆形大班桌前已经围坐了一圈的人，居于中心的郑主任抬眼看向门口的林陆，常年冷若冰霜的脸居然挂起笑意：“林陆，迟到了哟。”

林陆点了点头：“不好意思郑老师，遇到点儿意外。”

郑主任看见他军绿色衣服上明显暗了一大块，关心了句：“没什么事吧？”

“没。”林陆丝毫不见狼狈，刚要关上门去落座，一只手突然把门给推住。

他松劲儿回头，就对上了挤进门来的女孩，正是刚才那个毛躁得弄了他一身水的人，手里还举着那个愚蠢的装满了水的鱼缸。

“林陆啊，这是你们师姐关小柳，传播学院的研究生，你们这个项目她负责带。”郑主任的声音适时地打破他们诡异的安静。

关小柳端着鱼缸，仰着头，看着比自己高了不是一点半点的林陆，扯出一丝尴尬的笑：“师弟好。”

林陆没应声，低头看着眨巴着眼的女生，抿了下嘴：“先去换件衣服吧。”

大概是她太着急，完全没注意到自己身上也洒了水，白色花边衬衣下粉蓝碎花胸衣若隐若现的，他也是离得近才看见。

关小柳低头的工夫，林陆再不磨蹭，直接到办公桌前坐下：“老师，之前流量监控的数据秦辰已经做好了，误差率在百分之十七左右，图像识别的公式可能还得改改……”

他有意先谈之前的课题，不让其他人在这里白白浪费时间等着，可身后一直没动静，他回头看了一眼还在那里远远站着的关小柳，看她似乎有站到开完会的打算。

也是，真要回去换衣服然后留这一屋子人还有老师等她，说不过去。

林陆扫了一眼自己同学，跟池哲说道：“大池，你外套借她穿一下吧。”

这一句吩咐让在座的几个人都有些意味深长地瞄向两人，池哲拉开帽衫的拉链把衣服远远地掷给关小柳，等她快速穿上了挪到林陆旁边的座位时，郑主任似乎已经有些不高兴了。

除了对待几个能力极强的爱徒，他一向对其他学生严厉而不给情面，觉得关小柳耽误的时间太长了，刚想开口训两句，林陆又继续了之前的话：“当然误差率除了解析误差之外，可能还有摄像头摆放位置的原因，像一号机周围后来长出来的树枝就可能会遮挡……”

在座的一圈学生都是计算机学院大四的，只有关小柳一个人是传播学院的研一学生。因为传播学院招揽的这个项目是和新媒体传播相关的一个App，而关小柳本科是工学院学生，也是传播学院这一届新生里唯一懂点儿技术和代码的，所以被派来带这个三院合作的课题——也是这群大四生的毕业设计。

郑主任是新媒体学院的项目主任，虽然只是个主任，可能力强脾气又暴躁，院长见他都要让三分。关小柳以前读本科的时候就见过他把一个五大三粗的男学生给骂哭了，所以刚被派来新媒体学院负责郑主任的课题时，她就差跪着抱自家导师的大腿哭了，奈何导师把她面试的简历甩出来，上面白纸黑字地写着“擅长代码编程和 App 相关技术”。

自己挖的坑，哭着也要填完。

关小柳云里雾里地听着郑主任把任务给分配完了，除了拨给他们的科研办公室是哪一间这种不耳背都听得懂的问题，其他那些块包分工她一句没听明白。

好在郑主任似乎也没打算让她听明白，只说：“小柳负责统筹三院分工，监督进度，沟通需求就行。”

“好的主任！”关小柳大声地答好。不写代码干什么都成。

开完会她衣服也干得差不多了，大家互留了电话往外走的时候才发现天空已经飘起了毛毛雨，不太大，但沾在身上还是有些凉意。

林陆跨上自行车，看着门口正跟池哲道谢的关小柳，又看了看这不知从几万公里高空落下的雨丝。

他不信宿命之说，不过，今晚的事可真够邪乎的。

“咦？人呢？”关小柳才跟池哲道别完，一扭头就发现刚才还在开车锁的男生已经不见了。夜色浓重，她夜盲，五米开外啥都看不见了。

虽然是长袖的衬衫，可这飘着雨丝的天气还是有些冷，她撑起粉粉的复古花边折伞，一边转悠着伞柄一边哼着小曲往宿舍楼走。在楼下碰见新室友和男朋友正你侬我侬地拥抱道别，她想着打声招呼，又突然觉得好像不太合适，于是出口的那句“王”硬生生被她给改成了小声的“汪汪汪”。

声音不大，可雨夜太寂静，王璐还是听见了，从男友怀里抬起头来冲她笑了笑。

关小柳也有些尴尬，挠挠头：“听到来自单身狗愤怒的吼叫了吗？”

王璐和男友挥挥手让他回去，小跑到关小柳身边挽着她：“这么晚了还开会啊？”

“对呀，项目老师明天要出差，所以先跟我们把事情交代了。”关小柳对这个之前也是本校的新同学挺有好感的，所以才开学一个月就和她成了好友，上课吃饭都是一起。

“我觉得你们这些会编程的人都超厉害的！”

“呵……还行……还行……”关小柳听到“会编程”三个字就心虚，生硬地转换了话题，“哦，对了，跟你讲我们项目全是师弟！五个师弟！”

“这么好！”王璐眼里冒星星，“都长得怎么样？小柳你真是赚了，虽然外调，可是福利好啊！每天看看小鲜肉什么的。你不知道我带的那个农民土地流转调查报道的组，那一个个小姑娘，娇气得要命，成天戴着口罩帽子就露出一双涂了睫毛画了眼线抹了眼影戴了美瞳的眼睛，还一直抱怨什么臭死了脏死了，哦，唯一的那个师弟，比师妹还娇气，掐着兰花指跟我说：‘师姐这个桌子好重你来搬好不好？’”

关小柳一边笑一边回忆了一下晚上看见的那几个师弟：“只见了一面，不知道他们人怎么样，不过看着都挺踏实的，有两个长得挺好的，其中一个特别暖！还有一个，呃，看着脸有点凶。郑主任你知道吧？那种万年冰块脸看见这个师弟的时候都一副黄鼠狼见到鸡的表情！”

“没事，再凶也是师弟，要听你调度啊。对了，你主要负责什么啊？”

“我负责……统筹全局！”

“师姐！216里边的隔间你给收拾一下吧，床上有垫子了，不过被子床单枕头什么的没有。”池哲坐在实验室的长桌前一边编代码，一边对着在旁边负责笔录要采购物品的关小柳交代。

“好的，那个隔间还带了卫浴，我要不买个旅行套装什么的放在那里，你们要是在这边歇息或者洗漱什么的可以用。”关小柳对这个肤白面善娃娃脸的师弟甚有好感。

“经费够的话也行，不过咱们这项目是三院拨款，做的又是上头有钱部门的活儿，估计不缺钱。你看着置办点儿生活用品呗。”池哲说着，调试了下刚写的几段代码，没错，于是挺开心地继续聊，“顺便买点儿碳酸饮料和咖啡囤着吧，哥儿几个都是夜猫子，提神。”

“好好好，咖啡要哪个牌子？雀巢还是……”

“大池。”一道声音打断两人的对话，林陆停了手上的敲击，抬眼看着池哲，“有点吵。”

池哲看看另外的三人，分明都戴着耳机呢，他把自己电脑上插着的耳机拔下来扔给林陆，意思是他嫌吵就听歌。对上对方并不妥协的目光，他压低了声音跟关小柳说：“师姐，你先买这些呗，缺什么再添，还得干仨月呢。”

关小柳没来由地有些怕林陆，那人好像有那种气场，让人不自觉地想压低身段。

像昨晚仰着头觍着脸管人家叫“师弟”这种事，她觉得自己应该再也不会干了。

她怯弱得跟小动物似的望着林陆，让本打算阻止那愚蠢的“过家家”谈话的林陆反倒有些不忍，所以说，女人什么的最麻烦了。

“你先去财务跑跑看能拿到多少调配款吧，然后留出七十的预算买调试装备，剩下的再买那些，呃，日常用品。”林陆尽量语气柔和地跟这位师姐交谈，等她点头示意自己懂了以后就不再废话，专心地编写核心代码。

一时间，实验室全是噼里啪啦的键盘声，关小柳觉得自己连呼吸声都是多余的，轻手轻脚地起身，搬着椅子不发出磨地的声音。

转身的瞬间，她衣服下摆的蕾丝花边好巧不巧钩到了长桌下滑屉的金属边，受到阻力回头用手去扯的时候，一只手负不了重量的椅子椅背朝下摔到地上。

“咚”的一声惊得在工作的五人都停下手头的事看她。

关小柳的脸迅速变红，急忙用力扯断蕾丝花边，把椅子扶起来放回原位置，小跑着往门口窜，窜到一半又跑回来把桌子上写的购物清单给拿了，兔子似的消失在了大门背后。

门一关上，魏立春就摘了一只耳机，问还在愣神的几人：“你们觉不觉得这师姐有点……”

林陆把刚才因为受惊而敲错的代码删掉，重新输入时随口接道：“有点愚蠢。”

不用参与编程的关师姐十分愉悦，带着相关证件跑了几趟学院和财务处，预支了百分之五十的经费后，照着林陆吩咐的分配方法，跟装修新家似的，床上用品、洗漱用品、一包毛巾、饮料咖啡……她158cm的身高，小个子吭哧吭哧地搬着网购来的大箱子小箱子一趟趟路过216到隔间去收拾，有人要帮忙她就连声阻止：“这些粗活我来干，你快去写代码吧！”

那语气那神情就像是古代的农村妇女对着自己要进京赶考的儿子说：“地我来种，柴我来劈，水我来挑，饭我来做，你什么都别管，专心看书，早日高中！”

池哲说了两次看关小柳确实是不让帮忙，而且颇有一副乐在其中的模样，也就不跟她客气了。

为了突出协同作战的感觉，关小柳即使是上网购物也得坐在216的长桌前，听着奏鸣曲般和谐的敲键盘声，欣慰地给他们挑零食、水果。

对此其他人没什么异议，反正本来也没打算让这看着就挺废柴的师姐干点儿什么，有人帮着打杂他们还挺高兴的，就跟请了个老妈子似的。

变故发生在一个无风无雨，日朗风清的午后。

那日，关小柳正在隔间的洗手间蹲坑，蹲到一半突然接到了自己导师的电话，要求她二十分钟内赶回学院办公室，客户那边有人过来需要她接待。

纵使隔着手机看不见，关小柳还是点头哈腰态度恭敬地应了，快速结束了战斗，刚要出门想起中午吃了蒜蓉菠菜，为表尊重，她赶紧拆了储物柜里新买的还没用过的牙刷，飞速地刷了个牙。

正巧林陆推开隔间的门，看到的就是这一幕。关小柳进了厕所十五分钟。

厕所的排气扇开着，抽水马桶的上水声还没停，一切都表明了关小柳刚才进去干过什么。

关小柳在刷牙。

他就那么半垂着眼睛看了她一眼，关小柳差点把牙膏呛进气管，牙膏沫子飞溅："师弟你听我解释。"

虽然我确实在上过厕所后诡异地刷了牙，但事实不是你想的那样啊！

林陆什么话都没说，体贴地把隔间的门轻轻合上，等关小柳漱完口出来的时候就看见他已经端坐桌前继续编程了。

这种气氛，也没法解释什么，她总不能过去拉着人家说"我没吃那啥"吧。

郁闷的小师姐背上小挎包嘤嘤嘤地跑去接待项目组来的贵客了。

贵客没啥大事，就是要求 App 完成之前还要搭建个网站成套宣传，网页的大体设计图也都拷给她了，吩咐了一些细节要求后就让她去跟技术人员沟通。

关小柳扭头做了传声筒，谁知道那五人都嫌这工作太简单，不想分神来影响自己手头的进度。正当关小柳试图跟最好说话的池哲再谈谈时，离开了半小时的林陆回来了。

他把从图书馆拿的几本砖头厚的书扔在关小柳面前。

《三十天学会HTML5》《一周就成网页大神》《CSS如此简单》《你应该这样学php》……

“这是？”关小柳拼命压下心里那个不妙的猜测。

“你来做。”林陆言简意赅地答，“你本科不是学数媒的吗？编个网站应该可以。”

“我就是编不明白才跨考转专业的啊！”关小柳泪目。

“我知道。”林陆推了推书本，“所以你这周先看书吧。”

“……”

你见过苦瓜吗？无数条烦恼纹挤在脸上那种，那就是关小柳现在的表情。

“陆神，还有得商量吗？”关小柳一脸谄媚地跟着其他人一样喊他陆神，祈求他看见自己的诚意能放她这个废柴一马。

“商量？”林陆戴上无框眼镜，食指推了推鼻梁上的镜架，“商量买什么牌子的牙膏？”

“……”关小柳整个人跟被施了定身咒一样一动不动地呆坐在椅子上，脑海里飞速地转着各种如果她不从了这师弟，他就会在校网论坛上散播谣言让她出名的想法。

什么“妙龄少女的神秘怪癖”“如厕十分钟刷牙三十秒，她在厕所到底干了什么”“这个师姐有毒”等等耸人听闻的标题，一定会是脑洞大开到让她没法做人！

关小柳越想越觉得有可能，拳头攥得紧紧的，怨念地瞪了林陆一眼，下一秒，忍辱负重般吐出两个字：“我——做。”

林陆已经开了控制台，看她那副凝重的模样觉得有些滑稽，若有似无地“嗯”了一声，和其他人一样继续自己的工作了。

倒是池哲刚冲了杯咖啡坐过来，安抚关小柳道：“师姐，反正不急，你慢慢看，有不会的就问我。”

关小柳看着这和煦如三月里的阳光般的少年，擦了擦自己有些湿润的眼角：“师姐晚上请你吃饭！”

说是请池哲吃饭，可那五个男生都忙得忘了时间耽误了饭点，唯一记得时间的关小柳因为答应了池哲也不能早走，于是硬着头皮看林陆给她的书，听到林陆第一个合了电脑盖子说“先吃饭吧”的声音时，简直感激得想给他磕头。

她早就饿得不行了。

夏普抬手看了看表：“八点再吃。”

关小柳那如同过山车一样忽高忽低的心情随着夏普的话一个俯冲差点撞到地上，还好林陆又说了句：“我饿了，先吃吧。今天工作量都不小，歇歇吧，西街撸个串再回来写。”

他这么一说，自然无人再反对，陆陆续续地合上笔记本电脑。“大池，我请你……们吃饭吧。”关小柳对正要跟着其他人

走的池哲念叨，小碎步跟在后边。

“行啊，那师姐和我们一起吧。”池哲笑得露出整排牙齿，好看得让关小柳很想趴过去看看他的大白牙是真的还是假的，怎么跟明星似的又白

又整齐呢。

虽然在同一个实验室待了一周，可关小柳也就跟池哲经常聊个天，跟其他几人都不熟，坐在白色塑料桌前，她拘谨地笑着，除了点菜的时候说了几句话，之后就一直安静地听他们聊游戏聊足球聊美剧聊漫画。

池哲拿筷子敲敲玻璃杯，等他们安静下来了才开口：“咱们一直也没正式认识一下，不如现在给师姐做个自我介绍？”

虽然这个建议很暖，可关小柳隔着空气都感受到了众人的尴尬，就跟新生入学班主任让大家自我介绍似的，没来由地让人抵触。

“林陆，J 市人。”谁知道第一个开口的居然是关小柳最怕的人。林陆一开口，其他几个觉得这建议很傻缺的人也跟着开了口。“魏立春，我大二从动画系转到计算机的。”

池哲等他说完插话：“哎，你跟师姐说说你转我们班的时候怎么跟我们打招呼的？”

魏立春挺直腰板，右手在脑门前飞了一下致意：“同学们好！我叫魏立春，一个叫春的男人！”

“噗——”关小柳一口白开水差点喷他脸上。

轮到夏普那儿，他只吐出两个字：“夏普。”之后就再不多言，就跟这几日他给关小柳的印象一样沉默。

池哲解释道：“你别觉得夏普装哈，他是真的不爱说话，跟我们说话都很少超过十个字的，说起来他写代码比陆神还厉害，就是有时候老师看不懂他又懒得解释。”

“哦哦，我懂，大神都有点儿与众不同的！”关小柳狗腿地冲夏普敬了杯白开水，夏普很给面子地回敬了一杯，也是白开水。

“秦辰，我跟陆神一个高中的，填志愿也是跟着他填的，当然我说这些绝对没有宣示主权的意思，我跟陆神的关系很纯洁，你要是看上了陆神或者在座的随便哪一个都可以尽情取用……”最后一个男生有些贫嘴。

池哲打断他的碎嘴子，扭头跟关小柳说：“他名字前后鼻音太难分了，我们都叫他美人，师姐也这么叫就行了。”

秦辰，是会被叫做倾城吗？所以叫他美人？可他长得五大三粗跟张飞似的，哪里美啊……关小柳违心地微笑着喊他：“美人师弟。”

被这么叫的硬汉居然羞涩地低头说“讨厌”，然后冲着池哲说：“大池，你皮痒啊！”

气氛在一盘盘端上来的肉串中变得温馨活泼，充当主持人角色的池哲问关小柳：“师姐，你考研转专业挺难的吧？”

再难也比写代码简单……

关小柳觉得如果说“不难”有敷衍的嫌疑：“我们考试主要是考传播史和传播理论，十几本参考书，全是背的，我大四那年是闻鸡起舞、凿壁偷光啊……”

她哭诉着自己的血泪史，想塑造一下自己凄惨的境遇以及自己是真的在编程领域混不下去才转行的形象。

谁知道等她哭诉完了，林陆却说了一句：“半年背十本没看过的书都能做到，那一周看四本之前学过的书应该也没什么问题了，加油。”

他举了举手里的橙汁，其他几个对背书同样不在行的男生也跟着举杯：“加油。”

加你大妹子的油啊……我能不能装作听不懂的样子……

关小柳去前台结账的时候，收银员说“那个高高帅帅的男生刚才已经结过了”，她顺着收银员手指的方向看去，正对上林陆望过来的视线。

她呆愣愣地冲他笑，就见他忽然扬起手，手心朝下，唤小狗一样屈了屈手指让她过去。可等关小柳听话地走到他面前的时候，林陆又发觉自己刚才的举动十分没有意义，他并不知道自己叫她过来干吗，好像只是因为她刚才站在那里发呆的样子很像自己家里的吉娃娃那蠢样，就让他做出了习惯性的动作。

关小柳讪笑：“你结过账了啊？不是说我请的吗？”

林陆没答话，似乎有些出神，等去洗手间的夏普回来了大家打算撤了时，他才把桌子上的一沓纸巾递给关小柳：“装包里带回去吧，厕所好像没纸了。”

算是为叫她过来找了个说得过去的借口。

可如此无厘头的借口，关小柳有点儿蒙，心里百种念头划过：他什么意思？说我后勤工作做得不好没买卫生纸？暗示我今天上厕所太久把纸都用完了？

她还在脑洞大开，五个男生已经大步往回走了，林陆回头看了一眼脸色复杂地站在原地的她，低声叫了句：“走啊。”

“哦！”关小柳回神，快步跟上去。

这个师弟为什么这么不可爱……为什么每句话每件事都像是耍我的样子……妈妈我好慌……

就在这个夜晚过后，关小柳的生活发生了翻天覆地的变化，她开始了上大学时都没经历过的代码疯狂袭击。

216 房间的木质长桌前，五个男生往那儿一坐，她就如同被包围般缩在正中的位置上，对面坐的是沉默时能让时间冻住的林陆。

于是在催眠的键盘声中和催命的教科书铅字前，她被动地选择了打瞌睡。

天可怜见，她真不是故意怠工，可是那些读起来都不像中国话的外文翻译书还有成片成片的代码真是催眠圣器，看一眼翻眼皮，看两眼头点地啊。通常只要开始翻十分钟的书，她就能进入睡眠状态，其间偶尔会有点头太重把自己惊醒的时候，但是看看周围师弟们认真的状态再看看课本上的代码，立马就能睡个回笼觉。

林陆大概受不了对面坐着个很能传染睡意的人，在她又一次被自己的梦惊醒后慌乱地抬头看他时，他“善意”地提醒她：“空调开这么大，你这么吹着风睡觉容易感冒啊。”

他觉得正常人都听得出他的嘲讽，可这师姐居然客气地谢谢他的关心，然后下午出现的时候就带了条小空调毯披在腿上，依旧是看几眼书睡一下午……

虽然关小柳效率低，可她时间上一点儿都不含糊，只要不上课就一定泡在实验室里。这天中午，她如往常一样吃了午饭没什么事就去实验室了。

216 是郑主任的御用实验室，配置齐全，七台大小各异的壁挂电视，国内顶尖的音响设施，一流的多路多屏切换控制台，三十多顶照灯，一般是用来展示成果的展室。

不过这次三院合作的项目，是传播学院揽的，人是计算机学院出的，郑主任想替新媒体院分一杯羹，强行让出最好的实验室把人留在了他们学院。

关小柳开锁后见实验室没人，自己开了电脑听歌，听到自己最喜欢的歌时突然想试试 216 的设备效果，便先去把大门反锁，然后切了自己电脑的线路到主屏上，又把实验室电脑打开专门切个屏幕跑歌词。

这种比 KTV 还专业的音响和全方位环绕屏幕简直不能更赞，关小柳跟着屏幕上正在现场表演的小胖主唱一起蹦跳着一展歌喉。

Lately,I’ve been,I’ve been losing sleep 最近我总是辗转反侧 难以入眠

Dreaming about the things that we could be 对我们曾有过的愿景 浮想联翩

But baby,I’ve been,I’ve been praying hard 但亲爱的 我早已在内心深处祈祷着

Said,no more counting dollars 祈祷自己不再迷失于金钱的追逐中

we’ll be counting stars 我们可以细数满天繁星

I，could lie,could lie,could lie 我欺骗过 伪装过 失真过

Everything that kills me makes me feel alive 但置我于死地者 必将赐我以后生

……

她越唱越“嗨”，头发甩得跟装了电动马达似的，最后那一句“we’ll be counting stars”才吼出来，伴奏尾音都没结束，隔间的门突然开了。

林陆倚靠着门框站着，头发有些蓬乱，一脸起床气。

关小柳手指僵硬得如同电影慢镜头一般撩起挡在眼前的那缕长发，别到耳后呵呵地干笑：“陆神，你在睡觉啊。”

林陆脸上的不爽半分未消，被她陈述性的问句给气笑了：“没，听演唱会呢。”

这句话关小柳听懂了，绝对不是真心的，她小动物一样敏锐地绷直了神经，一个左跨步手一戳把控制台关了，屋里霎时变得静悄悄的。然后她又被这吓人的沉默给冻得一声都不敢吭，可看着同样不吭声的林陆，她觉

得好像还是开口打破安静比较好。

“那个，这乐队你知道吗？他们主唱一唱现场就车祸，呵，呵呵，呵呵呵……”

“他们车不车祸我不知道，但我知道你刚才的水准绝对是空难。”林陆脸上阴沉得能拧出水来。

“……”怎么可以这么嘲讽我！还有，他的脸色怎么这么恐怖！

“师——姐。”林陆第一次这么称呼关小柳，没想到是这种情况下这般咬牙切齿……

“哎，哎……怎么了师弟……”关小柳不自觉地想要扶墙，感觉背景乐可以放刑侦片里罪犯杀人灭口时的旋律了。

她身体也下意识地慢慢倒退，退到玻璃窗前想有所倚靠。

“我昨晚，只睡了三个小时。”林陆最后那个尾音收得很轻，但语气并无丝毫让人心疼之感，关小柳听了也不觉得愧疚，就是害怕……想找妈妈的那种害怕……

“你知道深度睡眠的人突然被惊醒时对脑神经伤害有多大吗？”林陆离开那雕花的门框，一步步地朝着关小柳走。

你知道你用这种语气和一个小姑娘说话对她的心灵伤害有多大吗……

他越走越近，关小柳迅速搜寻附近一切能造成人身伤害的物品，不是为了防御，而是想着扔远一点儿别被林陆拿到了往死里打她。

强烈的求生意志让她手疾眼快地在林陆伸手之前将窗台上的烟灰缸先一步抓在手里，满脑子冒出的都是：我是主角！我不能死！

林陆的手越过她的肩膀，用力地一拉把窗帘给拉开，透进来的光柱里有飞舞的尘埃，他看着关小柳手里的烟灰缸，问：“你要干吗？”

关小柳悄悄地看了眼，窗户是关着的，又后知后觉地想自己刚才的动作是不是太夸张了，就算他起床气再大，也不至于就真的揍她一顿吧……这么一想，关小柳动作敏捷地把烟灰缸顶在脑袋上，两手举着扶在烟灰缸上，就像小时候自己做错了事被妈妈罚站那样，一脸诚恳：“陆神对不起，你尽职尽责地为了课题做贡献，点灯熬油赶进度，我帮不上什么忙就算了，居然还影响你休息，我错了，我以后再也不唱歌了。”

“我什……”林陆还没说话，大门的门把手突然被转了两下，可是门被反锁了。

林陆又看了关小柳一眼，并不想被人误会什么，不再和她多言，转身去开门，饶是他速度够快，可门外的秦辰进门看见正站在窗边理顺头发的师姐还是一愣。

然后他先是温柔地冲她打了个招呼：“师姐好。”下一秒，拖着林陆就进了隔间洗手间，“林陆，你可以呀，这才几天就拿下小师姐了？都不跟我们说，你还当我们是兄弟吗？”

林陆气恼地把秦辰的手从自己脖子上推开：“我俩什么事都没有，我在隔间睡觉，她以为屋里没人就反锁了玩设备。”

他言简意赅地把事情说了，没给秦辰任何想象空间，让美人师弟很不爽地一拳捶在他肩上：“真没劲。”

等他俩从隔间出来的时候，关小柳已经坐在长桌前以从未有过的积极之态在翻书了，眼睛跟粘在了书上似的，完全不看向别的方向，更不看向某个人。

池哲后脚到的时候看见如此认真从而显得如此反常的关小柳，关切了两句：“师姐，这书，好看吗？”

关小柳脑子里被填鸭似的塞了那么些知识进去，苦着张脸强作欢颜：“发人深思。”

“哦。”池哲看她脸色似乎并不想讨论这话题，“对了，大春和夏普今天不来了，昨晚熬夜了。”

“好的。呀，你们其实也不用那么拼，工期还挺长的呢。”关小柳越发觉得自己中午吵醒林陆睡觉的事情太过分了。

池哲看向对面坐着的林陆和美人，发觉他们都没有想解释昨晚是比赛打通宵才熬的夜，于是也就愉快地背了这个“勤勉好学”的锅。

因为这日的刻苦认真，晚上回宿舍时，关小柳全然没有之前的神采，趴在床上在日程本上写写画画，她有写周总结和下周计划的习惯，正翻到某一页上，想起这周的经历，随手就把对几个师弟的印象填了上去。

池哲：暖男，心肠特别好，人很和善，喜欢！

魏立春：逗比，脾气也不错，喜欢！

夏普：大触，不喜欢说话，看起来很赞！

秦辰：长得五大三粗的美人……对男女生态度很精分……口头禅都是屏蔽词……

林陆：

“林陆……”关小柳咬了咬笔帽，郑重地写下四个字，“有点吓人。”

在宿舍补了一天觉后神采奕奕地出现在实验室的魏立春发现他们的小师姐似乎有些蔫蔫的，表现在原本很爱哼曲儿的姑娘现在一声不吭地扎起马尾撩起刘海看书了。

一分钟都没睡。真神奇。

同样注意到关小柳情绪不振的还有一人，而且这人刚巧还知道她是怎么不振的。

林陆平素不怎么跟女生打交道，也不知道这种生物是不是都这么胆小，怎么就被自己给吓到了。可眼前这一位每次看到他立马低下脑袋的样子实在不怎么让人高兴，好像他长得多见不得人似的让人不敢直视。

他拿出手机来翻图片，翻了几张突然笑了下。

他这一笑，旁边的秦辰果然立马凑了过去，挤到手机屏幕前："笑啥呢？"

林陆侧了侧手机给他看："我妈给我发我们家两只小狗吵架的视频。"

秦辰看了也跟着笑："你家狗都长这么大了啊，我记得以前去你家看的时候都是小奶狗。"

林陆收了手机，闲聊似的："嗯。当时我爸的朋友送了一只吉娃娃一只边牧给我们家，两小家伙同时来的，刚来的时候都不会上厕所，到处拉，被我训过几次以后，边牧就知道要在固定的沙盘里解决了。"

他故意停在这里，其他在听的人都抬头看他等下文，还是秦辰先问出来："那吉娃娃呢？"

"哦……吉娃娃被训了以后以为我不让它拉屎，硬是憋了三天。"

他这话一出，在座的都笑了，秦辰笑得最大声："哈哈哈，它是不是缺心眼啊？"

林陆扫了一眼也跟着笑的关小柳："是有点。"

关小柳本来乐呵呵地笑那只小笨狗，对上林陆看过来的目光时肩膀不自知地一个战栗，立马低头假装看书，看了两行，又觉得哪里怪怪的。

再抬头时，林陆已经忙自己的事了。总觉得，他好像是在暗示什么呢……

晚间的时候秦辰咬着塑料叉子要去水房泡面当夜宵，关小柳抬头的间隙看见了，尽职尽责地大喝一声："美人师弟！我去给你泡吧！"

这一声又突然又大声，吓得秦辰差点把叉子咬断了。这师姐，人看着娇娇小小的，肺活量还真不错。

组里在短时间内达成的共识就是：有杂活儿尽量交给师姐干，省得她编不出代码憋得自己难受，看得他们也不痛快。

关小柳开心地捧着面往水房走，看着手里的方盒子，发现不是泡面，叫拌面。她虽然挺喜欢吃零嘴的，可是方便面一类的很少接触，也没吃过这个拌面，认真地看了看冲泡方法，一丝不苟地照着人家画的虚线撕开半边盖子倒水，把盒子放在水箱顶上，看着表够三分钟后撕开另一角的盖子倒水。

本来一切都好好的。

她真的照着虚线撕的，真的。

但是不知道为什么，在盒子里的水将要流尽之时，所有的面“哗啦”一声犹如洪水决堤一般冲破那狭小的出水口……

一整摊面落在水槽里。

关小柳一手拿着残留几根面条的空盒子，一手举着被完全冲下来的盖子，错愕地回忆着刚才那几秒钟发生了什么。

后脚跟进水房打水的林陆扫了一眼，看清楚发生了什么之后没言语，自顾自地往暖瓶里倒水。

关小柳苦着脸把盒子扔进垃圾箱里，小跑着往实验室去，一推门对上眼睛放光地望向门口的秦辰时，心虚地笑着说：“美人师弟，我突然觉得大晚上的吃泡面很不健康……”

秦辰张着嘴巴：“哈？”一脸的不能理解。

“就是……就是……我请你们吃夜宵吧，最近外卖搞活动，挺便宜的，鸡排鱿鱼小龙虾，想吃啥我给你们订！”关小柳心里为钱包默哀了三分钟，脸上挂着慈祥的笑。

“哇！”屋里瞬间沸腾起来，也没人去追究那盒泡面的影踪了，全都凑到一起掏出手机问关小柳在哪家店订。

关小柳听着那一道比一道贵的食物，打肿脸充胖子地下着单，忽然听见身后一声不轻不重的“呵”声。

那人拎着暖瓶走回自己的位置，一句话没说。可她清楚地听见了他说：“呵。”

呵……

呵个锤子啊！

他在嘲笑她！绝对是嘲笑！对的！是嘲笑，准没跑了！为什么？

为什么要嘲笑她？

还有上午讲的那个笑话，什么吉娃娃不拉屁屁的，当时她就觉得不太对，现在一想果然也是在暗指她！太过分了！他凭什么说她是吉娃娃！

好歹说个漂亮点儿的萨摩耶吧！

不，不对！现在不是比谁漂亮的问题，是他在嘲笑她！

一下子想通了所有事情的关小柳简直气得全身发抖，等点完了夜宵付完了钱，她不怎么开心地把书整理了一下，跟池哲说：“有点不舒服，电话我留了你的，一会儿外卖到了你下去拿吧，我先回宿舍了。”

“呀，师姐你不舒服吗？怎么了？”池哲看着她，“还给你点了甘梅地瓜条呢，要不一会儿吃完了再走？”

“不了，没什么事，就是有点感冒……”关小柳已经开始收拾书包，背起包的一刹那又问，“油炸冰激凌也是给我点的吗？”

“对呀。”池哲坐着仰头看她，“再等等吧？”

关小柳“唔”了一声，有些动摇，可是目光扫过一直没什么表情的林陆时，那点动摇立马被摧毁。怎么能因为一点吃的就改变主意呢！那样岂不是更会被人瞧不起！

她背起小皮包就往外走，潇洒得连头都没回一下。

门刚关，林陆突然咳了一声，声音不大，不过坐他身旁的夏普听见了，丢给他一板感冒药："吃药。"

林陆掰出一粒，就着刚倒的热水吃下去，揉了揉眉心，想着以后还是不能经常通宵，一个不备就感冒了。

关小柳如同电视剧里被渣男抛弃的柔弱女主一般嘤嘤嘤地跑回宿舍，一进门甩下书包脱了鞋就往床上爬，用被子包裹住自己，只露出一个脑袋。

她如此反常，室友自然是好心询问。

关小柳嘴巴张张合合就开始告状："我们那组的师弟，特别坏！他老嘲笑我！以前就笑话我不会编代码，还为难我让我看编程的书，今天还说我是不拉屉屉的吉娃娃！太坏了！"

室友三人排排站在床下，一起抬头看着关小柳，听她前言不搭后语但是很生气的控诉声，面露诧异："不会吧？这么狂？"

"对！特别狂！他连郑主任都不怕的！反正，反正是一个特别不好的师弟！我今天要被他气死了！"关小柳一下子坐起来，小拳头握得紧紧的，刚好手机"叮"的一声进来一条延时了的银行扣费信息，提醒她刚才共支出 163 元。

更难过了……

关小柳添油加醋地说："他还害我花钱请大家吃东西！他成天板着张脸坐我对面，好像我做什么都不对一样！呜呜呜……我要崩溃了！"

"你是不是没有训新啊？"王璐突然开口。

“训新？”关小柳停止抱怨，腮帮子一鼓，不说话了。

“对呀，那不是咱们学校的传统嘛。遇见听话的师弟师妹就算了，像这种不把师姐放在眼里的就是欠训了。哎，你本科是工院的可能没遇见过，我之前在新闻学院的时候没少见新生被训哭的，你等着，明天我们仨陪你一起去，给他们个下马威，保准他们再不敢欺负你了！”王璐信誓旦旦地说。

“嗯，明天我们跟你一起去看看！”另两人也附和。

暂时被安抚了的关小柳抱着玩具熊又恨恨地想着明天要怎么训林陆，想了几分钟居然就被暖烘烘的被窝给焐困了，一夜好眠，什么梦都没做。

以至于第二天看见摩拳擦掌的室友们时，她都忘了还有“训新”这回事。

不过室友被她昨晚的那番控诉气得不行，觉得关小柳这么一好孩子怎么能随便被人欺负，还是低一级的师弟们，简直挑战师姐权威，带着关小柳吃了饭以后就气势汹汹地要往实验室走。

结果关小柳突然来了句：“我手机没带。”三人只得在公寓楼前等她，让她赶紧回去拿。

等她拿了手机跟她们往学校里走的时候，关小柳又一拍脑门：“哎？我刚才好像没锁门。”

“不能吧？”陈菁安慰她，“你就是强迫症，肯定关了，你别想了。”

“不是，我真觉得我没关，刚才我拿着手机往外跑，然后后边的事就没印象了，我好像真的没关！”关小柳越想越觉得是这样的，扯着腿要跑回去。

王璐无语，拉着她一块儿往宿舍跑，和她一起亲眼见证门锁得好好的，才又原路返回。关小柳不好意思地说：“我真不是强迫症，小时候有一次出门我就觉得我好像吃了冰糕没关冰箱门，又不确定，然后晚上回家的时候发现冰箱烧坏了……被我妈好一顿揍……”

都说一鼓作气，再而衰，三而竭。

被关小柳这一通折腾，早上要去打老虎的气势现在连Kitty猫都揍不了。

王璐打头阵，声音很重地推门而入，果然成功地吸引了在座的三人的注意力。

池哲最先站起来，笑脸相迎：“你们是？”

关小柳尾随着三人出现：“是我同学。”

“哦，师姐好。”秦辰和魏立春也跟着站起来打招呼。

“呃……”王璐扭头小声跟关小柳说，“态度都不错啊。”

池哲去拿一次性杯子给几人倒热水，魏立春一副交际花的样子：“师姐们是来视察工作吗？”

王璐三人坐下：“听说小柳带的这一组都是小鲜肉，我们来观摩一下。”

“哟，师姐您随便观摩，咱们几个都是‘计院’出身，最爱让漂亮师姐观摩了。”魏立春把水端到几人面前，开着学院简称的玩笑。

关小柳茫然地看看这三个师弟，再看看王璐，一副不知道为啥画风如此诡异的样子。

正瞅着没法挑起事端替小柳出气，夏普来了，他一来就直接走到属于他的座位旁，对占了他座位的陈菁说：“起来。”

在陈菁没有动作的十几秒后，他又重复了一遍：“起来。”

王璐一看这架势，猜这个男生就是那个很狂妄的欺负关小柳的人，抱着胳膊：“怎么来了招呼都不打一声就撵人走啊？”

夏普皱了皱眉头，没搭理王璐，对着陈菁第三次说：“起来。”

陈菁也觉得这就是那个很坏的师弟，手抓着椅子扶手，回了一句：“不起。”

夏普的眉头皱得更深了，下一刻，他抱起桌子上的笔记本电脑，远远地坐到沙发上去了。

Chapter.2

心情不好就吃个橘子吧

夏普的避而远之在王璐等人看来就是心虚了，王璐性子最急，跟到沙发那边就念叨起他来：“你怎么不理人啊？跟你说话你没听见啊？怎么说也是你师姐，起码的礼貌都没有吗？”

她引经据典，从校训说到人情世故，另一位室友孙雯雯也是伶牙俐齿地附和，陈菁不善言辞，在一旁跟着“对对”“是的”“没错”。她们正义凛然地替关小柳教训人，关小柳却着急地拉拉这个戳戳那个：“不是他，不是他，你们别说了……”

王璐瞥她一眼：“你闭嘴，想继续被欺负是不是？”

关小柳说不明白，看着夏普的眉头皱得越来越深，也不想等真正的“罪人”来了，连拉带拖把三个室友往门外赶，正拉扯间，林陆终于到了。

他打量着这几人，尚未说话，手握拳在嘴边先轻咳了一声，那一声咳只有气音，听起来……就像是昨晚从关小柳身边走过时的那声“呵”。

关小柳看着林陆明显是生病了的样子，突然想明白了什么，力气也瞬间变得大起来，一个气运丹田把室友都推出了门外，关门前作了个揖：“中午回去再跟你们赔罪，可你们骂的那个真的是个好人啊……你们先撤先撤……”

送走了一脸不解外加频翻白眼的几人，关小柳回到位置上就听见林陆在问夏普怎么了。

夏普自然是一言不发，把电脑抱回自己的位置上，鼻翼耸动了几下，似乎是闻到了什么味道，也只有那么一小会儿，他就开了程序跑代码了。

秦辰先是看了关小柳一眼，凑过去跟林陆说：“好像是小师姐的室友，不知道什么事，但是没说几句话就开始疯狂地围攻夏普，说他欺负小师姐。”

关小柳心虚地解释：“她们就是来看看我的工作情况……那个，对夏普不友好是……是‘大姨妈’造成的短暂行为失控……呵……呵呵呵……”

“都来‘大姨妈’？”魏立春以前在动画系是见过训新的，刚才那架势，摆明了是来找碴的啊。

“啊……这个……这个，生活习惯一样是会同时来的……”关小柳脸色泛红地跟一个大男生讨论这么女性化的话题，羞耻心爆棚。

“大春，盒子的翻出效果昨天我用虚拟机看了看，反应速度有些卡顿，能改吗？”林陆开着机，拿出张纸对着第一条问题问魏立春。

“嗯，那个速度是有些慢，可以优化，我再找点代码参考下。”魏立春一听到正经事立马不去逗关小柳了，反正刚才的事他也估摸得差不多了，无非几个师姐来替关小柳打抱不平，至于这不平的原因，估计也就是林陆让她看书干活吧。

关小柳刚松了一口气，林陆的声音又响起来：“你书看得怎么样了？”

“书？哦，差不多都看了！”关小柳一被问话，立马挺直了脊背神情严肃。

“今天下午开个会讨论进度，下周开始搭网站能行吗？”呃……其实好像不太行……

她没答话，林陆替她做了决定："反正你光这么看也记不住，直接动手吧，有不会的就查书。"

"好……"关小柳抠了抠手指甲，小心地问，"你感冒了？"

"嗯。"对方简单地应了。

"哦。"关小柳的脸上露出一丝谜之微笑。

林陆抬头，一边眉毛抬高："我感冒了你很高兴？"

"没有啊。"关小柳脸上的微笑依旧挂着。

"说没有之前别笑得那么开心好吗。"林陆皱着眉又低了头，去做主框架的调试了。

真的没有啊……关小柳又得意又委屈地想。

她还没得意太久，又沮丧地发现师弟们不像以前那样亲近她了，就连一向喜欢和她玩闹的池哲都一脸"你太尊贵了我招惹不起"的样子。事情因她而起，她倒没什么委屈的，就是有些后悔难安。

她小心又郑重地趁林陆不在的时候跟他们道歉："我在宿舍抱怨过几句，她们以为我被人欺负了来替我找公道的……对不起都怪我……"

这么诚挚的道歉，几个师弟都没回应，到底是刚看了场闹剧还在气头上，夏普随手开了音乐，放的还是关小柳最爱的乐队，只是那歌……

It's too late to apologize,it's too late 你说的对不起已是太迟 真的太迟

I said it's too late to apologize,it's too late 我说过现在已是太迟 真的太迟

音乐正正经经地放着，可一到副歌那里沉默的师弟们就会一起号一嗓子："it's too late."

原本尴尬的求和气氛一下子被搞得有些滑稽，她只能继续做小伏低，完全抛弃一个师姐的架子，彻底跟他们混成一团。

好在师弟们心也比较宽，关小柳解释过道歉过又连着带了几天烤肉吃得他们嘴里都上火溃疡了以后，关系也就和好如初了。

在对待夏普的问题上，因为他本来话就不多，那天受的气又最大，关小柳怕他闷在心里闷出什么阴影来，每天各种狗腿讨好，以前是经常和池哲聊天说闲话，现在则变成了看见啥有意思的笑话、新闻都得去给夏普念念。

那天唯一不在场的林陆忍不住好奇地问关小柳：“你在追夏普吗？”

关小柳尚未回答，夏普先跳出来撇清关系：“没有。”

本以为这个话题到此为止，夏普突然又朝着关小柳说了一句：“给我个电话。”

“电话？好呀好呀，呃，夏师弟你要谁的电话？”关小柳手疾眼快地就开始扒拉号码簿，一副忠心到愿意把初恋暗恋对象电话都给他的样子。

“那天，身材最好的那个。”那天？哦，室友来的那天吗？

身材最好的？ABBD，哦，是说妖精吧！

“陈菁吗？138698×××××。夏师弟你看上她了吗？要我帮忙牵线搭桥吗？”关小柳简直要两眼冒星星了，觉得有料可“八”。

“不用了。”夏普把号码存在手机上，“好了，别再烦我了，代码都编不出来了。”

这好像是他对自己说过的最长的一句话了……有停顿有断句还有语气词……

关小柳乖乖地回了自己座位上照着课本搭网站，首页的版块已经分好

了，她很认真地在 A4 纸上用尺子和彩铅画效果图，然后照着去填补代码，虽然努力地在网上找了些图贴上去，可整个网页看着就土得要命……

林陆看过一次，对她能一天写一个页面已经很欣慰了，想着 UI 的问题后面再解决。

都说愤怒让人勇敢，因为那次误会林陆嘲笑自己无比生气又带着几个室友在实验室闹过一出之后，关小柳除了跟师弟们的相处不再有前后辈的界限隔阂外，好像也不那么怕林陆了。

日子过得正顺风顺水，谁知道郑主任这天出差回来，招呼都不打一个就让几人展示这段时间的成果。

几个男生的东西都还好，虽说尚未封装成整体，可各部分用虚拟机已经能看见一些效果了。关小柳做的工作倒是最完整的，网站已经搭得差不多了，她本以为自己这么熬心熬力的成果会得到几句表扬，谁知道郑主任随便点了点鼠标，只给了一句评价："太丑了。"

他点开几个页面发现风格都是统一的丑，鼠标一撂就板着脸开始训："你自己也有审美，你就说如果你是用户，网上看见这么个界面，你会看吗？"

"我以为这是管理部门的网页，需要肃穆一些的……"关小柳弱弱地解释。

"你以为！当时开会的时候怎么说的，人家是想做一个面向年轻群体的 App 和网页，就做成你这个样，老头老太太都不爱看！"郑主任最讨厌别人辩解，火气更大了。

"老师，这个网页是有些难看，我们原本想着搭起来以后再完善的，回去我们马上开会重新分工修改。"林陆在关小柳眼泪就要落下来的时候替她先认了错。

郑主任脸色缓和了一些：“嗯，能改多少改多少吧，那边来电话说后天来学校看一下进展，你们分工做的地方也尽量做成可视化的展示，别放一堆代码在那里，人家看不懂。”

“好。”林陆又提了些编写过程中遇到的问题，有些郑主任也解答不了的就随口指点几句，他都记在了纸上，虽说要自己回去慢慢解决，看在郑主任眼里却是态度恭敬认真听讲。

从郑主任的办公室出来，关小柳最先回了实验室，神色委顿地趴在桌子上，不想说话。

后脚跟进屋的也知道她被骂了不开心，都静悄悄地坐下干自己的活儿。

林陆因为被留下多说了几句话，最后一个进屋，看这一屋子大气都不敢出的人，还有个呼呼喘大气的，觉得有些好笑。

过了大约半小时，刚到饭点，平时最拼命的几个人都自觉守时地拿着饭卡跑食堂去了，唯有一直趴着不动的关小柳还是那个姿势在那里委屈。

“咚咚！”

木桌子发出被敲击的声音。

关小柳扭头，看见是林陆用指关节在敲桌子。她声音蔫蔫地问：“干吗？”

林陆另一只手跟变魔术似的，在桌子上放了个黄皮的橘子，推到关小柳面前。

“不吃。”关小柳赌气地在心里骂他狗腿子，刚才自己被骂得那么惨，他倒是在郑主任面前春风得意的。

“唔。”林陆又把橘子往前推了推，“主任给的，犒劳咱们的，这个一看就特别甜，尝尝吧。”

主任给的？

她有些怀疑，可想到刚才郑主任那么凶的样子，又觉得不吃这个橘子好像就白挨训了一样。她直起身子，动作有些重地剥了皮，撕下两瓣就往嘴里填。

他没骗她，确实特别甜。

哼！狗腿子！主任居然还偷偷给他塞橘子！难怪刚才出来得那么慢！

她出于气愤把橘子一口气吃了个干净，酸甜的感觉唤醒了胃的知觉，她把皮扔进垃圾桶后丢下一句“我吃饭去了”就大步出了门。

林陆椅子一转看着她离开的背影，头一歪，笑了。

还真跟他家吉娃娃一样啊，不开心的时候吃个橘子立马又活蹦乱跳了。

“陆神，咱们是把各自做的组合一下吗？”秦辰一边吃着郑主任让人送到实验室的一箱橘子，一边问林陆。

林陆转着圆珠笔，征求夏普的意见：“现在能组吗？”

夏普也在剥橘子，慢条斯理地答：“跑不出来。”

整合各部分程序还需要整体调试，不是复制粘贴堆在一起就行的，夏普说一天调不出来，那就真的是调不出来了。

林陆笔一顿，看了眼关小柳：“那我们先来说网站的事吧，大春，你做一下页面的风格设计吧，简约一点就行，大池你把页面响应和弹窗再改改。”

别人都是人手一个橘子在吃，只有关小柳无聊地翻着自己画的那些手稿，心里隐隐有些失望，居然真的是郑主任发的橘子啊……

这无来由的失望关小柳也不知道是为什么。

她做得不好，他做得出色，老师表扬谁批评谁都是正常的，她有点儿小心眼地把自己的挨骂推到林陆身上是她的不对，他用主任的橘子来安慰生气的自己也挺仁义的。

可是为什么吃完饭看到围坐桌前的男生们都有橘子时自己就是莫名地有些失落呢?

还没想明白，听见魏立春说：“简单的话，就纯色系搭配了？这一天让我设计一整套东西，我也弄不好啊。”

她弱弱地插话：“其实客户并不懂这些，他只是要看效果，我们不一定要把实际进展部分拿给他看的，反正都不好看，他看了以后肯定不满意。你们给他展示一下预设的成品效果就行……”

“嗯……”林陆犹豫了一下，问她，“一阶段给他们看预设效果应该就行了，等二阶段再出成果。你去讲？”

“讲 PPT 吗？好啊好啊。”关小柳本科的时候没少答辩，终于有个任务是她擅长的事真让人开心得想打滚。

“啊，那个，郑主任也会去吗……”她没开心几秒，突然皱起脸来。

池哲扔给她一个橘子：“你们学院揽的活儿，你说得再不好他也不可能当着客户的面拆你的台啊，他又不傻，放心吧。”

“我不爱吃橘子。”关小柳把橘子扔回给他，“那我今晚上就做PPT，明天给你们看一下，你们把几个比较好看的效果拷出来我等着用虚拟机展示。”

“橘子会议”结束后，他们各忙各的，关小柳托着腮开始想PPT的风格，既然是要做预设效果展示，那就需要很多图和动画特效，对她来说做这玩意儿还是有点难啊。

正没头绪，一低头看见了桌子上的那些草图，突然有了些想法，直接就跟坐对面的林陆说：“既然是预设展示，那就以草稿手绘图为主题吧，就是像我画的这些这样，网站我画得差不多了，一会儿扫描一下让大春给修修图就可以了，你们的 App 界面也让大春给画出来，能实现的效果也画出来，然后你把虚拟机要展示的都分组存好，我一边放预设一边放已完成进度。”

她说话的时候旁边的人也都停下听她说，对于这么难得的不愚蠢的建议，几个男生动作浮夸地拍手：“师姐好聪明！”

这样的夸奖，让关小柳有些害羞地垂眸。

可安静的面容下，心里已经有个小人在托马斯全旋着雀跃了：你们的师姐可聪明了！

虽说是关小柳提的自己做 PPT，可手绘的图全得魏立春画，她把大纲设好了以后突然又没事干了。

才在组里找到点儿存在感的师姐表示要趁热打铁地提高自己的地位啊！不能就这么消沉继续沦落成打杂的！

可是干点儿什么好呢？

想了一圈也想不到能帮忙干什么，最后眼光落在了下午买的大袋吐司上，又扫过架子上那一排果酱……

给他们做夜宵吃吧！

可是好像还是在打杂呢……

没有纠结多久，她自己的肚子先咕噜噜地响起来替她做决定了。于是关小柳抱着吐司拿着水果刀和瓷盘进隔间去了，那小小的隔间虽然不大，但东西齐全，连简易的烤箱都有。除了水是直饮净化凉水，想喝热水得去水房打有点不方便外，其他方面简直完美。

关小柳洗了手以后就开始摆弄，切下厚厚的一片吐司，划个十字分成四块，放进小烤箱里烤。

她没用过这东西，手机百度着使用方法，看到有人说烤箱辐射大，一扭开开关就蹦开老远站着。

等她端着一盘烤得卖相不错的吐司出来时，鼻子最尖的秦辰第一个放下橘子。

“师姐，做好吃的了？”

关小柳笑嘻嘻地端着盘子坐在他旁边的位置上，又去置物桌上拿果酱：“你们要吃什么口味的？”

他们纷纷报名，她就一个一个拿着管装的果酱挤，还很小公主地挤出个图案，秦辰的柠檬酱是一颗星星，夏普的草莓酱是一个心，池哲的炼乳是一朵雪花，魏立春的巧克力酱写了个“春”字。

只有林陆要的花生酱是瓶装的，她拿了小木勺挖出酱来想画个花生，可是用勺子涂抹不比拿管挤方便，别人的都栩栩如生，唯有林陆的这个花生……

“师姐，你给陆神画了坨屎吗？”秦辰凑过去看了一眼林陆那迟迟没有下口的吐司，笑得差点呛出眼泪。

关小柳对上想表达同样意思的林陆的眼神，无辜地表示：“我画的花生啊……”

林陆皱了下鼻子，把吐司一对折，将形状奇怪的花生酱夹在里边快速大口地给吃了。

行动之快感动得关小柳立马在心里把他“狗腿子”的称呼给抹掉了。

万圣节那天，学生会办了化装舞会，整个楼道里都能听见某宿舍传出来的叫声。

“老大老大！真不行！这个太紧了穿不上！”关小柳大口大口地吸气，感觉自己分分钟要缺氧致死了。

王璐丝毫不为所动，把她背后的系带用力一勒打了个完美的蝴蝶结：“这不是穿上了嘛！”

关小柳看着身上的性感裙装，苦着脸问她：“老大，现在都是冬天了吧，穿这样出去会冻死的！”

“出去穿个外套不就行了？去了会场暖和得很，人家中央空调暖风呼呼的，你不用瞎担心！”王璐拿着口红靠过来，“来，嘟嘴。”

“可是，为啥要圈这么紧啊？”嘟着嘴说不清话的关小柳弱弱地抗议。

“你要是有妖精的 D 胸你也不用挤！你看看雯雯，A 都能勒成 C，你这才哪儿到哪儿？”王璐拿眼神瞥了瞥孙雯雯的方向，结果转头的时候手跟着抖了一下，口红划歪了一下。

捧着镜子的关小柳连忙叫嚷：“画出去了画出去了！”

谁知王璐偏着头看了眼：“嗯，就这样，嘴巴画大一点，越大越性感，别忘了你今天是玛丽莲·梦柳！”

关小柳无力反抗地任人宰割，等王璐把金色的假发给她扣在脑袋上时，她已经逆来顺受了，还主动建议：“下巴上是不是点个痣？”

王璐点点头：“小柳啊，你可是咱们全宿舍的希望啊，我们仨只是去玩的，你可是肩负着拿大奖的重任呢，一定要加油啊！”我也想只是去玩啊，为什么要让我来担负这么大的责任啊……

关小柳欲哭无泪，披上厚厚的羽绒服跟着室友走在夜色中。为了鼓励更多人参加这个付费晚会，舞会结束后会评出一位今日之星颁发一千元奖金。通常来讲，大家都是随便装扮一下去吃吃自助跳跳舞，有机会的话再勾搭个同伴，所以关小柳宿舍决定斥“巨资”从某宝买了全套 cos 装备把她打扮成梦露，去争夺那一千元的奖金。

被夹在队伍中间的关小柳低着脑袋，觉得自己那张脸会吓得小孩睡不着觉的。要不是王璐说怕把假发弄乱，她很想连羽绒服的帽子都戴上。

会场被装扮得富丽堂皇，那一盏琉璃吊灯晃得关小柳好几次都睁不开眼，又或者是王璐给她贴的假睫毛太过于厚重，累得她睁不开眼。

王璐的男友穿着黑色的燕尾服，鼻子下边一撇八字胡。王璐一看见他就没义气地抛弃了室友，归巢小鸟一般飞奔向男友怀抱了。

孙雯雯也很快跟一个黑骑士聊得热火朝天，只剩下陈菁和关小柳手拉着手去自助餐台一盘盘地尝过去，评判哪个味道重了哪个糖放少了。

她们还没吃多少，碰上了另一群熟人。

也不算熟，距离上次她们大闹实验室还没多久，对林陆一行人算是熟的只有关小柳。可她现在化成那个鬼样子，愣是让林陆他们没有认出来。

没认出来最好，关小柳正觉得自己这模样丢人呢，扯着陈菁就跑去餐台的另一边。

隔着一排排玻璃挡板，她看见林陆穿了套棕色的复古英式西装，戴着个瓜皮帽，手里拿着个烟斗扮福尔摩斯。关小柳心里念了句“好浮夸”，再看向旁边戴着个大鸡腿头套的秦辰才知道什么是真浮夸，那家伙一扭头脑袋上的鸡腿骨头就会以一个漂亮的甩尾打到他身后同样戴着个硕大鸡腿头套的池哲，两个人孪生兄弟似的甩来甩去的，魏立春站在后边烦躁地让他们直着脑袋别乱动。最后是夏普，他只是敷衍地戴了个面具，而且大部分时间还是拿在手里转圈玩的。

不知是不是她的视线太灼热，累赘最少的夏普最早察觉到了她，只是目光在捂着脸的关小柳身上停了一下，就转向了她身旁的女生——穿着简化版女仆装的陈菁。

陈菁也认出了那边是前几天被自己“教训”过的师弟，有些不好意思地低头吃蛋糕掩饰。

夏普看她低了头，也就不再盯着她看，更像是根本没看见她们似的没有跟林陆讲，一行人转到别的地方去玩猜谜游戏。

这些衣服真不是他们想穿的，只是晚会主办部长是魏立春的室友，那哥们儿不想大奖落入旁人之手，因此从话剧社借了服装以后请好友们穿了去撑场子，说他们要是穿着去了第一肯定是他们的，然后奖金平分一起吃饭。

想着这可能是大学最后一次参加这种类似联谊的晚会了，他们几人也就答应了。

正当池哲和秦辰两个“鸡腿子”推搡着争辩谜题的答案时，舞会灯光突然一暗，一束强光打在舞台中间的主持人身上，他讲了一下评奖的规则，所有选手均可参赛，拉票形式不限，每个参加晚会的人手里的入场券上有一个可以撕下来的贴纸，直到舞会结束，觉得谁的装扮有创意就把贴纸贴在他身上就行。

评选正式开始，舞池里跳舞的人并不多，大多数人还是在吃着东西找人搭讪，有表演乐队在台上唱歌，台下则因为主持人那句“快去给心仪的人投上一票吧”而引起了小规模的骚动。

池哲和秦辰蹦着喊着：“选我选我！”两个硕大无比的脑袋每每相撞都要殃及身旁的人，其中一个被殃及的就有关小柳。

她穿着红色漆皮细高跟鞋，因为不适应又被人推搡着，一个没站稳就扑倒在不知道谁的背上。等顶着瓜皮帽的男生回头，并且仔细辨别了一下口红蹭得半边脸都是的少女是谁后，不确定地问：“关小柳……师姐？”

“不！不是我！”关小柳两手捂着脸转身就跑，可是因为把眼睛捂得太严实，高跟鞋不受控制地又是一崴，她极力控制身体平衡没有扑倒在地，可脑袋猛力一甩，把假发给甩出去了……

戴着发网像是准备抢劫银行的小柳已经不知道要怎么哭了，脸上的肌肉都僵硬得不知所措……

就算那张脸化得神鬼不识，可林陆很确定这个没什么脑子的女生就是他们组里那愚蠢的师姐了。

他弯腰把红地毯上的金色假发捡起来，刚交到关小柳手里，还没来得及说话，她就再次转身跑了。

一路跑到人少的楼梯旁边，她从储物柜里拿了自己的羽绒服，抽出张纸巾把口红擦了好几下。口红已经花了，拿纸巾擦过之后依然有痕迹，她脸上的粉妆又厚，不敢贸然去拿水洗掉，只好穿着羽绒服把自己包裹得严严实实的，帽子也戴上，拉紧了绳子在下巴下边打好结，只露出一张化着浓妆的白白小脸。

有点像俄罗斯套娃。

她顺着楼梯下了楼，看见大厅里有个移动摊位在做炒酸奶，点了份草莓味的，好奇地向制作师傅提问："下边这个锅是热锅吗？"

"不是，是冷冻的。"师傅把调好味道的酸奶均匀地洒在平底锅上，"有个制冷的机器，一下子制冷把酸奶给冻住了。"

"哦，哇！"关小柳觉得很神奇地接过那杯炒酸奶，舀了一勺品尝，冻得连连张嘴哈气，原来就是酸奶冰激凌啊！

一楼大厅不似二楼舞会那么暖和，不过她这么裹着羽绒服也是够热的，她找了个僻静的位置一边发呆一边吃炒酸奶降温。

不好意思先回宿舍，怕室友觉得她没玩好而内疚。

"这个好吃吗？"不知何时身边走过的一位妈妈停下脚步，拉着和自己同样巫婆打扮的女儿打量关小柳手里的零食。

"啊？这个吗？那边那个摊位领的。"关小柳连忙回答她。

“哦，那里啊，看你吃得好像很好吃的样子，我也去领一份。”

那个年轻妈妈说完就领着女儿往炒酸奶的摊位走去。

关小柳目送了那母女俩一会儿，又扭头对着墙壁上的花纹发呆。

她发呆时太过于专注，完全没注意到远处某个角落里，手边放了杯只吃了几口的炒酸奶的林陆一边玩着手机一边纳闷：看她吃得明明很好吃，怎么自己拿的这个味道这么一般？是拿错了口味吗？

因为汇报进度那天关小柳给客户讲解时落落大方，对方看她的预设和他们的要求很一致，已经实现的功能也是他们最重视的几块，加上魏立春画得简易有趣，池哲做的 PPT 特效炫酷，林陆把最简单易实现的模块做得很高大上，所以客户对着关小柳的导师和郑主任都是赞不绝口。

郑主任因此有好几天对他们项目组的人都笑意盈盈的，甚至在林陆简单地封装了 App 导进安卓机里给他看效果时，说手机看效果不明显，直接给他们批了笔经费让他们去买台安卓平板。

那个全组唯一的安卓手机是关小柳的，在接连摔坏了三部手机后，关小柳的母上大人给她的购机经费越压越低，最后她选择用 399 块买手机，剩下的 300 块钱买了件粉色泡泡袖碎花连衣裙。后来裙子过天桥的时候被刮破了，可是手机居然坚持了两年多，她觉得这么有骨气的手机应该等它寿终正寝了再换掉。

最近这手机总被拿去做测试，平时放在振动档上还没什么，可测试的时候有音效测试，必须开到响铃档上，于是就会听到关小柳师姐亲自录制的各种音效……

最为大家津津乐道的就是她的短信铃声，那是关小柳一本正经的唱腔，唱着：“我们是害虫！我们是害虫！正义的来福灵！正义的来福灵！”

当时林陆刚打开 App 测试新闻栏目，关小柳的歌声突兀地响起来，惊得她一个箭步向前夺下手机去查短信。结果那天刚好是光棍节大促前夕各商家发消息高峰期，于是她的歌声就这么时不时地唱一会儿，唱得关小柳很想买瓶来福灵喝。

所以郑主任批了经费让他们去买个平板，最高兴的就数解放了自己手机的关小柳了，她曾经觉得丢脸改了铃声，可是手机被他们测试的时候好像改了 root 还是什么，反正就是铃声又被改回去了，而且换不掉了……她问他们怎么回事，一个个都摊手表示不知道。

于是她流着泪只能每天当好几次害虫。

本来去置办资物的任务是关小柳的，可她对电子产品不太懂，怕去了电子城被人坑，只好求林陆陪她一起。

不是什么大事，林陆陪她走了一趟，买了台性价比最高的不知名平板。毕竟这算是公物，后边的项目组不一定能用几次，电子产品更新换代速率太快，一直放着就没什么用了，所以他们只挑了个屏幕大、分辨率高、适合展示产品的机子。

顺利地买完机子，出门的时候经过一家电玩店，门口摆着一排抓娃娃机，一对情侣在那里抓了好久都没抓中，女的抱怨了男朋友好多声，男的也挺无语的，投完最后两枚币还是一无所获后就哄着女朋友去买好吃的了。

他们刚走，林陆从裤兜里掏出刚才买设备找回的两个钢镚，跟店老板换了两个游戏币，就在那对情侣玩过的娃娃机里投了币，随便动了动操作杆，看抓钩在某个玩具上方就按下抓取钮。

居然，真的抓中了一只金黄色的大眼猫。

林陆弯腰从出货口拿出那个娃娃，心想运气还真好，直起身来把那只猫给关小柳："送你吧。"

“啊！你好厉害啊！”关小柳双手虔诚地接过那个玩具，由衷地赞叹。

“这个抓钩固定次数里会有一次抓力很大，只要差不多对准玩具就会拿出来的。”他之前弄机器人的时候看过一段抓娃娃机的代码，那个次数一般设定在“13”上，刚才那两个人抓了估计有十来次都没中，他才想试试的。

可是他发现关小柳并没有在听他说原理，而是翻来覆去地看那个玩具，然后露出了和那个有点蠢的猫一样的表情崇拜地看着他：“你好厉害啊！”

林陆被她盯得有些不自然，从裤兜里掏出手机，划屏解锁放图片在她面前：“看。”

关小柳疑惑地看了看屏幕上那只有着大大的眼睛、黑黑的眼珠子冲着镜头笑的狗。

“这就是你们家吉娃娃吗，很可爱啊，给我看这个干吗？”

林陆收回手机，忍不住笑了下：“不觉得像照镜子吗？”

照镜子？

……

“林师弟！”关小柳愤怒地一声吼，惊得路人都驻足张望。

“咳！”

林陆笑得咳了下，对着她因为生气而分外圆的大眼睛，越发觉得像那张照片。

“别叫林师弟行吗？让我想起《笑傲江湖》来了。”

笑傲江湖？林师弟……林平之？

呃，是说岳灵珊管林平之这么叫吗……他们俩最后好像在一起了……他是在暗示什么吗？让她不要像岳灵珊似的爱上师弟？什么鬼啊！他是不是有点自作多情？

只是因为无意想起某个自宫的著名角色随口说了一句的林陆，不解地看着关小柳的表情变来变去的，最后又恢复成了愤怒的样子，她一根筋好像扭了一圈又弹了回去，皱着鼻子哼他：“你才像狗呢！”

我长得可好看了！哪里像吉娃娃！

一个“我的美貌明明是萨摩耶级别”的诡异念头又一次出现在她的头脑里，正当她赶紧把念头驱散的时候，林陆从书包里又掏了个橘子给她。

“我不吃。”关小柳把玩具放进自己包里，对他的崇拜烟消云散。

林陆还是保持着递橘子的姿势，抬了抬手。

关小柳无奈地接了过去，诚实地告诉他：“我真不爱吃橘子。”

“好吃。”林陆似乎很执着的样子。

关小柳迟疑地打量他：他这是在对刚才的举止道歉求和吗？好吧好吧，既然他诚心诚意地示好了，那就吃吧。可是这个男生为啥包里总装着橘子啊？是有多喜欢橘子啊……

她跟在他身侧，一边走一边剥橘子，心里想着事，掰了挺大一块就往嘴里放，一口咬下去，那酸爽……

“咳咳咳……”

她差点给吐出来，怎么会有这么酸的橘子！

林陆扭头看她：“怎么了？”

“这橘子……”关小柳话说了一半，突然想起这是林陆求和的橘子，她如果说酸的话他会不会觉得她无理取闹拒绝他的示好？“这橘子是挺好吃的。”

于是大度的师姐忍着倒牙的酸涩把嘴里的橘子给咽了下去，又趁着林陆不注意的时候迅速把剩下的扔进了垃圾桶里。

她以为林陆没看见，可他 185cm 的身高和她 158cm 的身高看到的世界视野上有些差异，她的举动他眼一瞥就注意到了。

他嘴角的笑意更深了，她那副吃了瘪又默默憋着的样子，和他家……

他简直要怀疑是不是他家小狗附在人身上找他报恩来了，不然怎么会有人跟一只狗那么像呢?

人与人的际遇有时很玄妙，林陆在扶起摔倒在天桥上的大爷一个多月后，在某天早晨起早去吃学校食堂限量的肉饼时被同样吃早饭的老人叫住。

老人记性不错，看见他一下子就叫出了他的名字：“林陆！”

“哎，大爷。”林陆看躲不过去了就端着饭盘坐在了他桌子对面，跟他一同吃饭。

“最近过得怎么样啊？”老人随口问，“哎，你别说，我猜猜。”

林陆舀了一勺粥，表示并没有想说……

“看你眼圈微暗，眼球略有血丝，是不是熬夜了啊？哦，你大四了是吧，那应该是忙毕业设计，不过你眉间郁气不大，应该没什么劳神的事。看你这眼尾上挑，下颌形态跟上次见时也有略微改变，最近心情不错？”老人吃了口豆沙包，停顿了下，“上次说你红鸾星动，我估摸着这运势也差不多了，你的多水之木应该要寻到了吧？”

老人旧话重提，林陆眼前蓦地闪过关小柳皱着眉头跟他说橘子“挺好吃的”的画面，也只是一瞬间的事，他没多想：“还没呢，等寻着了我跟您说。”

本来只是随口说说，他也没放在心上，谁知道刚到实验室就看见屋里坐着个不认识的女生。因为上次听秦辰添油加醋地说起过关小柳室友来闹事的故事，他第一反应是关小柳又在闹什么幺蛾子？

他走到自己的位置上坐下，那女生听见有人进屋就站起来打招呼了，她表情淡淡的，穿了黑色的棉裙和黑色的夹克：“你是郑主任带的项目成员吗？”

“对。”林陆开电脑，抬眼看她。

“我是郑主任今年收的保送生，广告设计专业的，郑主任让我参与到这个项目中，负责 UI 设计。”她的声音就像她的表情一样淡。

“好的。”林陆点头致意，顺手接过她递过来的一沓资料。

“这是我之前获奖的一些设计作品，你是林陆吧，郑主任说有事让我找你，你看一下我擅长的风格，然后跟我提一下这个项目的要求。”

林陆翻看着那些图，本来是很淡定的表情，只是在看见最后的落款时愣了一下，随即恢复如常。他伸手做出正式的邀请动作：“欢迎加入，宋淼。”

宋淼没跟他握手，伸掌拍了他的掌心一下算是回应。

“我有大新闻！”关小柳推开门就叽叽喳喳地嚷着，结果看到有个不认识的人正站在林陆旁边，好像在和他牵手？

她连忙两只手捂在眼睛上：“啊，我没看见我没看见，你们继续！”

说完了还打算转身离开，被林陆叫住：“你有什么大新闻？”

关小柳顿住脚，慢慢地转身，大新闻什么的已经抛诸脑后了，八卦地问他：“林师弟，这是你女朋友？”

那天林陆告诉她喊“林师弟”会让他觉得自己是那个练了葵花宝典的师弟以后，关小柳就很幼稚地每次在他说话呛她愚蠢的时候这么叫一声，这次不知道为什么又这么叫了。

林陆不和她一般见识，没听见她的称呼一般道：“这是郑主任的学生宋淼，加到咱们组负责 UI 的。”

“啊？哦哦哦。”关小柳几步走到她面前，看这个比自己高不少的女生，“是师妹吗？”

“大四。”宋淼简短地答。

“师妹好。”她仰着头跟宋淼笑，“我是项目的负责师姐，关小柳。”

林陆想起关小柳刚开始的时候也总是这么仰着头喊他们每一个人“师弟”的，后来熟了称呼才随意了些。她那副恭敬的样子到底哪里有师姐的气派啊……

关小柳跟宋淼说了会儿话，又转向跟林陆神秘兮兮地眨眼：“夏普今天是不是不来？”

“不知道。”林陆答。

“他今天肯定不来！昨晚他跟陈菁发短信了！然后陈菁今天就出去了！还不告诉我们去哪里干什么！肯定是跟夏普约会去了！所以夏普今天不会来的！”关小柳说得激动，握着拳头和林陆分享这个八卦。

后来池哲、魏立春、秦辰陆续地过来了，她兴致勃勃地跟他们每个人说了这个消息：“要是他俩真在一起了，那我就算是红娘了吧？”

她还没激动完，被她说“今天肯定不会来”的夏普就款款地走进了实验室，放下书包开电脑。

关小柳震惊地望着他，看了眼时间，距离陈菁早上出门才一个小时，怎么有约会这么短的吗?

她的眼神太执着，夏普察觉到后抬头回视她，见她还望着自己，吐了句：“早。”

“呃，早……”关小柳跟一口吃了个水煮蛋被噎到后，咽不下去又不好意思吐出来似的，哽在那里不说话了。

在座的几个男生都没憋住笑了出来，关小柳觉得自己刚才告诉他们自己的鼻子跟狗一样灵，尤其是“奸情”的味道一嗅一个准这话真是啪啪打脸。

夏普你为啥不按剧本走!

关小柳不能容忍自己的“权威”被挑战，眼巴巴地看着夏普，试探地问：“夏普啊，你早上是不是跟陈菁一起出去了？”

夏普睨她一眼，问了一个似曾相识的问题：“你在追我吗？”

关小柳双手在胸前比画了个“×”：“当然不是！”

“哦。”夏普已经开始“嗒嗒嗒”地敲键盘了，“那关你什么事？”

吃……吃瘪了……

一向最沉默寡言的夏普居然也开始呛她了……

上次闹事被骂都没生她气的夏普居然说出了“关你什么事”这么冷漠无情的话……

关小柳一副泫然欲泣的样子：“为什么这样对我，夏普你变了，你一定是外面有别的翻盖手机了……”

“噗——咳咳咳……”

池哲差点被热水呛死，抽了好几张纸巾擦桌子上的水，咳嗽着对夏普说：“我看你跟小柳师姐真是绝配。”

夏普还没说什么，林陆先开了口，话是冲着关小柳说的：“有空八卦，能先跟新组员说说她要做什么吗？人家来了一个小时，除了听你复读机一样说了四遍八卦，什么事都没做。”

他语气并不是特别严肃冷淡那种，但是听内容是有些责怪她的意思的。关小柳被这样的林陆说了以后立马绷紧神经，线衣上的每一朵立体小梅花都戒备起来，好学生模样地跑去宋淼旁边坐着，拿出笔记本跟她讲起项目要求来。

宋淼之前已经戴上耳机听歌打游戏了，看见关小柳来了以后才把页面最小化了，听的时候还好，待看见关小柳做的那个网站，一副难以描述的“活得久了什么都能见到”的表情。关小柳偷偷地打量她的神色，虽然也知道自己做得确实不太好看，不过没人希望自己用心的作品被别人随意嘲笑的，所以她小小的自尊心还是有点颤抖。

宋淼看了看每个网页以后，利落地点了关闭钮，并没有对关小柳的设计做什么点评："大概知道了，我这两天做出几套方案来你们挑一下。"

两天做出几套方案……

"哇，好厉害，那辛苦师妹啦！"关小柳两手一拍放在下巴之前的位置上，一脸的真诚。

宋淼有点受不住一个师姐用这种萌萌的而且居然不让人觉得做作的表情看她，挥挥手："没事，师姐你忙你的吧。"

其实这个项目眼前来看似乎并没有关小柳能干的活儿了，这也是她每天都会来实验室的原因，那种"虽然帮不上什么忙但是我一直跟你们在一起哟"的精神能感动她自己一会儿，让她觉得自己对这个项目组还有点儿用。

她回到座位上后先是对陈菁疯狂地短信攻击："妖精！你去哪儿了！你不是和夏普约会去了吗？"

半天陈菁都没回复她自己到底去了哪里干了什么。

应该说，那天早上夏普消失的一小时和陈菁消失的一整个上午到底去了哪里干了什么成了一个秘密，很长时间里无论室友怎么问，她都没告诉她们。

没法子，关小柳只好拿出课本开始看书。她的导师最近催她发成果，争取期末之前能发个论文，她这学期的课没几门，只好从导师教的"群体动力学"下手，偏偏这门课不好好研究传播学社会学，非要联系上数学……和导师合作的那个老师是从大美利坚回来的数学教授，虽然是华裔，可从小在外国长大，中文说得太匪夷所思了，只能用英语和她交流。

所以现在的情况是，她要写一篇从概数角度切入的传播学论文，而且指导她数学的老师说的是英语……

那么当时转专业到底是图什么呢？不是说好的学文科就可以摆脱那些奇怪的东西吗？这算什么？

关小柳有苦说不出，自家导师带的几个人就她本科的时候上过概率论和数理方程，比起那几个跟读天书似的人，数学教授宁愿和关小柳的半吊子英语交流。

她坐在长桌前，听着让人无比安心的键盘背景音，在草稿纸上认真地画矩阵、解方程……在座的哪一个男生都是数学好手，随便指点她几步就能把她半小时解不出来的题给快速解决。

这种感觉对这几个师弟，甚至对宋淼来说都挺受用的，关小柳虽然年岁上比他们大一点儿，可是她个子小，那么娇小的一个人在你旁边待着的时候会让你莫名就有种想要保护的感觉。而且她还不是那种“熊孩子”，她虽然对理工方面的知识确实不擅长，学得也不快，脑子也不那么灵光，可每次你教了她，她都会用一种无比崇拜的眼神看你。

没有人能拒绝一个真心崇拜自己的女生，尤其是在这个女生长得挺可爱的情况下。

于是除了跑腿买东西给他们端茶倒水嘘寒问暖的时候能让人觉得关小柳是个细心的师姐外，大多数时候他们都觉得，关小柳就跟因为跟不上功课需要他们指点的妹妹似的，“单蠢”得能激起你自己都察觉不到的人性恶趣味，忍不住就想骗她逗她玩。

那天，关小柳走路的时候不小心把林陆放在桌上的笔袋给碰到了地上，笔袋拉锁没拉，文具哗啦啦地落了满地。她连忙蹲下去把东西装进笔袋里，结果桌子似乎有些高，笔袋里有个组合式的瑞士军刀的壳碎了。她正想该怎么办，秦辰就坐旁边，看见了以后惊呼一声，恐惧地睁大眼睛。

“小师姐！你完了！”

“哈？”关小柳举着军刀回头看他，“怎么了？”

“那是陆神的爸爸送他的！”秦辰皱着眉毛说，“应该说那是陆神的爷爷给陆神爸爸的。”

“传……传家宝？”关小柳看着并没什么文物气息的军刀，有点怀疑。

“觉得太新了是吧？那是因为陆神特别爱惜啊，小时候他爸爸老出差，他自己在家害怕，他爸就给了他这个小刀，让他要勇敢，在家里保护妈妈。你看着这组合小刀现在到处都是，当年他爷爷可是很潮的，算是第一批海淘的人，让他国外的朋友给他带回来的，可贵了。”秦辰说得振振有词，表情严肃。

他跟林陆一个高中的，应该是最了解林陆的人了，关小柳对他的话特别相信，握着那个军刀不知所措，最后一跺脚跑出去了。

一旁坐着的魏立春都听见了，挑了挑眉毛：“美人，你这有点儿损了吧，那刀不是上个星期陆神在天桥上因为上边有指甲刀花二十块钱买的吗？”

秦辰笑得奸诈：“你不觉得逗小师姐特有意思吗？再说她确实给林陆摔坏了啊，肯定找他道歉去了，一会儿啊不知道林陆要怎么逗她呢。”

“呃……我觉得陆神好像特别喜欢呛师姐啊，人家一颗少女心都快被林陆吓得……”

“林陆说一看见她就想起家里的吉娃娃……”

关小柳是真的信了秦辰的话，一路小跑着去了学校西门外的修表店，问人家能不能修，师傅看了一眼摇摇头。

她又一路跑着去了修鞋的店，修鞋的大爷翻看了下小军刀：“怎么修？

拿胶黏上？”

“黏上还是有裂纹，能不能换一个跟这个壳一样的壳啊？”关小柳期待地问。

“那上哪里去找啊？”老大爷吐槽，“这小刀看着不怎么值钱啊，你想要个没裂纹的去天桥上买把呗，二十一把，一模一样。”

“这是同学的，对他来说挺珍贵的，真的修不了吗？”关小柳也没跟他辩解值不值钱的事，还以为大爷说的是这个挺旧的不值钱了。

“要是想把纹给遮住，要不我给你附上层皮子？薄的那种，可以贴上去，有这种深红色的皮子，要吗？”大爷从抽屉里拿出一块样板皮子，花纹还挺好看的。

“这个多少钱啊？”关小柳想着黏上皮子还有个保护层的作用，林陆应该可以接受吧……

“看你要什么样的，革的二十，皮的五十。”大爷看她是学生模样，漫天要价。

关小柳捂了捂钱包，小心翼翼地还价：“皮的四十五行吗？”

“行，照顾你。”

大爷眉开眼笑地就给她画版裁剪起来，虽然是真羊皮，可都是补鞋剩的边角料，四块五都能给她做。

因为坑了她的钱，大爷弄得格外细心，并不只是简单地黏上，而是做出来包裹了一层皮的样子，看着比原来高端大气上档次多了。

关小柳揣着小刀忐忑地回了学校，看见林陆正在座位上，她两只手捧着改装过的小刀交到他面前。

“陆神，对不起啊，我把你的小刀给摔碎壳了，刚才我找人帮你包了一层羊皮，秦辰跟我说了这个刀对你很重要，所以我真的很抱歉……”

林陆一头雾水地看看秦辰，看见对方挤眉弄眼地笑，大概知道是他骗了关小柳什么鬼话，而这傻乎乎的师姐信了。

十二月了，天早已转凉，关小柳穿着件砖红色的娃娃领薄毛衣，不知道是跑得热了还是太过于窘迫，脸颊红扑扑的，额头上是细密的汗。

林陆看着这样的关小柳，心里没来由地有丝心疼。他接过刀子，认真地看了看："之前我就觉得那个挺容易摔坏的，正打算抽空去弄个皮套呢，谢谢你了。"

哎？他都没生气哎！还谢谢我？关小柳背着两只手，害羞地笑了。

她还在笑，林陆把小刀放进笔袋后，假装不经意地玩手机，给秦辰发了条短信：

"以后别这么捉弄她。"

秦辰收到短信后，撇了撇嘴，没回他。

呸！装什么大尾巴狼！平时明明他林陆欺负人家师姐欺负得最得心应手吧！

关小柳丝毫不知道自己被"欺负"了的事，看见林陆没有生气就心安地回了位置上，座位都没坐稳就被导师一个电话叫走了。

林陆又翻出瑞士军刀摩挲了几下，问秦辰："你怎么跟她说的？"

秦辰哼了一声，可也知道林陆这么问是为了他着想，不打算跟关小柳说实话了，怕她怨自己，于是一五一十地把话都说了。

"脑子里戏这么多你去写小说行不行？"林陆皱着眉听他说完那段"小小的林陆扒着窗户看自己爸爸离开的背影，握紧了手里的军刀告诉自己是个'小小男子汉'，要保护妈妈不能哭鼻子"。

秦辰又气势不足地哼了一声，心里也有些歉意。他以为他那么说了以后，小师姐也就是去找林陆道个歉，然后被林陆再逗几句就算完了，谁知道关小柳心眼那么实，还跑出去给那把破刀包了个皮套，而且道歉的时候那副要哭出来的样子也是看得他有些不好意思。

一般来说，捉弄人的快乐来自于被捉弄的那个人很认真地上套了，表情丰富得让你觉得自己的恶作剧很有满足感。可关小柳每次都这么心眼儿实诚地被骗让坏人都不好意思继续作恶了，何况本来他也不是什么大恶之人。

关小柳去找导师的工夫，屋里的其他几个人各自汇报了一下进度，林陆交代了几句之后，破天荒地磕巴了几句："那个……那个，以后都对关小柳好一点儿，别动不动吓唬她了，小玩笑不要紧，太过分的还是注意一下哈。她也挺不容易的，项目的事完全不懂，还得跟着学，别因为她脾气好就老欺负她。"

那几个人望天的望天，抠耳朵的抠耳朵，心照不宣的事情这么说出来还真是有些羞耻，就连进组最晚的宋淼都有意无意地逗过关小柳，跟她说每天跳着伸手够屋顶就能长高，让身高一直是心底之痛的关小柳好一阵子都在宿舍疯狂地蹦着够房顶，差点崴了脚。

宋淼在众人不说话的时候拿了最新的设计稿给林陆看："App的风格化也设计得差不多了，还有一些互动界面的设计你来看看……"

说回了正题，林陆又变成了那个严肃的林陆，翻看着宋淼的工作。UI设计不仅仅是配色那么简单，那是能抓住受众最直接的外在，功能的实现都差不多，可人机交互的好坏直接影响了用户想不想使用。他一面欣赏着宋淼的才华，一面想起那个周老头说的话："你若能找到命中多水之木的另一半来帮助你，肯定平步青云啊。"

那个老人算得准不准呢？

他偏头，看着宋淼有片刻的失神。他尚未谈过恋爱，因为觉得女生麻烦又有些笨，交流起来很费劲，可宋淼算是他接触过的同龄女生中比较优秀的了。如果那老人说的是真的，宋淼就是他的“多水之木”？

宋淼讲完自己设计的几个特殊点之后，扭头看林陆等他提问题，结果发现他在看自己，愣了一下。

他俩这诡异的“深情对望”让彼此都一个冷战，林陆抹了抹胳膊上的鸡皮疙瘩，默默地想，算了，好像并没有什么感觉，他还不够成熟，谈恋爱的事再议吧……

关小柳带着一脸的笑回来时，池哲先听见了响动，问她：“师姐，什么好事这么高兴啊？”

关小柳从包里掏出张卡摇了摇：“导师给了张200块钱购物卡犒劳我，等着我去商场给你们买好吃的哈。”

她摘了包挂在椅背上，轻手轻脚地挪开椅子坐好，虽然很多时候她有点小迷糊，可心里住着位小公主，表现得也总是很淑女。

“哟，这么好？”池哲凑过去看，“北门不就有个物美吗？不过你们导师叫你过去只是为了给你卡？”

关小柳笑得眯着眼：“不是啊，让我批改作业，他在外边的辅导学校教课，学生们交的片子让我打分。”

她边说边打开电脑插上U盘，摆开一张名单放在手边。

她U盘里的文件才打开，魏立春问了句：“谁手机振动呢？”

环顾一圈，关小柳悄悄地举手：“不是振动，是我电脑排气扇在运行……”

这堆视频作业有点大，自己的机子好像受不了啊……她托着腮拍了一会儿脸，拔了U盘决定先清理一下电脑的内存。

她小声地问池哲：“有什么电脑管理软件比较好啊？我要清磁盘。”

池哲热心地让她装了个优化大师，顺道教了教她怎么分析软件的卸载可行性，别把系统软件给删了，他示范的时候翻了翻列表，震惊地问她："MyEclipse？ Matlab？ Visual Studio？师姐，这些你自己装的？"

"对呀，之前上课的时候都有学。"关小柳害羞地抓了抓刘海，"不过学不太明白……"

"啊，没事，反正你现在都用不着了，都删了吧，估计机子就快了。"池哲说了句就去干自己的事了，编代码的时候还在想，其实这师姐肚子里还是有些存货的吧。

关小柳自己捣鼓起电脑来，咬着拇指指甲盖，很是纠结："这个可不可以删啊？虽然他分析了这些能删掉，可是删了会不会有问题啊？"

"删了吧，除了照片和个人的文件，别的程序都删了就行，缺什么再安装呗。"林陆在她正不知道怎么办的时候端着杯子站在她身后，看了眼卸载列表，替她拿主意。

"好，那就都删了，真崩了我重装系统就是啦。"关小柳下定决心点了卸载。

"嗯，对，这才是折腾电脑应该有的好心态。"林陆一副"孺子可教也"的姿态拍拍她的脑袋回到自己位置上，结果还没坐稳，就听见关小柳一声哀号："啊！真的崩了！"

林陆放下杯子："嗯？"

关小柳从笔记本前露出了毛茸茸的脑袋："你刚才是说出问题了会负责的是吗？"

"我什么时候……"林陆的话戛然而止，伸出手去，"算了，给我，我看看吧。"

关小柳连忙将蓝屏了的电脑交给林陆，人也越过桌子去趴着跟他解

释：“刚才我看C盘的内存还是那么小，就手动删了几个文件夹……”

“嗯，可能得重装一下，你这是win7旗舰的是吧，没什么大问题……”林陆敲着什么选项，伸手去拿杯子想喝口水，一回头看见弓着身子的关小柳。她今天穿了件白色修身毛衣，戴着白色毛茸茸的围脖，套了件红色的小斗篷，因为屋里有暖气，她斗篷围脖都摘了，此刻只有那件领子不算高的毛衣，这么一弓身……

林陆失神的瞬间被杯子里的热水给烫了舌头，一口水硬是憋着咽下去，烫得食道跟烧起来似的，放杯子的力度没掌控好，杯里的水因为忽然的撞击力溅出来，稳稳地落在了键盘上。

就听见“哧”的一声，关小柳的电脑键盘冒起烟来……

关小柳的脸变得煞白，诡异的气氛里，其他人都疑惑地望向林陆：不是说不要再逗师姐了吗？你这算什么？

林陆有些不自然地拿纸巾擦了擦键盘：“呃，现在可能有点儿大问题了……”

关小柳揉了揉眼睛，看见电脑还是有烟在不断地冒。我是在做梦吗？是在做梦吧！

Chapter.3

来去如风的奇怪追求者

林陆也是因为尴尬，竟然只知道抽纸擦键盘上的水，对还在冒烟的笔记本视而不见。还是秦辰在一旁手疾眼快地扯掉了电源线，扣上盖子翻过电脑把电池给拆下来。

一股子呛人的味道让在座的都咳了好几声，魏立春把窗打开通风，回来的时候就看见大家正在围观林陆，他正皱着眉看那个烧黑了的电池。

人群视线焦点的林陆放下电池，告诉还处在目瞪口呆状态的关小柳：“这个，烧了。”

也是赶巧，那电脑本来就排气扇不太好用了，之前关小柳用电脑时那类似于振动的声音就是散热不好的表征，主板烧得厉害，电池命悬一线，林陆的这一泼水造成的短路让主板直接崩溃，连带着电池一起烧了。

关小柳总算回神，她也知道烧了，然后呢？

林陆略一思索：“反正也用了三四年，换一台吧，你们老师安排的活儿急不急？”

关小柳还是沮丧郁闷得很，并没怎么听明白林陆的话，只答了后一句：

“不急，这周批完就行。”

“嗯，那你想想要换台什么样的机子，一会儿放学我带你去买。”

“要去实体店买吗？网上买就好了，明天就送过来了，还便宜一点儿。”关小柳不情愿地接受了这个事实，然后就开始盘算自己的生活费还剩多少，要不要给母上大人打个电话说一声。

“网上翻新机太多了，你先看想要什么样的吧。”林陆也在回忆自己卡上的余额，暑假的时候他在游戏公司兼职过两个月，赚了不少钱，不过前阵子换手机又买了 PSP 以及一堆游戏，不知道还剩多少。

“没什么要求，屏不用太大，轻快便携一点儿，样子好看一点儿就行，我也就是看视频写论文用，剪片子我都是去机房的。”关小柳习惯了他问什么答什么，即使现在心里有点儿埋怨他还是老老实实地答了。

“嗯，你再想想，我先出去一趟。”林陆听完了她的话，竟然起身离开了。

关小柳咬着嘴唇对着已经壮烈牺牲的电脑默哀，然后问池哲：“林陆是不是故意的啊？怎么会有人喝个水都能把电脑给烧了呢？这要是给他根火柴，他是不是能烧出个天堂啊？”

一直看着这两人一问一答的几人都没绷住笑了出来，没想到他们以为的纯良师姐生气的时候也这么会损人啊。

林陆自然没听见关小柳对他的评价，在楼下 ATM 机查清了余额以后松了一口气，回到实验室后虽然看起来还是面无表情，可嘴角微微上扬，完全不是刚才看见关小柳电脑冒烟时那没掩饰好的惊慌。

倒不是怕要赔钱的惊慌，而是依他对关小柳的认知，这姑娘如果受了委屈是会哭得喘不上气来那种性格，就像上次被郑主任骂了以后，她虽然没号啕大哭，可他看见她偷偷地抹了好几把眼泪。

所以如果是因为他的失误把人给搞哭了，他真不知道要怎么收场。

直觉告诉他：这不是一个橘子能搞定的。

“想好买什么型号了吗？”他看见“身首异处”的电脑已经被关小柳装回电脑包了，小声问了她一句。

以为自己没打扰别人，殊不知别人一个个竖着耳朵听着呢。关小柳“嗯”了一声：“我原来这个就挺好用的，又是经典机型，现在肯定也降价了，我想还买个这样的就好。”

而且这样母上大人就看不出来了，也就不会训她了。

“换个 air 吧，电脑我弄坏的，钱我会出的，你不用担心。现在还不是下班高峰期，咱们这会儿去买，你晚上就能用。”林陆因为余额数目喜人，底气也足得很。

关小柳没想让他赔，本来她也是打算换电脑的，他只是加速了她的决定而已，不过这里人这么多，她不想跟他争辩，背了双肩包跟在他后边出了门。

门才关上，秦辰后怕地拍胸脯：“没想到小师姐扛折腾，小师姐的东西这么不扛折腾，我可没陆神那么财大气粗，以后还是绕着她走吧。”

几个男生还在瞎说，宋淼却沉默着看了一眼空出来的林陆的位置，不知道在想些什么。

两人一前一后地走着，林陆腿长，走几步要停一步等她跟上了才继续走。

关小柳手揣在斗篷口袋里，揪着里边的布料跟林陆说：“不用你赔，我本来也是该换的。我不想买 air，就买台四千块钱以下的就好，你帮我挑一台那个价位的吧……”

林陆并非善财童子，她跟他说了两次不想买，他也不是非要强人所难，低头问了一句：“你觉得 air 不好看？”

“好看……”关小柳诚实地回答。好看，还轻快，还好用……可是贵。

她后边没说的话林陆也懂了，他踢了一下脚边的一颗小石子，问她：“那这样吧，你不让我赔我心里也过意不去，咱们去买 air，然后费用平摊，你看行吗？”

“这样啊……”关小柳心动得厉害，犹豫了一下还是拒绝了，“还是不了，就……就买台普通的就行了，air 除了好看也没什么优点了。”

除了好看还轻快，还好用……

她的动摇林陆看在眼里，他站在她左侧，右手搭在她右肩膀上轻轻揽着她走了几步：“行了，你师弟随便写写代码就不止一台电脑，走吧，不要拒绝我一片‘孝心’了。”

北风霸道地吹，他那几秒的触碰只是为了推她赶紧走，连温度都不曾留下，可关小柳不知道为什么心跳一阵失常，脸都有些发热，也顾不得对林陆刚才那嚣张的话吐槽什么了，听话地跟着他往地铁站走去。

谁知过安检的时候林陆的书包被安检员给扣下了，问林陆是不是有管制刀具。林陆把那个组合瑞士军刀拿出来交给安检员，之前也带过几次，并没有被阻拦过。

安检的小哥看着还没林陆他们年纪大，板着脸说：“不能带进地铁。”

林陆还没开口，关小柳先凑了过去，据理力争地跟他说这是林陆家的传家宝，结果小哥根本不为所动，坚持要么没收小刀，要么他们不要坐地铁。

关小柳无意间看见了地铁门口贴着的告示上分明写着管制刀具刀刃长度超过十五厘米的不能带入，于是理直气壮地跟那个小哥说了规定：“这小刀刀刃连十厘米都没有！”

小哥指着告示给她看：“后边还有一句，其他可能造成人身伤害的武器不得带入，这个小刀戳你一下指定流血。”

关小柳眼睛瞪得圆圆的，把自己头上的短发簪拔下来冲小哥扬了扬：“我这个戳你一下也指定流血呢！”

林陆听得想发笑，刚要说算了，关小柳突然对着油盐不进的安检员恶狠狠地哼了一声，从他手里拿回林陆的军刀，扭头对林陆说：“咱们坐公交车去吧。”

她长发绾成的丸子头被皮筋绑得很扎实，那短短的金属发簪纯粹是个装饰品，只是她刚才抽得太急了，后边的头发还是被弄乱了，有几缕掉落下来。关小柳干脆把头发散开，理顺了一下就那么披着了，这样还能暖和几分。

林陆没有看过女生“打扮”，之前在实验室的时候关小柳大概是为了利落一些一直是扎着头发的，甚至有时候看书做题太烦躁了连刘海都翻上去夹着，说是露出脑门来散热比较快，不然她大脑工作太超负荷了会烧坏……

现在关小柳就在他前面，小短腿不知道是不是因为和那个安检员争执过后还带着气，走得飞快，一边走还一边弄头发、弄围脖，因为长时间被扎着的头发散开来就跟烫过大波浪似的，不那么安分地被风吹起来。

林陆觉得好像闻到了她头发上的洗发水味道，草莓味的?

关小柳气呼呼地走了一会儿，气消得差不多了，回身对落后自己一步的林陆伸手：“刀子你收起来吧，以后坐地铁就别带着了，万一又碰着不讲理的要没收。”

她也知道人家安检员只是有点儿较真，虽然她觉得那把小刀并没有什么破坏力，但总归是不太符合规定的，不过还是忍不住抱怨了一句：“那个管制刀具的告示就直接说所有带刃的都不许带好了，说得这么模糊。”

林陆一言不发地听她抱怨，手揣在兜里摸了摸那把军刀，本来确实是不值钱的玩意儿，这几次三番地让关小柳这么上心以后，倒真不能对那刀表现得太随便了……

在车站吹了好一会儿风才等来公交车，正赶上下班时间，车上堵得不行，车外也堵得不行。关小柳个子矮，抓不到顶上的扶手，四下都没什么可以扶的，想着反正人挤人的不用扶都倒不了，就直接垂着手，脚略微分开地站在那里。

谁知道这司机师傅开车特别猛，关小柳左摇右摆的没站稳，一头往林陆身上撞去。

别家小姑娘遇到这样的情况要么投怀送抱地搂住男生的腰，要么含羞带怯地揪住男生衣服站稳。可关小柳站不稳的时候下意识就想给自己留出点儿空间来，于是两手用力把面前的林陆往前推了一下，林陆条件反射地不往后倒，抓吊环的手正在用力，司机师傅又是一个大转弯，使得他用力过猛，手一下子就穿过了吊环的三角空隙里。

这三角形吊环中间的空并不大，林陆因为刚才那力道太大手一下就穿过去了，往外拿的时候却有些费劲儿。

偏偏关小柳正常情况下只能看见他胸口的位置，根本没注意到林陆在那里跟吊环作斗争想把手拿出来。于是车到达停靠站时，林陆一只手还被吊着，无语地看着车窗外刚下车的关小柳跟着公交车跑了十几米，嘴里叫嚷着："林陆你怎么不下车啊？"

公交车在一公里外的十字路口熄了火，看这堵车状况，没个半小时动不了，车上的人都在抱怨，有几个家在两站之间的乘客一直缠着司机求他开车门放他们走回去。

林陆下首坐着一位中年妇女，察觉到他一直在挣胳膊，好奇地抬头看了看，等看清楚发生了什么以后憋着笑问他：“借你护手霜用用吧？”

正和吊环作斗争的林陆听见这话，如闻天籁，说了声“谢谢”，用另一只手接过那大姐给的护手霜，挤了一大坨在手背上，正正反反地抹了个遍，趁着车子平稳自己能使上劲儿，用力一带，把手从吊环里拔了出来，长吁了一口气。

把护手霜还给那大姐后，他甩了甩已经有点儿发紫的手，掏手机给关小柳打电话，结果对方关机了……

这个蠢货，不会正好手机没电了吧？

林陆正在思考关小柳是会坐车回学校还是在原地等着还是会去下一站找他的时候，司机耐不住一群人磨，把后门打开了。他跟着人群下了车，左右张望着大步往回走。

一路都不见人，林陆以为她已经回学校了，却在上一站的车站牌下看见了蹲成一团的她。

关小柳蹲在一个很显眼的位置，穿的也是显眼的衣服，小脑袋来来回回地转悠，看样子是在找他。

他那么高的一个人走过去，她居然都没看见，也不知道转脑袋的动作有一毛钱用处没有。

“这儿呢，别看了。”他俯身从身后敲了敲关小柳的脑袋，对上她吃惊又高兴的蠢模样忍不住和她一起笑了。

关小柳撑着膝盖站起来，郁闷地解释：“手机没电了，我想你一定会回来找我的，所以就在这边等着了，站着有点儿冷，我就蹲下了。”

我想你一定会回来找我的。

她说得挺平淡的一句话，他听着却总觉得哪里不太对劲儿。大概是又想起了自家吉娃娃太贪玩跑没影儿了也不知道自己回家，就在走散的地方等他的画面?

十二月的晚上风特别大，关小柳美美的斗篷并不怎么御寒，林陆穿的是黑色的轻薄羽绒服，也没什么要脱下来给她穿的意向，不过走路的时候离她近了些，在她前边希望能挡一点儿风。

在专卖店买了机子又在商场吃了顿火锅，整个人都暖和过来后二人才往学校回，林陆看她冻得都抽搭鼻子了，打了辆出租车先送她回了宿舍才自己回去。

钱的事他也没提，结果隔天在实验室的时候，好几次关小柳都一副欲言又止的样子，不知道是不是觉得被其他人看见她给他钱不太好，好像会损他的面子似的。直到中午大家都去吃饭了，她才悄悄地把一大摞现金塞进他的书包里，买电脑的钱她出了一半带零头，然后吃饭打车的钱也全都给了他。

她不想占他便宜，他也没想上赶着非让她占，这样钱情两清最好不过。

烧电脑的事就这么和平解决了，甚至因为这事有了更多的接触后，关小柳对林陆的印象也好了一些，觉得他除了偶尔给她安排工作的时候太严肃了，其他时候还是个挺不错的人。

然而，这“挺不错”的印象维持了还没一个星期，她对林陆的认识又被颠覆了。

那天，她正一边复习线性代数一边编论文，无意中瞥见魏立春伸手拿桌子上的柑橘吃，然后秦辰就出声制止了他：“陆神说这一盘是甜的咱们自己吃，那一盘不怎么甜的招待客人。”

魏立春从善如流地改从另一堆里拿了个橘子，丝毫不怀疑的样子。

关小柳好奇地问：“林陆怎么知道那一堆甜啊？”

秦辰夸起林陆来就跟夸自己似的，神神道道地说：“那一堆是他亲自挑出来的啊，你还真别怀疑陆神挑橘子的神技。陆神的外婆家里有果园，就种橘子的，陆神从小在果园里玩，挑酸甜口特别准，不光是橘子，还有苹果也很会挑。”

“哦……”关小柳先是佩服地点点头，随之又想起了有次他说她长得像他家狗，她有点不高兴，他给了她一个橘子求和……那橘子酸得要命……

如果他很会挑橘子的话，那一次是失手还是故意的？

本来这事还只是让她有点怀疑，也算不上大事。结果晚饭的时候看见夏普很随意地从林陆的笔袋里拿出他那把瑞士军刀，很随意地剪了手指甲，又很随意地给他扔回笔袋里，整个过程都太过于随意了，让她那少有的女性直觉被触动，甚至还没来得及思考什么就试探性地问夏普：“你知道林陆这把军刀的来历吗？”

当初秦辰逗关小柳的那一出夏普没见到，不过林陆开会的时候说让他们以后别老骗着关小柳玩的时候他倒是在。

因此关小柳此刻诚心诚意地问了，他也就诚心诚意地答：“天桥上买的，二十块一把。”

“……”关小柳那一刻的表情已经不能用简单的震惊或是愤怒表达了。那是一种糅杂了各种情绪又无缝切换各种哀怒的样子，看得夏普都有些愣。

“你没事吧？”他不知道自己说了什么惊得小师姐这副模样。

关小柳深吸一口气，扯出个比哭还难看的笑脸：“没事。”没事才见鬼咧！

她就这么气鼓鼓地坐在位置上，想了许多，想起自己花了这把刀两倍的价钱去贴皮套，想起自己为了这么把破刀很没风度地跟地铁小哥争辩，想起自己摔坏他的刀子时那内疚得都要哭了的感觉……显然屋里的几个人都知道林陆这把刀是在天桥上买的，林陆什么都不解释，他们也就这么看着她傻乎乎地把一把二十块钱的刀子奉若珍宝？

都说法不责众，她之前就知道这几个师弟有时候喜欢逗着她玩，因此刀子的事情她发现自己好像说不上来生谁的气更多一些。可她现在确定一件事，就是林陆上次给她的酸橘子也是故意的，也就是说：林陆这家伙，真不是个好人！

心底生出莫名的委屈，关小柳觉得这阵子对他的欣赏，在室友问起她新电脑时回答的那些对林陆的夸奖真是瞎了眼了，哦，说不定烧她电脑也是故意的？

总之她有些愤怒了，而那股愤怒很快又转化成了怨气。

她有点像乌龟，被大力地打击后不会想着去反击，更多的是把头缩回壳里。

因此觉察到林陆一直以来都在捉弄她，关小柳下意识地就想躲着他了。

她不去招惹他，他总没办法整到她了吧？之前的恩怨既往不咎，之后他休想再欺负她！

林陆虽然情绪不怎么外露，但不代表迟钝，她的躲避让他有点儿疑惑。他是行动派，存了疑就主动去解惑，也没问别人，直接问的关小柳。在某天实验室就剩他们两人而关小柳正好要走的时候他敲了敲她的桌子：“我最近怎么惹你了？”

他这么问的时候，关小柳已经平复好几天的心情又起了一些波澜，她躲避但不遮掩，只说了一句：“我都知道了！”

“你知道什么了？”林陆一头雾水。

关小柳已经背上了书包，不想回答，可想着这样反倒显得自己心虚似的，于是又答了句：“知道你的刀子是在天桥上买的，根本不是家传的。

骗子。”

“我从来没说是家传的，怎么就是骗子了？”

呃……他从来没说过……

这么说起来好像也是的，那些话都是秦辰说的，他没有承认过……但也没反驳过啊！

关小柳自认说不过他，也就不再跟他说了，冷哼了一声就要离开。身为五讲四美好青年，她虽然在气头上，可走的时候还不忘把实验室的垃圾给带走。

“喂……”

关小柳提着垃圾走了没几步，听见了林陆疑似要解释的呼唤，心里喊着“我不听我不听我不听”大步地就跑出了门外。

林陆收了声，无辜地表示他只是想说那个糖葫芦的签子穿出了垃圾袋穿过了垃圾桶的网眼把两者连为一体了……

也就是，关小柳并不是提着垃圾袋走的，她把垃圾桶都给搬走了……

果然，没过五分钟，就听到“咚咚咚”的小跑声在走廊里响起，然后声音的发出者在门口的地方又猛然放轻了脚步，紧接着就是一只手从门外伸进来，把垃圾桶扔在门后就迅速收了手。

再接着又是“咚咚咚”渐渐减弱的小跑声……

林陆无语地笑了下，他好像听见她往里扔垃圾桶的时候小声地嘟囔着“你看不见我你看不见我你看不见我”……

所以骗人的话要说三遍，说多了就会有人信了是吗？

关小柳再次慌慌张张地跑回宿舍脱了鞋就往床上爬，这次依然是把自己包进被窝以后不再选择静止了，而是像个动态紫菜包饭似的来回滚动，滚得三个室友又一次排排站地仰头看她："小柳，你这是在发烧还是发骚？"

孙雯雯的一句"百无禁忌"让烦躁的关小柳瞬间止住了动作，侧着头看床下："我好着呢！"

上次因为抱怨受委屈搞得室友替她去出气的事给关小柳留下了阴影，所以她现在在宿舍绝不敢再说师弟们的一句坏话了，还跟她们解释了上次被骂的夏普是多么无辜，最后隐隐透露有个叫林陆的师弟"面冷心热""之前是误会他了""其实他还挺好的"。

孙雯雯个子最高，举着手戳了戳她气鼓鼓的腮："那是谁惹你生气了？"

不行，不能说，上次说了就闯祸了……憋着……憋着……憋不住了！

"我才知道林陆一直装得很无辜！其实我以前根本没冤枉他！他就是一直在捉弄我！我觉得烧我电脑都是他故意的！"关小柳心里藏不住事，虽然想着要冷静，可别人一问她还是忍不住都说了出来。

沉默……沉默的空气……

和上次室友们义愤填膺的态度完全不同，下边的几个人都一副木头脸不说话。

最后还是陈菁忍不住先打破了安静："你之前不是经常夸林陆特别厉害吗？人家一个大神为啥没事就捉弄你呢，是不是又是你想多了？你想想上次不就是你误会他了吗？"

孙雯雯补充了句："而且他长得那么帅，应该不是坏人吧……"

"对啊。"

"对啊。"

异口同声的两句紧接了上来。

“叛徒……”关小柳咬着被角内心哭成了一个湿毛巾，才一个多月而已，她们就已经胳膊肘向外拐了吗！

她跟她们在一起住了这么多日子，偶尔也能伶牙俐齿地找场子了，等心情平静了几分，就板着一张小脸冲陈菁说：“你果然已经投向敌人内部了！你说你跟夏普什么关系！你们已经出去约会两次了！”

“夏普”两个字跟什么神奇的点穴术似的，点到了陈菁的哑穴，她憋了好几秒没说话，最后反咬一口：“我还没找你呢，谁让你乱给别人我的手机号码的！”

于是气焰嚣张了还没一分钟的关小柳又萎了：“我是觉得夏普人挺好的……我以为他想追你……”

陈菁又哼了一声：“谁想追我你都要去发电话号码吗？”

“对不起……”呜呜呜，不是应该安慰受伤的我吗，为什么大家这么凶……

一直保持沉默的宿舍老大王璐这时提出了一个很突兀的观点：“林陆是不是看上你了啊？”

“啊？”这几人的话锋转得太快，关小柳一时接受不来。

“打一巴掌给个甜枣这种模式不是小学生最爱用的表达爱意的方式吗？”王璐这么说着，越发肯定了自己的猜测，点着头补充，“以前我们班里有个男生总爱揪我辫子或者伸腿绊我，把我给欺负哭了又拿些吃的玩的来道歉，后来我才知道他那个时候喜欢我。你想想林陆是不是也是这样的？”

欺负完了拿些吃的来道歉？橘子吗……

关小柳认真地思考了一下，发现好像真的像王璐说的那样，心里刚有了丝异样的小火花，又立刻自己拿水熄灭了。

这么说的话其他几个人也会在惹她生气之后买些吃的喝的给她啊，就连宋淼有一次骗自己跳起来够屋顶会变高结果害她扯到筋崴到脚以后还给她买了一大盒钙片呢！

因为王璐的一段话，关小柳失眠了，翻来覆去地思索林陆喜欢自己的可能性，在心里的小人一次次否定和肯定的争斗下，她好像突然就有些高兴，对林陆的气恼和躲避之心也没了，甚至想着如果他真的那么幼稚地想要用捉弄她引起她的注意的话，呃，她其实也可以大度地原谅他……

带着纠结的小心思睡去的关小柳，第二天起床眼睛下边大大的一圈黑，跟她那件浣熊外套帽子上圆滚滚的眼睛似的。

装作不经意地只是想搭配衣服颜色，她从梳妆盒里拿出一串去年过生日时同学送的粉水晶手链，手链正中央还有个粉色的招财猫，同学说这是招桃花的。

“管用吗？”

“心诚则灵。”

当初同学刚送的时候她也新奇地戴了一个多月，不过那时候正忙着考研复试，就算在考场看见了长得不错或者脾气不错的男生她也没办法生出什么别的心思，想的全是“这个是我的强劲对手”！后来摘下来放进梳妆盒以后就没动了，昨晚严肃认真的睡前思考虽然并没有想清楚什么，可是早上看见这盒子的时候就像鬼迷心窍般想起那串据说能招桃花的手链了。

她转了转手链，把猫头放在脉搏跳动的位置上，心情愉快地往实验室去了。

虽然她现在好像谈不上喜欢林陆，不过被一个很优秀的男生喜欢这件事，搁哪个姑娘身上都会觉得开心得意吧？

如果，如果他追她的话，她可以考虑给他个机会的……

一会儿害羞一会儿窃喜的关小柳进了实验室，却发现屋里一个人都没有，只有林陆的书包在椅子上放着，人不知道去哪儿了。

她路过林陆的座位时，说不上什么心态地去戳了一下他那黑色的书包，看见原本充实饱满的书包被戳进去一个坑，心里莫名地高兴，哼着小曲儿坐下，正想着等林陆来了要大度告诉他自己原谅他了，就看在他可能喜欢自己却不知道怎么表达的分上。

当然，后一句心里默念就好了。

少女的心思变得比天快，正当她在苦恼如果他真跟自己表白她要不要答应的时候，突然想起一个很重要的问题，林陆，有没有女朋友啊？

虽然这段日子从来没看见有女生来找他，也没听他提起过，可是像他这种平时有点闷的性格不说私生活的事也是可能的，而且还有可能女朋友不是本校的，异地恋什么的……越想越郁闷，林陆这么优秀的男生怎么会没有女朋友呢！

正烦躁着，林陆已经进来了，看见关小柳纠结着一张小脸，主动开口：“这边项目的活儿我已经干得差不多了，郑主任给我安排了别的项目组的事。”

“哦……”关小柳随口应着，反射弧从脚底板绕了一圈后才反应过来他说的是什么，“啊，那你以后就不用来实验室了吗？”

她还在震惊，陈菁的一条短信进来了：“我帮你问了夏普，林陆没有女朋友也没谈过恋爱哟，加油哟！”

哟个毛线团啊！

陈菁的助攻给了关小柳几分勇气，她一副“我在很客观地讲道理哟”的表情劝林陆：“什么项目啊，如果还是编程的话你可以继续在实验室做啊，我们不会嫌弃你的哈哈哈，呃，我是说，这边器材充足，环境还好，还能吃喝玩乐，呃，反正就是，你可以在这边弄……”

“一月份有个机器人大赛，我还是跟夏普他们一组的，他们现在还没收完尾，等他们弄完这边也是要加入机器人组的，所以我还在这边做，还可以商量着，一直到项目交工。这边的环境确实更好一些。”

而且还有一个就算没有乐子坐在那里都让人觉得跟个乐子似的师姐。

关小柳听完他的话以后悄悄松了口气，心里又忍不住嘚瑟起来，他都干完活了还赖在这边不走，果然应该是喜欢她的吧。

林陆还没弄明白关小柳这一秒一变的表情什么意思，实验室里来了个“神人”立马转移了他们的注意力。

这“神人”是关小柳传播学院的师哥，这次这个项目能被传播学院揽下来好像就是因为他家里是相关单位的负责人。现下工程到了收尾阶段了，导师让他过来占个负责人的名头并且进行后续宣传工作，算是他的研究成果。

若是让关小柳说起来这位叫贾良辰的师哥，其实也没什么太大问题，就是好像一副沉浸在霸道总裁小说世界里无法自拔的样子。

他刚来那天，不小心跌了一跤，正好关小柳就站在旁边，顺手扶了他一下，问了句：“贾师哥你没事吧？”

结果贾良辰扶了扶眼镜，认真地打量了一下关小柳，然后点点头：“很好，你成功地引起了我的注意，今日相扶之情，他日良辰必当回报。”

一段话雷得在座的那一圈人里嫩外焦的，个个憋着笑同情地看着同样石化的关小柳摆手跟贾良辰说“不用了师哥，一点儿小事，你别挂在心上。”

“哦？若一个人说不要钱物的回报，通常是有更大的野心，怎么，你是希望我以身相许吗？呵，事情变得有意思了呢。”

有……有啥意思了啊！

“贾师哥，你误会了，我就顺手扶一下，真没想要你什么！”关小柳无比后悔自己刚才的“随手之劳”，感觉好像招惹了个大麻烦的样子……

贾良辰的金丝镜框在阳光的照耀下泛着一层毛毛的光晕，他的眼神在反光的镜片后晦暗不明，嘴上挂着蒙娜丽莎般神秘的微笑：“这么说你并无所求只是天性如此善良吗？良辰很多年没见到这么可爱的女生了，我记住你了。”

不用你记住啊……真的不用这么客气啊……

关小柳因为是转专业，并不了解这位贾师哥的精彩故事，身为嫡系的王璐就清楚得多，中午听关小柳提起来立马来了精神，细致地给她讲起贾良辰是何方神圣。

“他家里可有钱了，就连读研究生的名额都是校领导苦口婆心地劝说硬塞给他的，因为如果他在学校，他爸每年都会投一大笔奖学金。

“听说他小时候家里还没那么有钱，他爸妈出去闯荡把他丢给爷爷奶奶看着，他们家有十几个表姐妹，这一辈就出了他一个男苗，他爷爷怕他在外边出事都不让他出家门玩，于是他就每天跟一群姐姐妹妹玩，估计也是读了不少奇怪的小说才会连话都不能好好说了。

“而且这位少爷长得还算文质彬彬，对美女什么的没多大兴趣，成天幻想着找灰姑娘。我读本科的时候他看上过我一同学，在机房勤工俭学做兼职，有天去晚了来不及吃晚饭就买了个烤红薯躲在充值座位上狼吞虎咽，结果正好被他看见了，不知道脑补了些什么苦情少女的励志人生，反正就开始追我同学，一天一朵金箔包装的红玫瑰放在她宿舍信箱里顺带着一张卡片，手书‘你逃不掉的’。搞得我同学烦不胜烦，最后把玫瑰扔了，把金箔纸都留下了还苦恼了一下能不能拿到金店去让人家把金给炼出来。”

关小柳跟听书似的，捧着脸震惊：“那他谈过恋爱吗？”

“倒是有不介意他说话那个腔调只看重他厚实钱包的姑娘去追他，可这贾师哥也是个眼界高的，倒贴的从来不要，就去追那些看不上他的。所以我是没听说过他成功地跟谁好上过。”王璐喝了口果珍，阴险地笑，“这师哥可有毅力了，追我同学追了一整个学期呢，你后边日子估计不会无聊了。”

关小柳端着的牛奶差点洒出去，喝了一大口压惊，嘴上一圈白胡子，求救地问王璐：“我觉得还是过得无聊点儿比较好啊，那个师哥有没有什么厌恶的，哦，他不喜欢人倒贴是吧？那我去倒追他把他吓跑吧！”

“晚了，你已经引起他的注意了，哈哈哈哈哈！”王璐笑着模仿贾良辰的语气，看着茫然的关小柳，还是个爱喝奶的小姑娘呢，心下不忍，咳了两声一脸正经地跟她说，“要不你就跟他透露你有男朋友了呗，那样估计他也就不会缠你了吧。”

关小柳差点把嘴里的牛奶呛到鼻子里，接连从王璐嘴里听到各种跟感情有关的话题，她有点害羞还有点不知所措，最可怕的是在王璐提出这个建议的时候她脑海里居然还真闪过了一个很好的挡箭牌人选。

她把剩下的牛奶喝完，刷杯子的时候趁着没人拍了拍自己有些发烫的脸颊，小声对自己嘀咕：“矜持一点儿啊你，瞎想什么呢！”

这边她还在告诉自己要矜持，那边贾良辰可是一点儿都不耽搁，针对关小柳“善良”的品性，买了一只柴犬幼崽就牵进了实验室，各种对那只懒狗嘘寒问暖，想塑造关心小动物的暖男形象。结果关小柳对狗倒是关注过几次，可目光从不在贾良辰身上停留，这让他在挫败感中又燃起了强烈的征服欲，甚至做出了某日在厕所门口强行要给关小柳来个壁咚的举动。恰巧林陆去隔间找花生酱吃，听见“咚”的一声贾良辰把胳膊肘往墙上撞以及一声“嘶”的抽冷气声，然后是刚出门被吓了一跳的关小柳结巴着问：

“师……师哥，你还好吗？”

林陆有点儿想笑，刚才那哥们儿怼的那一下估计胳膊都磕青了吧，也真是够实在的。他本来拿了花生酱就要走的，可看见关小柳小声地问“师哥你挡着我了能让一下吗”的弱鸡样就有点儿不爽了，前阵子给他甩冷脸的时候不是挺像模像样的吗，怎么现在这么㞞？

他转身走到对峙的两人侧面，跟贾良辰说了声：“师哥，郑老师叫我跟小柳师姐去报个账，之前买设备的财目不太清晰。”打完招呼，拉了关小柳的手腕就往外走。

他做戏做全套，把花生酱搁在外间桌子上，抓起外套大步流星地往门外走，关小柳腿短，迈着小碎步紧跟在他身后，还好奇地问：“买平板的发票我交给郑老师了啊，有什么问题？”

林陆含混不清地“嗯”了一声：“郑老师说我帮你解围了你得请我喝个汽水。”

“哎？”关小柳看林陆压根没往主任办公室走，反倒是出了综合楼，结合他刚才说的话，反应过来他刚才是看见贾良辰“欲行不轨”所以“拔刀相助”呢。

嘻嘻嘻，师弟不会是吃醋了吧？所以看见别人跟自己说话就很不高兴地把她拉走了？

“我说那个贾师哥不会真的在追你吧？感觉他脑子有坑啊……”林陆边说话边扭头看她，对上的就是她这么一副三分含羞七分带喜的表情，话噎在喉咙，怎么看她这样子是挺喜欢那个师哥啊，莫非自己帮倒忙了？也可能女生都是喜欢有人追的？呃……现在情况是怎样啊？

精于编程疏于恋爱的大神屈着指头蹭了蹭下巴，不知道说什么了。

倒是关小柳迅速摆脱了羞涩状态后，十分义气的样子：“去那边的小卖部吧，你要喝啥，随便点！”

关小柳的状态有点“嗨”，根本没注意脚下的路上有个坑，一个欢快的趔趄就要往前扑，林陆手疾眼快地一把拉住他，结果往旁边带的时候一脚踩在了井盖上，那井盖不知是不是因为维修刚被移动过，林陆的脚踩在边缘上时井盖翻了起来，眼看着他一脚要踩空，关小柳吓得又往回使力把林陆拉了回去。

电光石火的一瞬间，两人拉来扯去的居然都没出啥大事，就是双双摔倒在路边了。

林陆在下边垫着，关小柳穿得多，除了受了点儿惊吓，身上没什么伤。

倒是林陆被井盖绊倒的那一下有点重，摔在地上的时候膝盖着地，裤子直接擦破个洞。关小柳打了个滚从地上爬起来，蹲着去看林陆的腿：“呀，出血了，我们去医院吧！”

林陆也看了看自己的伤口，还好冬天的裤子厚，其实就擦破了点皮，不用那么麻烦，摇了摇头：“你那儿有创可贴没？”

关小柳闻言迅速把自己的背包打开，伸手进去一阵翻，没找到创可贴，看见了类似的东西，犹豫了一下，拿出来放在林陆面前：“这个行吗？”

一个可爱的、绿色包装的、轻薄的——护垫。

林陆不知道关小柳下了多大的决心才干出这么破廉耻的事情，只好一副很科学的态度告诉她：“这玩意儿好像是吸血不止血的吧……”

关小柳用更加科学的态度跟他说：“这是薄荷味的，止血。”

在她认真的眼神下，林陆认输地卷起了裤腿，把那薄薄的一片贴着破洞的位置，正好棉柔的一侧对着伤口。

“你还想喝汽水吗？”关小柳把他扶起来，思维很跳跃地问。

“喝。”林陆活动了一下腿，站在她身侧跟着她走。

“那我带你去那边买杯桂圆红枣茶吧，补血的……”

“嗯……”

“林陆啊。”

“你说。”

“以后冬天还是穿条秋裤吧。”

“……”

贾良辰走了，带着他的柴犬，满是自我陶醉与伤心地走了。

事情具体要追溯到走路姿势不自然的林陆跟在关小柳身后回到实验室讲起。

贾良辰一见到关小柳，就像那只懒狗看见肉似的一个箭步就冲到她面前，他敏感地察觉到林陆这人来者不善，说什么郑主任找小柳，可是他刚才去主任办公室偷窥哦不打探过了，明明只有主任一个人在。

他用很是强硬的态度对关小柳说：“你，跟我过来。”

这位少爷是系里的重点保护对象，关小柳心里一百万个不愿意，还是不得不跟着他去了隔间。这次她选择站在空荡的房屋正中，防止这师哥又拿肘子跟墙壁比硬度。谁知道贾良辰并没靠近她，手插在裤兜里背倚靠着门，不知什么时候洗掉了发胶的刘海垂在眼前遮住了眼神。

“小柳，我到底哪里做得不够好，你说了我都可以改，你知道我喜欢你，我的心和我的脑、我的身体和我的脉搏，全都在叫嚣着喜欢你。”他一口淡淡的港台腔说着让人想跳楼的台词。

关小柳不怎么会拒绝人，可被他肉麻得浑身起鸡皮疙瘩，脱口而出：“师哥你喜欢我什么我改还不行吗？”

“不，不要说这些口是心非的话，你这是在折磨我，也是折磨你自己。

到底要怎样你才能坦然面对自己的心，要我跪地求婚吗？这样才能觉得安心？”贾良辰抬起头，甩开刘海，一副认真得分分钟要求婚的样子。

“砰”的一声，没关严的门被猛地推开，正一只脚站地，一只腿屈着脚底板抵在门上的贾良辰受力不均正面扑倒在地，发出嗷嗷的惨叫声。

关小柳微张着嘴看着地上的贾良辰，想着今天是“人类与地球亲密日”吗，怎么一个个的都在摔跤？

推门的人看着摔在地上的人，毫无诚意地道歉：“对不起啊师哥，我上厕所。”说完就款款地走过两人直接进洗手间去了。

贾良辰从地上撑着爬起来，咬牙切齿地看着厕所的门，直截了当地问关小柳：“你拒绝我的理由是不是他？是不是他一直纠缠你？”

关小柳耳边响起王璐曾经的建议：“告诉他你有男朋友就好了。”

“对。我跟他是……是那啥！”她一仰脑袋利落地承认，声音却很小，生怕被当事人给听见。

“不可能，你只是为了找个借口骗我，如果他真的和你在一起，我在实验室这一周怎么从来没听人说起过？请你不要辜负良辰的信任，良辰也不是那种耳聋眼瞎任人欺骗的白痴！”

“嘘，小点儿声，小点儿声。”关小柳看他要发怒的样子连忙在嘴边比了个食指让他冷静，“不是在骗你，因为他们也不知道啊，这是个秘密。”

还要开口，林陆从厕所出来了，似乎是故意甩了甩手上的水，看见贾良辰躲闪不及身上落了水点子而一脸自我嫌弃的表情时，恶趣味地笑了。

那笑并不明显，可关小柳因为紧张他会听见自己的谎话，所以正聚精会神地盯着他的脸，于是那个小表情也被她完美地捕捉到了。

呀，又在吃醋了吗？

或许是林陆的那个坏笑给了关小柳编瞎话的勇气，等他走了屋里只剩下她和贾良辰时，关小柳一本正经外加一脸神秘地跟贾良辰说：“我们在一起其实遇到了很多不能说的阻力，也因此从来没有对外公开过，这些压力你根本没法体会也没法理解，可是我们经过了那么多困难才能在一起，你怎么忍心拆散我们呢？真爱就那么廉价吗，因为你有钱你有才华有权势就要拆散我们，这算什么真男人？”

她小说也看了不少，说着自己听了都想咬舌头的话，居然看见贾良辰的表情有些松动。

“是什么阻力？家庭的吗？”他一向最讨厌小说里强取豪夺破坏别人感情的小三，听了关小柳的话突然就有些同情他们。

“不！是来自整个社会！可就算全世界与我为敌，我也不会放弃我们的感情。”关小柳背在背后的右手掐着左手让自己别笑场，可说完还是被自己恶心到了，干脆装出一副不忍悲痛说不下去的样子，直接冲出隔间去了实验室。

她刚冲出来坐回座位，宋淼就用脚蹬地滑着椅子凑过去，把趴在自己腿上的柴犬给她看：“师姐，你看这样是不是很像你？”

关小柳看着脸被扯向两端的蠢狗，再看看笑得开心的师妹，眯着眼睛，抬手把自己的脸也扯向两侧：“你说像不？”

实验室里因为关小柳的扯脸动作笑得一团和气，一墙之隔的贾良辰却是伤心失意得不能自已。他冲进洗手间，将大把的凉水往脸上泼，看着镜中的自己：“不是她的错，也不是你的错，错只错在你们没有在对的时间相遇。”

他虽然这么安慰自己，可还是有少许不甘，尤其是关小柳不肯告诉他的那个阻碍。他从纸抽里抽了张纸擦脸，揉成一团扔进垃圾桶时却呆愣了下。

那个刚刚换过塑料袋的垃圾桶里，静静地躺着一个疑似女性用品的东西。

他很确定，在换了垃圾袋后，关小柳回来，他和她进到隔间，其间并没有人来上厕所，除了……林陆！

这样让人血液沸腾得汗毛都竖起来的发现让贾良辰甚至没了洁癖，他用卫生纸包着把那个护垫给翻过来，就看见轻薄窄小的护垫正面上一抹鲜艳的红。

这么劲爆的图案让贾良辰瞬间明白了关小柳的苦衷，原来，林陆竟然是……

也因为这豁然开朗，贾良辰伤心释怀的同时更觉得自己成全了一对苦命鸳鸯，这样醺醺然的状态下，他立马跟导师报备自己想去外地采（sàn）风（xīn），当天下午就离开了实验室。

他来去太快，像一阵龙卷风，以至于宋淼看着窗边发出感慨：“还真是舍不得啊。”

“啊？”关小柳震惊。

“我是说小关关啊。”宋淼两只手对着空气捏了捏，一副怀念的样子。

小关关是那只柴犬的名字……

关小柳对这个话题表示了拒绝，咬着笔头正要开始解矩阵，宋淼又提议道：“既然贾师哥走了，我们给他开一个欢送会吧！”

一个没有被欢送对象参加的欢送会。

冬天不适合蹲在路边撸串了，一行人穿过街道去了家 KTV 楼下的酒店，关小柳看着装潢典雅的包间，小声问了句：“怎么规格这么高？你们是打算公款吃喝？”

池哲手放在嘴边跟她说悄悄话：“陆神今天生日你不知道啊？”

“啊？”关小柳惊呆了。不是说师哥欢送会吗，怎么变成林陆生日会了？

她清了清嗓子，很不屑地看着池哲：“又耍我呢是不是？”

“没啊，真没有。”池哲急忙辩解，“哦，我知道了，昨天你早走了对吧，昨晚上美人提起来说陆神是不是快过生日了，然后陆神说就今天，宋淼就说让他请客吃饭了！”

所以整个实验室只有她不知道？

心里涌起了淡淡的失落感，她匆忙地掩饰着不适合生日这么欢乐气氛的表情，听见秦辰抱怨男生多女生少没意思，让夏普把陈菁叫来一起玩儿，夏普没搭理他，他又来找关小柳，一点儿都没打算给林陆省钱：“小师姐，你把你们宿舍的都叫来呗，人多还热闹。”

关小柳看向林陆，他也刚好看过来，不知是不是因为过生日整个人看起来都挺和善的：“那就叫呗。”

她给王璐打电话，宿舍里三个抱着外卖看电脑的姑娘欣然应允，得到关小柳“林陆生日”的特意提醒后很上道地都带了点儿礼物过去，有进口零食、皮手套，还有瓶古龙水，都是在街口精品屋买的。

吃完饭屋里的灯突然被关了，一片黑暗时，宋淼推着个放了生日蛋糕的小推车进屋，一群人开始拍着手唱生日快乐歌，烛光中看得到林陆微笑的表情。

关小柳心里的失落感更重了，别人都准备了礼物，她呢……她送了他一个薄荷味护垫外加一杯补血益气红枣桂圆茶。

Chapter.4

都让开，我要爆炸了！

对于大家热烈八卦的夏普陈菁 CP，两位当事人却都淡定自如，甚至被故意安排在了相邻座位上也没有多说一句话。陈菁是那种跟男生在一起的时候就不怎么爱说话的，而夏普是个跟谁在一起都不爱说话的，因此两人各吃各的饭，全程无交流。

不过吃蛋糕的时候，夏普对奶油蛋糕上的水果露出了嫌弃的表情，刚要叉出去扔掉，旁边忽地伸过来一个盘子，是对那几个水果觊觎很久的陈菁。

夏普看她一眼，小叉子唰唰唰地把水果都转移到她盘子里，两人全程无话，动作也不大，因此并没有被那群聊得热火朝天的人看见。

坐在陈菁另一侧的是不知为何心情低落的关小柳，她跟只小松鼠似的不住地吃着餐桌上的饭菜，还记得注意仪表地拿着手帕纸吃一会儿擦擦嘴继续吃，偶尔抬头看一眼坐她正对面的林陆，眉眼柔和地跟身旁的宋淼说一些行业流行趋势什么的，下一秒用勺子挖菜挖得更迅速了。

对面的林陆似乎有所察觉，转头看向关小柳，出声问道：“够吃吗？

要不要再加点儿？”

他问得无心，关小柳听在耳朵里却成了有意，尤其是看见大家都停了说话望向她，紧张得一呛，一粒豌豆差点从鼻子里喷出去。她觉得这种场合出现这种事实在太丢人了，便使尽全力往嗓子里咽，可身体已经不听指使，饭菜噎在喉头咽不下去。眼瞅着她吃个饭都能把自己折腾死，一旁的池哲帮她拍打背部也不管用，林陆连忙几步跑到她身边，把她给扶起来，用很专业的海姆立克急救法从身后伸胳膊勒紧她的胸腔，有节奏地挤压了好多下，然后就听见关小柳长舒了一口气。

活过来了……

“你是怎么活到这么大的？吃个饭都能噎住？”林陆无语地松开她，看她鼻涕共眼泪齐飞，抽了两张纸巾塞给她，又回自己座位上坐着了。

形象全无，头发蓬起来一大堆的关小柳泪眼蒙眬地在心里顶嘴，人家吃得好好的你突然说话吓唬我干吗！

她这一出“豌豆噎不死我”大戏给晚饭画了一个“圆满”的句号，众人纷纷转场去楼上的KTV，关小柳则是把包给了王璐以后先去洗手间整理形象。

洗手池是男女共用的，关小柳刚扎好头发就碰上了林陆，她不知心里别扭什么，不太想和他说话。

林陆倒是很自然地问她：“没事了吧？”

这一问，关小柳的脸在昏黄的灯光下不可控制地红了起来，胸前隐隐作痛。

他刚才使那么大劲儿就没觉得有什么不妥吗！

一心救人没啥歪心思的林陆不知道关小柳在想什么，甚至仗着身高优势随意地拍了拍她的脑袋：“你今天怎么了？好像一直不高兴？”

哼。你也知道我在不高兴啊！那你知不知道我为什么不高兴啊！哎？等一下……我为什么不高兴？

林陆看着只不过被自己拍了一下就露出一脸呆萌表情的关小柳，就像第一次被喂食鸡肉棒的吉娃娃惊讶世上竟有如此美味的表情一样，他觉得好笑得不行，甚至想去找找有没有酸橘子拿来给她吃。

关小柳呆呆地跟在他身后回了包厢，心里还在纠结自己到底是为什么不高兴，是因为没有准备生日礼物所以过意不去然后在跟自己生气吗？那明天给他把礼物补上就好了！他喜欢什么呢？哦，他好像有个PSP，给他买几个游戏卡？他应该会喜欢比较经典的游戏吧？超级马里奥怎么样……

思绪越飘越远，关小柳根本没怎么思考就在林陆坐下后顺势坐在了他身边靠门的位置，那边抱着关小柳的包的王璐跟室友们挤眉弄眼地让她们看门口的那两位，心里都盘算着回去得逼问一下他俩什么状况。

来的好几个人都是麦霸，关小柳举着个沙锤有节奏地摇着给他们伴奏，也不抢歌，安安静静地坐着当人肉背景。生日主角更是在群魔乱吼的背景下拿起手机刷游戏资讯，两个人在嘈杂的包厢里自动画出一面无形的墙壁跟众人隔开。

场子正热闹的时候，突然一个戴着大金链子的光头男人手里端着酒杯推门而入，身后还跟着两个穿着背心手里也端着酒杯的年轻男人。

光头男人一进门就冲坐在门口的林陆敬酒："小黄——"

关小柳本来以为是服务员来要小费，结果看样子居然是醉鬼。

林陆没什么表情地把手机放下："您认错人了。"

"嗯？"光头男人回头看了眼门牌号，"不是815吗？"

关小柳觉得林陆那表情太臭了怕惹麻烦，颤着腿肚子站起来跟人解释："这里是805，您找错屋了。"

光头男人用力地又看了眼门牌号，摸着脑袋哈哈哈地笑起来：“哟，认错了，没事，相逢就是缘分，小伙子你姓啥？哦，林，小林来咱们干个杯，就算认识了哈。”

林陆把桌子上的冰红茶瓶子拿过去：“我们没点酒，我喝饮料代替吧。”

结果那光头男人一瞪眼：“那怎么行，没酒没事，哥有，服务员！服务员！这边拿两瓶啤酒！”

外边没应声，光头男人骂了句脏话出门去了。屋里还留着他的两个小弟，坐下后笑着跟林陆道歉：“我大哥喝多了，他是觉得走错门打扰你们不好意思……”

那个小弟还在说，本来坐在最外面的关小柳情不自禁地挪了挪往林陆那边靠，心里默念着“不用不好意思你们快走吧”。

光头男人拿着酒瓶回来，从桌子下边拿起个玻璃杯涮了涮，又倒了一杯酒给林陆：“来小林，以后就是兄弟了！”

林陆接过去，刚要喝，袖子被关小柳紧紧地抓着，看着他的脸上清楚地写着“这酒里会不会下了药”的疑问。

林陆冲她眨了眨眼，屋里早没人唱歌了，气氛安静得很尴尬，所有人都注视着这个地方。他们屋里这么多男的，林陆一点儿不担心这醉鬼会给他下药，不过要是拂了那位大哥的面子，谁知道他会不会恼羞成怒地闹事呢。

可关小柳像看不懂他的眼色似的，一把夺过他手里的杯子，腿肚子依旧颤着，声音都微微发抖：“我同学酒精过敏，我替他喝吧！”说完皱着眉头一口气把发苦发涩的酒给喝光，喝完了还装作很厉害的样子把杯子倒过去抖了抖，结果剩下的酒底子全洒林陆裤子上了。

光头男人看她那么豪爽地喝了，也没找他们麻烦，把自己的酒喝完以后跟林陆和关小柳握了握手，领着小弟又走了。

他们一走，原本戒备着的其他人也都放松下来，魏立春对着话筒开关小柳的玩笑：“小师姐还知道怜香惜玉、英雄救美呢？我怎么不知道陆神酒精过敏啊？”

关小柳不知是不是因为喝酒喝得急脸颊红扑扑的，不对着话筒声音都很响亮：“我怕酒里下了药林陆喝了会少一个战斗力啊！反正我醒着也没什么用。”

如此理直气壮地说自己“没用”的关小柳把几人都逗笑了，他们忽略了这个插曲继续“嗨”了起来。

唱得都有些累了的时候，秦辰把一直窝在角落自己玩的林陆给拉到立麦前，让他也唱一首。

之前因为害怕那个光头男人而靠林陆很近的关小柳之后一直没动弹，就那么紧挨他坐着，而林陆也没表示什么异议，这下他被秦辰给拉走了，关小柳半边暖烘烘的空气一下子变凉，腿都有些发冷。

林陆跟秦辰说了歌名让他去点，然后坐在了那个很拉风的高脚凳上，冲着话筒“啊啊啊”地试了试音，引得沙发上的人一片嘘声。

就连秦辰都忍不住一边找歌一边骂他：“你别装！”

关小柳正拿沙发垫子盖住有些凉的腿，听见前奏响起来就愣住了。

Lately,I've been,I've been losing sleep 最近我总是辗转反侧，难以入眠

Dreaming about the things that we could be 对我们曾有过的愿景，浮想联翩

“……”关小柳惊讶地看着他，这不是她最喜欢的那首歌嘛！关小柳

从不知道林陆会唱歌，而且唱得这么好，水平甚至比原唱现场的时候还好听，沙发上的一众师姐化身脑残粉，摇着铃铛手锤高声尖叫。

关小柳一把拿过桌子上的爆米花，大把大把地往嘴里塞，就怕下一秒自己会跟她的室友一样喊：“林陆你好帅！”“林陆我爱你！”

这么单纯的几个字，她总觉得如果从她嘴里喊出来是跟别人不一样的，具体哪里不一样她不确定，反正一定是不一样的！

关小柳嘴里塞着爆米花，林陆唱完了走过去坐在她身边的时候她还一副没回神的模样。他怕她发呆又把爆米花呛到气管里，递了瓶冰红茶给她。

关小柳怯生生地看了他一眼，对上他疑惑的目光，羞涩地接过饮料小口啜饮，心里头有些小鹿乱撞。

半晌大家唱得有些累了，忽然提议玩游戏，玩的是国王游戏，大概相当于进化版的真心话大冒险——九个人十张牌，每人抽一张，抽到国王的人随意指定其他号码的人真心话大冒险，为了限制国王的要求太没谱，留下的那张底牌就是国王的编号。

第一局游戏的国王是王璐，她指示三和四隔着纸巾亲吻，结果亮手牌以后秦辰和池哲差点打起来，还是魏立春积极主动地抽了好几张纸巾在他俩中间，按着两人脑袋完成了国王命令。

第二局国王是宋淼，她选了让九号说真心话，细致描述理想型的身材、性格还有长相。

被选中的九号正是林陆。他略微思考了一下，很诚实地说起来：“喜欢微胖有肉的身材，太瘦了会让我觉得营养不良。”

关小柳捏了捏自己大腿上的肉肉。

“脸的话，能看就行，喜欢眼睛大一些的。”

关小柳努力瞪着大眼睛。

“个子最好高一点儿吧，这样说话的时候不用我一直弯腰，交流起来不费劲。”

关小柳：咦?

“当然最重要的是别总给我添麻烦，别闹人，聪明一些的。”林陆说完还点了点头。

关小柳：“……”

她觉得自己好像并不太适合林陆的理想型描述……他不是喜欢她的吗？喜欢的话谈理想型的时候不应该照着她的样子说吗?

林陆只是按着自己一直以来对“配偶”这一角色的认知去描述的，可他说完以后自己突然都有些怀疑了，好像他说的那种是他欣赏的类型，但并不是非要找个这样的女生去谈恋爱。

如果不那么聪明的话……好像也是可以接受的。起码会经历很多他以前不曾想过的有趣的事。

他下意识地扭头看了眼关小柳，却看见她向着远离自己的方向挪了一下。他微不可察地皱了皱眉，还没搞明白关小柳的疏远动作是因为什么，就看见秦辰夸张地坐到了离自己最远的角落，怪叫着：“难怪你这么多年最喜欢和我一起玩！我去！大眼、微胖、高个儿、聪明，你说的不就是我嘛！林陆我跟你说我是直的！宇宙第一直！你以后和我保持距离！”

林陆扶额，并不想和他交流这么神经病的问题，自顾自地继续去玩手机了。

只是总感觉开始还很热衷于摇沙锤的关小柳气场变得不太对，有些萎靡。

他当她是累了，完全不知道少女的心思如同坐大摆锤一般在“他应该喜欢我吧”“他为什么和别的女生笑”“他一定是喜欢我”“原来他不喜欢我”之间忽高忽低地打摆，摆到最后，她基本确定了之前的感觉是她自作多情了。

多情总被无情恼，唉……呸！

林陆很久没见过白胡子大爷了，周老先生穿着绣龙纹灰色立领衣服，拄着木拐棍站在上了冻的冰湖边上，一个个驱赶那些把冰湖当冰场在冰上打滑的学生。

有不明真相的学生不认识这老人，但看气质感觉不像是普通的后勤人员，只当他是什么政教主任之类的，乖乖地从冰面上下来。

后来周老爷子觉得他没办法一直在这里赶人，就跟负责音乐湖卫生的大爷一起拿着铲子铁钩把不太厚的冰面给戳破，让水泛出来，让学生不敢下水。

老爷子年纪虽高可耳聪目明，一眼认出了林陆，挥着铁锹让他来帮忙。他声音洪亮，方圆几里的人都看向这边，连和他一同走的同学都奇怪地问他：“那是谁啊？”

林陆没法装看不见地离开，跟同学说过去看看让他先去机房，然后独自去了周大爷身边。

“小林啊，来帮我铲铲冰，这群小家伙都是没数的，那冰那么薄都敢往上蹦，哎，我这老胳膊老腿抡不动了，你把这半旯给铲了哈。就戳破冰就行。”周大爷一点儿不见外地把铲子给了林陆，端着保温杯在他旁边看他干活。

林陆想着与其托词有事还不如赶紧把冰铲完，省得这大爷再把腰扭了，于是握着铲子开始卖力气干活。

“小林啊，最近学习上生活上有没有遇见什么问题啊？”

“都挺好的大爷。”林陆纳闷这么厚的冰那大爷刚才是怎么一戳一个洞的啊。

“哦，那最近有没有遇到我说过的木性水命的女生啊？”大爷八卦起来粉红心一点儿不输年轻人。

多水之木啊……呃……

“可能有吧。”

“哦？她是什么样的？”大爷更有精神了。

“她啊……”林陆脑海里先后出现了两个姑娘，前边出现的那个一脚把后边出现的踹飞，“挺特别的。”

特别愚蠢。

“嗯，是不是觉得跟她在一起的时候总会遇见一些匪夷所思的事情，感觉她常常颠覆你对传统的认知，而且还会觉得自己好像很背似的？”大爷捋着白胡子一副高深莫测的模样。

林陆挥铲子的手一顿，感觉周大爷说的好像还真是很符合事实。

“哈哈哈……”周大爷看他的表情就知道自己猜对了，“这是因为你们既相生又相克，不在一起的时候只会互相让对方倒霉，可结成伴侣的话就会旺事业旺运势旺财气。”

无神论者林陆对这种命由天定的论调一向是不信的，对大爷说的旺这旺那更不怎么关注。

“看样子你们还没有更进一步的发展啊，木性的姑娘一般比较迟钝，如果她一直没有表示的话，你就要主动一点儿啊。男孩子嘛，总归是让着女孩儿些。”周大爷活脱脱一个街道办事处到处给人牵线拉媒的老头子。

林陆加快锄冰速度，锄得差不多了丢下一句“大爷您想多了，就是我一普通同学”后就遁了。

被唤作“普通同学”的关小柳，此刻正对着封装好的程序写产品说明书，文书方面的工作还是由她来做比较靠谱。

已经临近年关，元旦之前就要结项跟客户交接，早就把产品弄好的几人依旧习惯到216来处理机器人大赛的程序，毕竟这边设备条件更好一些，地方也宽敞。

自从林陆生日后，关小柳对待他的心境产生了巨大的变化，不如之前亲热，但也不像得知他耍了她以后那样疏远，而是产生了一种抵触心理。

类似于那种“你这负心汉”“你这陈世美”的复杂情感。她的矛盾和抵触看在其他几人眼里就是一个词——奓毛。

他们软萌可爱的小师姐不知是不是生理期将至，脾气忽然就变得很容易暴躁，尤其是林陆的一些玩笑或者他不小心碰到她的时候，她都会立马摆出一副要跟他干仗的样子。

只有关小柳知道，她那么刻意的战斗姿态不过是一种防御手段——防她自己的心。

她发现在得知林陆并没有暗恋她的那一刻，她是难过的，不是那种虚荣心没得到满足的失落，而是真的难过。

她可能，有一点，一点点，喜欢他。

锄完冰出了一身汗的林陆没往机房去，反而去了216，看到屋里只有夏普在编程，问了句：“其他人呢？”

夏普头都不抬地道：“去吃饭了。师姐下午不来。”

“哦。”林陆脱了外套还是热，尤其是那汗凉下来以后黏在身上很不舒服，他跟夏普说了句“我去洗个澡啊”。

夏普“嗯”了一声表示知道。

可林陆进洗手间没几分钟，夏普接到个电话让他出去一趟，他关了电脑就往外走，走的时候还不忘把大门反锁上。

事情有时候就是巧得令人发指。

抱着电脑回宿舍的关小柳回忆起实验室新买的电热水壶，想着自己走的时候没有关也没有拔掉电源，不知道实验室的人看没看见，要是没拔的话会不会有火灾隐患呢?

她轻微的强迫症让她犹豫了半条路后还是选择回实验室看一眼，扭动门把却发现门锁上了。

果然他们都出去吃饭了啊。

拿出钥匙开门的关小柳压根没想过有一种可能性叫“屋里有人于是反锁”，她把电脑放在桌子上就去隔间看电水壶，推开门的刹那只看见——

一个只穿着内裤的、惊慌的男人。

比起被看光的人来说，不小心闯入的那个被迫窥探者更为紧张。在林陆尚未说一句话之前，关小柳两手按着腮帮子大声地喊了出来——

“啊！啊啊啊！”她叫嚷着跑出了隔间，没来得及脸红，嘴角先忍不住弯了起来。

哈哈哈！林陆的内裤上居然印着一个无比可爱的狮子！而且那狮子一看就不是个正经狮子，好像是和她的玩具熊一个牌子的小狮子。

一个二十多岁的大男人，内裤上印着个狮子，这是怎样一种回归童真的精神啊!

哈哈哈！关小柳光顾着去嘲笑林陆的内裤，甚至连自己看见了他大面积光裸的修长身体这事都没注意到，更没去想撑起那个那么立体的狮子的是什么部位。

关小柳如一阵风般匆匆地来过又急急地走了，只留下林陆站在那里，站成一个大写的“蒙”。

他低头看着自己身上唯一的遮挡物，那是条浅灰色的平角裤，裤子的中央……呃……

这是他姑妈去德国的时候买的纪念品，好像是世界杯的周边吧，虽然他不否认这图案是有些幼稚，可这裤子布料透气，穿着舒服，他也就忽略了有没有图案的事情——毕竟他从没想过会被人看到啊！

他无比尴尬地迅速穿好衣服，再出门的时候实验室里已空无一人了，只留下关小柳那台电脑孤零零地控诉着不负责任弃它而去的主人。

关小柳单方面跟林陆找碴了那么久，奈何林陆基本上不接手反击，使得她后来觉得自己有些像跳梁小丑也就没什么兴致了。可是这次被她抓到了这么大的“把柄”，就像是两军交战落在下风的那一方突然得了秘密武器一样让人兴奋。

她在宿舍里暗暗兴奋又窃喜了半天，本来打算下午在宿舍休息的计划也临时改变了，她重返实验室，雄赳赳气昂昂的并没有觉得自己“侵犯”了林陆，满是耀武扬威的神情。

结果林陆不在。

如同充满了气的气球被针戳了一下，“嗖”地撒了气无规律地窜到了不知哪里。

关小柳默默地坐到自己的座位上，拖过电脑放在面前，百无聊赖地东按按西点点，不时扭头看门口，想在林陆进屋的第一时间去奚落他。

终于听到门响的声音，她中气十足地就开始“哇哈哈哈”地笑，笑得又假又贱，笑得推门而入的夏普一脸纳闷：“你笑什么？”

“哈啊啊唔……”关小柳咽了口唾沫把尾音吞下去，“没什么。”

夏普没再跟她废话，回了座位上开电脑，等待的过程中问了句：“林陆呢？”

“没看见！”关小柳脱口而出就是谎话，急于撇清两人的关系。

“哦。”夏普觉得这师姐的过度反应虽然奇怪，可跟他没什么关系，就不再和她说了。

关小柳有午睡的习惯，尤其是在吃饱喝足之后，会特别困。她中午心情好，吃嘛嘛香，撑过了那股兴奋劲儿后，现在和夏普两人相对无言，在静谧的气氛中就觉得困意来袭，脑袋一点一点地迷糊了过去。

林陆从主任办公室回来的时候看见的就是这样一个关小柳。窗帘大开着，冬日的阳光难得明亮，隔着玻璃透进来的光照在桌子上反射出耀眼的一圈光晕。夏普键盘敲得飞快，那“嗒嗒嗒”的声音在这样一幅暖融融的画面中是让人感到熟悉和心安的背景乐。

关小柳窝在椅子里，不知是不是睡着的时候觉得冷，脖子缩起来，外套的拉链也拉到了顶，包住了半个下巴。她穿的是那件浣熊装外套，林陆轻声走过去把她的大帽子拉起来给她套在脑袋上，帽子上的眼睛图案成了最好的遮光眼罩让关小柳更好地安眠。

夏普在林陆动作的时候抬头看了一眼，也只是一眼就继续做自己的事去了。前两天陈菁发了条短信问他林陆和关小柳是不是关系暧昧，他回复不知道，现在看来倒是有那么点儿意思。

可做出掀帽子动作的林陆并没有那么多旖旎情思，他就是觉得这样的光照下，似乎一个浣熊比一个关小柳更适合出现在他的视野中——尤其是在她刚刚那么失礼地看了他的身体之后。

他坐在自己的座位上调试程序，偶尔抬头看一眼对面熟睡的人，一看到那只“浣熊”的蠢样心里就会痛快几秒钟，可也只是几秒，下一瞬心里还是觉得莫名地堵。

于是，觉得不过瘾的林陆拿出手机把那幅画面给拍了下来。犹如在黑夜中沉睡的关小柳这一觉直睡到太阳快要落山，还是因为学校广播开始放送歌曲才猛然惊醒。

屋内的暖气太燥热，不知谁把窗子开了个缝隙透气，那一句句魔性的唱调也随着风一起送进了实验室。

“一步两步一步两步，一步一步似爪牙，似魔鬼的步伐，摩擦摩擦，在这光滑的地上摩擦……”

迷迷蒙蒙地睁开眼，眼前是黑黑热热的观感，关小柳以为自己还在做梦，下一秒手已经自作主张地去摸脑袋，把大帽子给拉了下去。

忽然而至的明亮，刺得关小柳都没法完全把眼睛睁开，那如同在光里幻化而生的人稳稳地坐在她对面。

她好像什么都忘了，这恍如隔世的错觉。但她又隐约记得些什么。

原来林陆这么好看啊。

在她摸脑袋的时候林陆就看向她了，看到她愣住的神情，且那份愣怔似乎是因为看自己看的，林陆心里有些说不清道不明的小欢喜。

他还没大人大量地原谅她中午的鲁莽，她竟恶人先告状地气冲冲地问他：“是你把帽子给我盖上的吧？你是不是想憋死我！”

林陆食指戳着自己的太阳穴，无语地想着她这副“总有刁民想害朕”的底气到底是哪里来的？

“哼！你心虚了吧！”关小柳心虚地说着别人心虚的心虚话，然后想起产品说明书还没写完，再一看时间已经五点了，原本的虚张声势瞬间变得理直气壮，“我睡了三个多小时你居然不叫醒我！说明书今晚要交哎！”

林陆看着最近一直挺反常的关小柳，忽然觉得还是当初那个忍气包师姐比较可爱。

关小柳记得她看过的一部电影，内容是什么她忘了，可有一句很俗的台词她印象深刻：“我的任性不讲理不过是仗着你喜欢我。”

她如同那个小学时期喜欢王璐的男孩子一样，总是笨拙地用自己的方式去引起林陆的关注。

可她忽然记起来，她的不讲理没有他喜欢她做倚仗。

林陆托着腮，看她一边生气一边开了电脑赶说明书，不知道为什么，他觉得她好像有些悲伤。

“我叫过你了，可是刚叫完你忽然放了个屁。”他开口。

“啥？”关小柳猛地抬头。

“真的，后边还打呼磨牙。”林陆嘴角翘着，眼梢弯着。

“不可能！”关小柳一脸难以置信。

“还说梦话，夏普就是被你吓走的。”林陆一本正经地胡扯。

“不……真的吗？”关小柳否认到一半又有些不确定，不确定之后继续嘴硬，“你肯定是骗我的！”

“嗯。”林陆不知道是在应什么，又来了句，“你眼角有眼屎。”

关小柳这下十分确定他在骗人了，鼻子皱了一下：“骗！我！”

“好吧，骗你。”林陆双手交叉抱臂，“不过眼屎是真的。”

关小柳看着林陆，看他很随意地去干自己的事了，手不受控制地伸上去摸了摸眼角。左摸摸，右摸摸……什么都没有呀喂！

她愤怒的小拳头恨恨地捏紧。

林陆！咱们走着瞧！

于是第二天，实验室的长桌上，关小柳一件件地拿出了自己前一晚去专卖店扫荡的战利品。

小狮子靠背、小狮子脖枕、小狮子笔袋、小狮子圆珠笔，还有小狮子鼠标垫。

那只和林陆内裤上一模一样的小狮子哟。

她无声地朝着林陆挑挑眉，眼神里满是挑衅：你有把柄在我手里，一句话惹毛我有危险哟！

林陆脸色微黑，不去回应她的眼神。

可关小柳看他沉默反而得寸进尺了，接个水都要跟池哲说一声：“麻烦帮我把小狮子的杯子拿过来好吗？”

“小狮子”三个字咬得尤其重。

她嚣张的状态维持了没到一天，傍晚大家都去吃饭的时候，林陆突然把她堵在了门口。关小柳上一刻还很得意林陆要服软，下一刻就被他突然放大的脸给吓得说不出话来。

他居高临下地弯着腰，声音低得只有他们两人能听见：“你今天这么明示暗示了一大堆，怎么，是很喜欢我的内裤？”

他扔下这如同平地一声雷的疑问后就死死地盯着她，眼神认真又执着。

“Excuse me？”关小柳彻底惊呆了。

“呵。”谁知林陆却只是这么笑了一声，随后直起身子两手插进外套口袋里吹着口哨出门走了。

喜欢我的内裤……我的内裤……内裤……

“啊啊啊啊！”关小柳在空无一人的实验室里叫得比上次还撕心裂肺，那“啊啊”的尾音尚未完全散尽，林陆去而复返地又从门口露出个脑袋。

关小柳立马闭嘴，白皙的小脸上青色血管分明，咬着牙决定如果他再问一句那么奇怪的问题她一定要跳起来揍他的肚子。

“好像是真的喜欢啊。”林陆居然诡异地笑了笑，随手从外套的大口袋里掏出个折了两层的纸袋子，里边似乎是一团鼓鼓的可疑物。

他右手用力一掷，那个纸袋子就以一个漂亮的抛物线落进了关小柳怀里。

关小柳条件反射地双手接住，听到他说“那送你一个好了”后反应过来是什么又立刻把袋子扔了出去。

伴随着纸袋子落地的声音和她尖叫着“你这个变态”的是林陆再次离开的脚步声。

关小柳脸红红的，不知是气的还是吓的，总之整个人有一种跟她气质不太相符的……莫名兴奋。

她盯着地上的白色纸袋子，思考着那里边装了一条内裤的可能性有多大，思索再三都不敢相信林陆真能干出那么幼稚的事。

关小柳还在犹豫时，看见门边立着个细木杆，那是有些高处的设备不灵敏时用来戳按钮的。她走过去拿起木杆，顺势在纸袋旁边蹲下，拿着木杆戳戳戳，多角度全方位各种力度地戳了一会儿，仍然无法确定那是什么东西。

她深吸一口气，手迅速一伸把纸袋子捡起来，打开发现里边还有个被揉搓成团的信封，拿出来再打开时是一张对折的纸。

情……情书？

关小柳那口气屏在胸口不敢吐出去，小心翼翼地打开纸，映入眼帘的……是一只猫狗不辨的动物。

“这是什么？”关小柳自言自语地蹲在地上研究，“这个是只花狗吗？”

头顶那一块是花纹？

啊等等，那好像是条……内裤！还有它身上写的字：“柳？”在说画的这玩意儿是她？

大概林陆自己都觉得画得不像狗，旁边还写了个“汪”。

关小柳把信纸重新叠好放进口袋里，袋子和信封扔进了垃圾桶。脸色不知为何更红了，她若无其事地出门去吃饭，心里哼哼着：“幼稚鬼！”

林陆觉得自己好像有些幼稚，他仰躺在宿舍的床上，看着上铺夏普的床板发呆，无聊到一定境界了就抬脚去踢夏普的床板。

夏普这人的话也是少到极致，要是换作秦辰肯定撒丫子就爬下扶手来跟林陆骂娘了，可夏普被那一下下的床板颠簸着愣是一声不吭，久到无聊的林陆觉得这样无聊的行为实在太无聊了收回脚后，夏普才开口问了句：“发情？”

宿舍是六人间住了五人，同寝的其他几个同学有的戴着耳机在打游戏，有的蹲在门口跟女朋友打电话，基本处于隔绝世事的状态——没人注意到他们的对话。

林陆起身顺着扶架爬到上铺，还没坐定眼前就出现了夏普放大的脚：“下去。”

夏普的洁癖和他的寡言一样都是异于常人的，林陆无语地退回去，站在梯子的半道上看着夏普：“你跟陈菁师姐在恋爱吗？”

“没。”夏普手机都没移开眼前，毫不犹豫地答。

“哦……”林陆咬了下嘴唇，“那你会跟她好吗？”

或许是这样懵懂形象的林陆太少见，夏普把手机放在手边，坐起来和他对视。

“你喜欢她？”夏普没说是哪个“她”，不明所以的人还会以为他们说的是陈菁。

“有点儿。”林陆挠了挠头，自己都觉得匪夷所思，“不知道。”

“哦。”夏普复又躺下，丝毫不八卦不好奇，像是所有不负责任的男朋友敷衍女朋友似的告诉林陆，“喝点热水就好了。”

喝点热水……这都哪儿跟哪儿啊……

林陆觉得自己跟夏普交流这种事太不着调了，习惯了写不出代码的时候让夏普试试，结果现在头脑一团乱居然又想找他问。不过他看起来还没自己懂呢。

林陆失望地爬下床，重新躺回去闭上眼睛想着一些自己想不明白的事情。

他喜欢关小柳吗？好像有一点儿，毕竟她那么逗，而且是那种她自己意识不到的随时展露的逗。

他因为关小柳这两天的挑衅生气吗？确实也有一点儿，他洗个澡被她无缘无故地冲撞了看见了，结果她不道歉不害羞，居然一直嘲笑他内裤的图案……她都没有羞耻心的吗！

他在计较那个周大爷的“预言”？好吧，有。虽然一开始他根本不信，可扶起周大爷又被关小柳洒了一身水之后他确实有些犯嘀咕的。再后来认识了宋淼，他就更无法只当周大爷是随口胡诌了。多水之木？旺夫旺运？虽然他一度怀疑宋淼就是所谓的“命定之人”，可那天锄冰时周大爷形容的那些处境让他第一反应就是关小柳，他甚至有些想落荒而逃唯恐周大爷再说出什么更让他胡思乱想的话。

那么，回归到第一个问题，他喜欢关小柳吗？

有一点儿。

有一点儿也是有。

对，他突然发现他是喜欢关小柳的。

这样的发现并不怎么让人兴奋，林陆嫌弃地想，他为什么会喜欢一个那么蠢的女生？这不科学。

他一边嫌弃，一边顺手翻着手机里的照片，第一张就是他拍的那张她穿着浣熊衣服低着头打盹的，他原本想拿来找时间逗她的，可是现在突然又不想给她看了。

呵，这么蠢的样子，只有我看到过。

林陆翻了个身，侧对着门口，看见跟女朋友打电话的室友笑得跟个白痴似的，心生鄙夷又产生疑惑：他喜欢她，再然后呢？

要追她吗？

要的吧。

要怎么追？

呃，先看看再议。

一向对事情掌控力极强的人忽然产生了些许不自信，对于那个小师姐是不是喜欢他这事他还真的不确定，说起来关小柳对实验组的每个人都很好，而且好像跟池哲特别好。

他后悔了，后悔下午一时冲动画了张那么丑的狗嘲笑她。晚上吃过饭回实验室就看见她不在了，连同书包一起消失了，他那个时候还觉得解气，觉得她被自己气走了。

可是现在好后悔啊……

所以她现在一定很讨厌他吧？说不定还有委屈？会不会委屈得哭？

“小柳你怎么了？在哭吗？”王璐看着连脑袋都包起来的关小柳，看着那一大团被子一抽一抽地颤动，关心地问了句。

听到声音的关小柳立马保持平静，然而过了几秒钟又抽动起来——笑的。

她把脑袋从被子里钻出来，长长的头发乱蓬蓬地翘着，她一脸开心：“没哭啊，笑呢，吵到你了吗？”

就是怕自己笑得太夸张了打扰室友，她才选择窝在被窝里憋气的。

“笑……什么啊？”王璐看着疯婆子一样的小柳，感觉她整个人的变化都好大，原本一直挺安静可爱的女孩，怎么现在有些疯疯癫癫的。

关小柳高深莫测地说：“秘密，不跟你说。”说完又钻回被窝去了。

确实是秘密，很厉害的一个秘密——

林陆画画超难看的哈哈哈！原来大神也有这么弱的技能点啊哈哈哈哈！

她被窝里还有个开着的手电筒，灯光都聚集在那张有些皱皱巴巴的画上，那个像猫像狗又像她的图案。

他没什么恶意的无力反击，让她有了一种这不是她自己在投入的感觉，哪怕他的反击只是她一直挑衅的结果，哪怕她成了那个幼稚得跟小学生一样的人，可是他有回应就很好啊。

她两手托着腮，托成一朵小花的样子，闷热又漆黑的环境，狭小却只有她自己秘密的空间，还有她和他（的画），她自己都理解不了自己在想什么。就是单纯觉得开心。

原来喜欢是让人这么开心的事情啊。

Chapter.5

他/她为自己的机智点了赞

机器人大赛就在元旦小假期之后，临近年底又是调试设备阶段，按理说林陆是应该去机房测试的。可怀了不一样的小心思后，他装作很头疼的样子告诉秦辰他们：“主板烧进去的程序有问题，我还得再改改。”

因为机器人是买的半成品，已经带有部分基本功能，他们主要是负责编程利用机器人能做到的动作编排成舞蹈就可以了。其实不算复杂的工作，连程序基础最差的魏立春都能一个人搞定，可是大神们凑在一起就开始研究怎么精益求精，林陆和夏普连主板的程序都给改了，秦辰实操能力最好，把领舞机器人的一些关节和硬件也给卸了换装。

其他人不知道状况，听林陆说什么就是什么，跟他一起去216干活，夏普却是对程序最为熟悉的，闻言嗤笑一声，倒也没有异议，反正216的网速快，去打游戏也不错。

于是关小柳久违地同时见到了五个师弟聚在实验室。她有些兴奋，跟这个说两句，给那个倒杯茶，可到了林陆身边时就很自觉地绕了过去，毕竟昨晚那样的事情还是让人有些尴尬，她就算心里不那么生气也得表现得高冷一点儿。

因为不搭理林陆，关小柳直接回了座位，可开心劲儿又没过去，就拉着池哲一直聊天。

“这就是你们表演用的机器人啊，它们要表演什么舞蹈啊？”关小柳摸着那个最好看的白色机器人，两只手捧着怕给它摔了。

“《NoNoNo》混着一节《妖精的尾巴》。”池哲正拿着专用清洗液给另一个群舞的机器人擦拭金属身体，“美人选的曲子，舞蹈动作分解也是他做的。”

“啧啧。”关小柳调侃地看了眼秦辰，对他萝莉控美人控日韩控的宅男属性表达了“原来还有这种用处啊”的赞叹。

虽然没有说出来过，其实这群人里最早觉得关小柳不错的人就是秦辰，只是池哲那家伙长得比较帅性子又好所以最快跟关小柳熟络而已。至于秦辰为什么会觉得关小柳不错，也很肤浅地只是因为她颜正声软个子小，让秦辰觉得简直是日本漫画里走出来的可爱小萝莉，也是他最早“小师姐”“小师姐”亲切地叫她。

关小柳掰扯着机器人的胳膊腿继续问池哲：“那夏普肯定是写程序的。大春干吗啊？”

“大春做动画，表演的时候在背景屏放，跟机器人的舞蹈呼应。”池哲继续擦拭机油和灰垢。

“那你咧？”关小柳把手里的机器人放在桌子上让它站稳，“你就是擦机器人吗？”

池哲脸色微微发黑：“不是，我负责装饰机器人。”

真的很难不黑脸，让一个善长编程的大男人去给机器人做衣服，总觉得像是把一只狼扔进了猫窝让他教小奶猫学怎么玩毛线团。

关小柳听他说完却露出了十分感兴趣的样子："怎么装饰？买洋娃娃的衣服给它们穿吗？"

"买不到合适的，我最近正在找裁缝铺定做，因为这些机器人，你看长得又这么丑，电线都露在外面，得完全包起来还不能影响它们肢体的伸展屈折。"除了领舞那只最漂亮的白色机器人，其他的红色金属伴舞确实挺丑的。

关小柳两手在胸前一对掌："我帮你做吧！我以前给我的芭比娃娃做过衣服，哦，我还会十字绣还会打毛线！"

她兴致勃勃的样子还有努力推销自己的行为显示出她是真的很想干这件事。

池哲看着睁着大眼睛的关小柳，做了个扔精灵球的动作，巴不得把这个锅甩给别人："好的，就决定是你了！去吧小火龙！"

"嗯嗯，那你跟我说要做成什么样的，我动手做。"

磨磨叽叽，叽叽歪歪。

这是林陆对关小柳和池哲那段对话的全部评价。

他眼睛盯着屏幕看似专心研究某行代码的样子，其实正竖着耳朵听关小柳跟人说话，听她问了一圈又跟池哲唠叨了半天，以为终于该轮到问自己的时候，发现关小柳不问了……

他忍不住去看那个愚蠢的姑娘在干吗，结果发现她拿了一堆彩色中性笔在纸上描画，专心的样子显示着她并不打算继续聊天了。

林陆眼睛垂落了几分，秉持着"山不过来我就过去"的态度，主动问关小柳："你产品说明书弄好了吗？"

"唔。"关小柳低着头，一副赌气不想理他的样子。

林陆就像没发现她的冷淡一样，继续开口："郑主任说池哲要把之前流量监测系统那个项目再做修整，要做什么样的衣服你可以跟我交流。”

听起来十分公事公办。

“哦。”关小柳脑袋垂得更低了，似乎很不情愿。只有她自己知道心里的小人翻腾得多欢快。

于是在池哲都不知道自己什么时候被郑主任派去另一个项目的情况下，事情就这样圆满地得到了解决。直到很久之后，每天被郑主任骂得狗血淋头重做数据的池哲才知道林陆是怎样一个见色忘友的人，而他在林陆的淫威下居然连绝交的话都不敢轻易说出口。

后话暂且不说，只说现在，懵懵懂懂的池哲听林陆又跟他说了几句之前项目的BUG后，抬腿就去隔壁主任办公室询问自己的工作，剩下看似在各干各的事情的某两人嘴角抑不住地上扬。

“咳！”关小柳用咳嗽声引起林陆的注意后，眼睛看着桌子上的机器人问他，“我觉得还是做裙子吧，然后给它们做不透明丝袜把腿包上，这样弹性好它们屈腿就不会有问题了。还是说你觉得上下套装更好？”

“行。”林陆自己都不知道什么时候就把手虚握成拳头撑在了脸边，做出一个在他看来有点儿不符合他严肃气质的动作。

“什么行？”关小柳把视线从机器人身上移到他脸上，只一瞬间又重新盯着桌子了。

林陆这才反应过来刚才她提出了两个方案，问他用哪一种，他忙收回手掩饰自己的失态：“都行，你看着做吧，不好再换另一种。”

关小柳虽然看着机器人，可余光还是偷偷地瞥向了林陆，看他在看自己就迅速收回视线：“好，我知道了。”

说明书什么的立马被扔到一边，关小柳不明白怎么林陆对她的态度好像一下子好了很多，她画着只有她自己能明白的衣服设计图时就开始琢磨，直琢磨到回了宿舍看见王璐和男朋友打电话吵架也没想清楚。

不过因为王璐对着电话冷声冷气的样子实在太可怕，关小柳都忘了想自己的事，放下打回来的饭就过去安慰把电话摔到桌子上的王璐：“老大，你怎么了？”

王璐因为刚吵过架，心情很不好，对凑上来的关小柳恨恨地说了句：“男人没一个好东西！”

对于情窦初开的关小柳来说，这句话……没有任何作用。

她“哦哦”地应着，在王璐情绪刚刚平复下来时把自己打的板栗烧鸡跟她“献宝”：“老大先吃点儿东西吧。”

“不……他还敢来电话！”王璐还没说完话，又接到男友的电话，她按了挂断键，那手机却并不因此安歇，继续“嗡嗡嗡”地响着。

王璐烦不胜烦，最后还是接了起来，没说几句话突然又起身出了宿舍。

关小柳吃了两口饭，实在好奇得厉害，偷偷跑过去把门开了条缝，趴在门边看王璐，就看见她正扶着窗台对着空气喊：“你错哪儿了？呵呵，你没错，你哪里会有错，都是我的错行了吧？”

好可怕……这哪里是在认错啊……

关小柳才听了两句就看见一向给她们撑腰的大姐头两行热泪毫无预兆地就落了下来，看见王璐哭比看她骂人还恐怖，关小柳迅速轻手轻脚关了门，跑回自己的座位上继续扒饭。

又过了大概半个钟头，关小柳连周更的少女漫都看完了，王璐才回到宿舍。关小柳扭头看她，她眼睛还有些红肿，可脸色没之前那么臭了。

看到关小柳在看她，王璐挺不自在地说了句：“没事，和好了。”

耶？这么快就和好了？

王璐似乎也觉得这事处理得很没出息，冷哼一声骂道：“他就是个抖

M，平时对他好都不知道，非得我生气了不爽了跟他吵一架才明白我的重要性。”

抖 M？

对王璐和男朋友相爱相杀的故事关小柳虽然好奇却也不怎么关心细节，可这一句“抖 M”让她有些茅塞顿开的感觉。

她之前尽心尽力伺候那一群师弟的时候林陆总捉弄她，后来她开始挑衅他了林陆却时常会服一下软，现在她表现得冷淡疏离了他态度更是有了更大的改变。

所以林陆也是抖 M 吗？

这样的认知让关小柳燃起了熊熊斗志，虽然他在智商上可以碾压自己，可在感情上明显是她看得更透彻嘛！

哈哈哈，接招吧林陆！

“阿嚏！”

林陆抽了张纸巾擦了擦鼻子，对着夏普问：“你这两天闲着？”

夏普一只耳朵里塞了耳机，正聚精会神地玩着游戏，听到林陆问他懒懒地答了句：“有事。”

林陆把调试好的机器人摆正放进箱子里，看到夏普脚边放着的黑色旅行袋子，了然地问：“哪天去？”

“圣诞节。”夏普答完了就不再跟林陆磨叽，在聊天框里打了句“奶妈垃圾”后专心游戏了。

林陆转着手里的笔，宝蓝色的笔壳在空气中划出转瞬即逝的蓝影，他盯着那蓝色影子想起关小柳有个同样颜色的发卡。

圣诞？好像是个不错的日子。

“小柳，你手机响呢。”陈菁出声提醒正坐在座位上看着手机屏幕发呆的关小柳。

“唔……哦……我……我知道！”关小柳看着“林陆”的名字竟然有些慌张，手一抖就“突发性红绿色盲”地按成了挂断键。

“呀呀呀呀！”关小柳咬着食指，欲哭无泪地在内心默默呐喊。“心存大志向”的她决定在拿下林陆之前不再跟室友说这件事了，省得她们瞎出主意以及笑话她……

手机屏幕由亮变暗又变黑，林陆的电话被挂了，再也没有打过来。

就在关小柳犹豫着要不要给他打回去的时候，一直被她盯着的屏幕终于又亮了起来，她甚至没有等到振动声响起就立马接听了：“喂？你刚才给我打电话了？哈哈哈，我正要打回去呢，刚才在洗澡没听到，你找我什么事？”

准备好的借口一股脑地全说了出来，说完了自己都有些脸热，却只听见对面传来了熟悉却不是她期待的声音：“陈菁在宿舍吗？”

居然是夏普。

“啊？啊！啊……在。”关小柳郁闷地把手机递给陈菁，“夏普找你。”

陈菁的脸比关小柳还黑，小声嘀咕：“跟他说我不在。”

“哦。”关小柳刚把手机重新放在耳边，说了句“她”，夏普就重复道：“把手机给她。”

关小柳只得照办，可手伸在半空陈菁就是不接。两人僵持了几秒钟，最后陈菁认输，拿过手机对着话筒说：“我开机了找你。”

说完把手机还给关小柳。

充当了传话筒的人心里的小鹿还没跳腾完就扑街了，暗骂夏普就不能用自己电话打给她吗，明明她的手机号码他们都有啊！

她心里有怨，口气就不如一开始那么温软可爱了，有些冲地说：“好了没事了吧？没事我挂了！”

“有事。”

“还有什么事啊！”关小柳心情太跌宕起伏，竟然连电话那边换了个人都没听出来。

“你明天有空吗？”林陆站在北风呼啸的楼道口，在空无一人的夜色里第一次向喜欢的人发出约会的邀请。

“没空。要忙……”

等一下！这个声音好像不是夏普啊！

关小柳忽悲忽喜的，又不好说自己刚才没听出林陆的声音，拒绝的话说了半句生生地转回去——

“要忙着给机器人的衣服买布料，东西还挺难配的。”

于是在林陆以为出师不利约会泡汤正打算改日再约的时候，关小柳小心翼翼地问他：“你明天要是没事的话跟我一起去买吧？”

如果说之前只是觉得自己对她有些好感，在关小柳主动提出一起出去的这一刻，林陆头一次知道心跳加速是什么滋味。

说起来也是好笑，连情爱都不涉及的一句话，居然让他觉得如此心动。

他几秒钟的沉默让关小柳误会他没空，自备台阶地挂着苦笑打哈哈：“主要是我不太确定一些珠子啊亮片啊的元素跟你们设定的舞蹈合不合适啦，你没空就算了，反正我可以拍照给你看嘛，哈哈哈……”

“那我明天早上去你们宿舍楼下等你，本来就是想问你明天有没有空把机器人的事给办了。”林陆用和他的沉稳风格完全不搭的语速飞快地撂下这么一句话，唯恐事情再生变故。

“哦，好，去尾货市场逛一逛，估计得一整天才能置办好，没关系吧？”关小柳心里都乐开花了，说完话就用力咬着下嘴唇，怕不小心笑出声来。

“那明天见。”

“嗯，明天见。”关小柳觉得自己全身的血都在冲向那脆弱的小心脏，说完再见就赶紧挂断了电话，捂着嘴偷乐。

林陆这种大学霸，估计根本没有什么过洋节的概念吧？

关小柳忽然有些庆幸林陆成天跟代码为伴，才会不知道圣诞节是约会的好日子，也才会给了她可乘之机跟他共度良宵。

哎？共度良宵是这么用的吗？

管他呢！反正是要一起度过愉快的一天！

傍晚才洗过澡的她又抱着澡篮子进了浴室，洗了一个香喷喷热腾腾用时一个多小时的澡，洗得大脑都有些缺氧了才从雾气缭绕的浴室飘出来，自以为是要羽化成仙的模样，却换来王璐嫌弃的一句：“红得跟烤乳猪似的。”

被嫌弃的关小柳冷哼一声，窃喜着自己正在攻略大神的路上飞奔，尔等愚民怎么会理解。

“明天要出去约会？”

“要和谁约会啊？”

“林陆约你？”

那边的三个人同时发声，往床上爬的关小柳差点掉下扶手架：“你们怎么知道？”

“哦。”

“果然。”

“还真是。”

三人又同时应了一句，然后就各干各的去了。

留下关小柳站在扶梯上站成了一个大写的“蒙”。怎么回事？她们为啥都知道？

自己的欢喜自己体会，自己的忧伤自己开解，所以自己的蒙就留给自己独自消化吧。

一夜翻来覆去似乎又处在浅眠状态的关小柳，终于在窗帘缝隙中透进来第一束光时精神地从床上翻身爬了下去。

“唧咯唧咯煮嗝煮嗝喳咯喳咯变！”关小柳对着镜子刷牙，白色牙膏沫沾在唇上，朝着镜子施咒语，好像真的这么念念就能变漂亮似的。

陈菁前后脚跟进洗手间，打着哈欠揉着眼睛跟关小柳问好：“起这么早啊。”

关小柳“咕噜咕噜”漱口，一脸的明媚：“不早了，都六点半了！”

“……”陈菁无语地拿温水往脸上扑，一副不想起床的样子。

“你今天要跟夏普去约会吗？你们在一起了吗？”关小柳走路都打着颠儿，洗面奶在脸上打着转儿，像个小花猫一样，闭着眼睛开心地问。

“并没有……唉……其实我是去，算了，洗你的脸吧，祝你们约会愉快！”陈菁刚想抱怨，想起来答应过夏普保密的，立马又闭了嘴。

大冬天的，大清早的，让人从温暖的被窝里爬出来，简直不能更残暴了！

甘之如饴的关小柳洗漱完了就去翻腾自己很少使用的化妆品，扒拉着眼皮画眼线，对着台灯光涂睫毛，最后涂了个润润粉粉的嘴唇，嘟着嘴朝镜子做了几个亲亲的动作，又觉得自己太不知羞了，抿着唇笑。

陈菁罕见地什么妆都没化，素着张白净的脸裹上羽绒服就要出门，出门前还问了关小柳句：“你不吃早饭了？”

“吃啊。”关小柳扭头看她。

“吃口红吗？”陈菁点点自己的嘴示意。

“啊，那就不吃了！”关小柳毫不在意地说，看着钟表只等七点半的时候给林陆打电话问他什么时候出发。

陈菁咂舌：“现在还早，你先去吃个早饭回来再补妆呗。”

“对哦！”关小柳因为一个不算正式的约会，把原本就不怎么丰富的智商全都扔进大海里喂鱼了，裹上呢子大衣跟着陈菁下楼。

谁知就在宿舍楼前那个通往校内的天桥楼梯上，看见了虚倚着栏杆站立的林陆。

关小柳戳了戳陈菁的胳膊：“现在是七点对吧？那边那个人是林陆对吧？我没眼花吧？”

陈菁还没回答她的问题，林陆也已经发现了她们，大步朝着她们走来。

“你来这么早啊？吃饭了？”陈菁站在前边，先开了口。

“你怎么来这么早啊？你吃饭了吗？”关小柳站在后边跟个复读机似的又问了一遍。

“没呢，夏普说女宿这边的食堂好吃，我就跟他一起过来了。”林陆眼神没乱瞟，跟陈菁说了半句跟关小柳说了半句，可分给陈菁的半句是那短短的“没呢”，后边就一直看着关小柳答。

“哦，夏普呢？”关小柳在提及别人的八卦时才能不那么害羞尴尬。

“去买奶茶了。”林陆指了指路边的早餐摊子，又问陈菁，“你要去找他吗？”

陈菁脸色有些苦闷又带些雀跃的样子，矛盾的神色让关小柳看不明白她到底在想什么，可不管在想什么，反正她的腿已经朝着夏普那边迈了。

一时间天桥上只剩关小柳和林陆两人，他摘下书包拉开拉链，从里边拿出瓶还热乎的铁罐椰奶：“给。”

“谢谢。”关小柳两只手接过去，温度从掌心一路传到脸上，“我请你吃我们食堂吧。”

“好。”林陆从来没发现，从他的视角去看她低头的动作时是如此可爱，他甚至蠢蠢欲动地想着，如果能把她抱在怀里是什么感觉。

只是一个想法，下一刻就变成了现实——

“哎呀！”关小柳左脚绊了右脚一个前扑头撞在了林陆胸前。林陆伸出右手稳稳地扶住关小柳的胳膊，让她不至于撞太猛撞伤了脑袋，可又不甘心这么难得的投怀送抱被他给破坏了，于是左手悄悄地看似扶她实则往前带了一下把人给按进怀里。

有早起上课吃饭的女生从天桥上走过去，关小柳不知道有没有被自己同学看见，心里小小地开心又得意着。

她又不是傻子，怎么可能真的被自己的脚绊倒嘛！耍了小心机的姑娘完全把过去自己“平地摔”的黑历史一笔抹去，只剩下骗了林陆的一丢丢愧疚和被他抱住的满心欢喜。

两人各怀鬼胎，于是心照不宣地抱了十几秒后又迅速分开，心里全是不舍，动作却毫不拖沓。

关小柳这一刻影后附体，蹲下去抚着自己的脚踝喊疼：“刚才脚软没站稳，左脚好像扭到了，好疼啊。”

其实就算她现在委屈的表情不那么逼真，林陆也是看不出来的，多巴胺分泌太多，大脑已经是宕机的状态，关小柳现在就算指着狗说“那只猫长得好奇怪啊”他也会真心地回她“而且叫起来也不像正经猫”的。

林陆跟着蹲下，手捏了捏她的脚踝，然而并没有什么用，他编程得心应手，看病一窍不通。只是想着似乎看到过大夫给那些崴了脚的病号这么捏一捏再扭一扭再推一推就好了。他捏完以后看关小柳的表情，看她痛得鼻尖都冒汗了，提出了个建设性的意见：“那我们今天不出去了吧，你回去休息休息。”

说啥？不出去了？开玩笑嘛！

“咳咳……”关小柳一着急唾沫呛到了自己，平息下来才赶紧说道，“没事，我经常崴到脚，都是崴的时候特别痛，然后歇一会儿就好了。”

她边说边为了证明什么似的，绷直了腿来回转脚：“哎？好像已经不那么痛了啊，咱们先去吃饭吧。”

是她太心急了，居然想着要是她喊“疼得走不了路”了的话，他应该会背她吧，完全忘记了他们现在就在宿舍楼下……

反正已经给了林陆“她经常崴到脚”的心理预设，那么出去玩完了往回走的时候她也可以再“一不小心”摔一跤然后“疼得站不起来”吧？

已经完美地预计了今天会发生美妙故事的关小柳心花怒放，还没忘了要演一下刚才是真的很疼，装作不得不扶着林陆的胳膊前行，恨不得像个树袋熊那样直接挂在他身上。

智商急降的林陆丝毫没有她在骗人的觉悟，单纯觉得她是真的疼才会靠着自己，心疼她受罪，又愉悦地体会着她的贴近，随即又骂自己这愉悦有些无耻，因为那是建立在关小柳的疼痛之上的。两人看似如亲密的情侣般搀扶着进了食堂，林陆问好关小柳要吃什么就去打饭了，留她坐在椅子上握着有余温的椰奶。她两只手来回搓着那个铁罐，大有要用摩擦使这瓶椰奶更热的趋势：“看不出来他还挺细心的。”

其实这还真是高看林陆了，那瓶椰奶是夏普昨晚买给陈菁的，早上起床以后放在暖气片上烫得热乎乎了才放进书包。林陆先是若有所思地看着那一连串动作，随后像是不知道“无耻”两个字怎么写似的，当着夏普的面拉开他书包的拉链，把椰奶拿出来放进自己包里，贱兮兮地说：“反正你又不想追陈菁。”

夏普也只是皱了皱眉头，没反驳他的话也没把椰奶抢回来，跟他一起出了门后看到早餐摊子上有奶茶就去买奶茶了。

林陆端着餐盘回来看到关小柳来回转着椰奶玩，把她当成弱不禁风生活都不太能自理的那种孩子似的，先是把她的饭还有筷子摆好放在她面前，又拿过铁罐去拉开拉环还给她：“趁热喝吧，暖暖胃。”

“谢谢。”关小柳小猫似的小口喝了几次，又慢条斯理地吃起早餐，是那种看起来特别大家闺秀的样子。

林陆突然想起之前有一次，郑主任嫌弃他们进度太慢让他们抓紧时间赶项目，关小柳虽然帮不上什么忙，也跟着他们一起加班。某天中午，大家都有些困，就一起趴在圆桌上睡觉，为了照顾宋淼是女生又是后来的就让她去里屋床上睡。

那天关小柳中午忽然就觉得有些饿，食堂已经关门了，她就从储物柜里拿了个杯面泡着吃。因为怕味道太大打扰了睡觉的几个人，她端着泡面走到开了点儿缝的窗台边吃，又怕搬椅子声音太大，她就那样蹲着吃了。

虽然她尽力减轻了声响，可睡得不熟的林陆还是听见了，也睁开了眼，甚至起身走到她身边。

她正吃得欢腾，丝毫没注意身后的动静。

林陆记得她那时候的吃相活脱脱一个工地糙老爷们的样子，他对民工没什么感觉，对那一瞬的关小柳却是说不出的不喜。

等关小柳终于发现旁边有人时，面差点从嘴巴里进去鼻子里出来，她用力捂着嘴没咳出来，等呼吸顺畅了，问他的竟然是：“吵到你了？我去洗手间吃吧。”

现在看着吃相斯文的关小柳，林陆忽然知道当时自己那丝厌恶是怎么回事——那不该是关小柳的样子。

他印象里的关小柳像个娇气却不矫情的小公主一样，她似乎就应该像现在这样用一种享受生活的姿态去活着。吃泡面对她来说就如同被错放在她不擅长的领域而着急忙慌笨手笨脚地出糗。

这样的姑娘有时候笨拙得让人很想去照顾，起码林陆现在就很想。

关小柳吃完了早餐，拿纸巾擦了擦嘴，发现纸巾上的红印子时想起自己涂了唇彩，急着想去补妆：“我要上楼拿包，你等我一下啊。”

她跟他在食堂门口分开就像离弦的箭一样飞快地往楼上跑，完全看不出脚疼的痕迹。林陆笑着想这家伙的生命力真顽强，对着手机锁屏上那张她穿成浣熊模样打盹的照片思索。

今天要不要找个机会让她“无意”看到这个锁屏呢？

关小柳重新涂了润润的唇蜜才下楼，背着个黑色双肩小皮包，复古的造型和繁复的拉链都是她大爱的元素。

她跟林陆并肩走的时候身体故意微微晃动，书包上的拉锁和小铃铛随着她晃动的节奏发出悦耳清脆的声音。

林陆也听到了，低头看了一眼她的书包，然后提醒她：“走路稳一点儿，小心又摔跤。”

“……”和预想完全不一样的回答让关小柳悄悄撇了下嘴，再走的时候就不颠了。

不是应该夸她的铃铛可爱，然后夸她的书包可爱，进而夸她可爱的嘛！

穿过长长的巷道，两人来到公交车站，车站密密麻麻的好多人，既有上班上学的，也有拉着手亲密相依的恋人。

因为有直达尾货市场的公交车，关小柳就放弃了速度更快但要换乘好多次的地铁，勇敢地选择了在早高峰时段挤公交车。

他们运气好，刚到车站公交车就来了。原本还各自在原地活动的人瞬间就像去抢金子似的疯狂地推搡，关小柳个子小，几乎毫无抵抗力地被人群推着走。

林陆在关小柳回头找自己的时候一把扯住了她的胳膊，把人整个压在胸前，并没怀什么花花心思地护着她上了公交车寻到一小块落脚之地。

“你把书包背在前头吧。”林陆看向她身后形形色色的人，开口道。

“好。”关小柳伸胳膊摘书包背书包，林陆则一手扶着一个座位椅背，另一只手扶着门前的栏杆，刚好形成了一个保护圈把关小柳护在里边。

车子走了两站，非但没人下车，反倒上来了更多的人，车厢如同一个伸展性极强的海绵，林陆和关小柳慢慢地挪动，最后靠在车壁的角落里总算能松一口气了。

林陆热得背上出了一层薄汗，拉开外套的拉链，敞着怀散热，结果衣服里面的网孔一下子和关小柳那复杂得要命的书包拉链钩在了一起。

他外套敞着，她因为书包钩住了去解拉锁整个人仿佛埋在了他的外套里边。

林陆忽然很想用两只手将自己的外套一拉把她直接裹在怀里。就像袋鼠、海马，像一切能把自己喜欢的东西随身携带的生物。

还好只是想想，他理智尚存地看着关小柳低着头着急地把拉锁从自己衣服上解开，在公交车左拐右拐忽停忽进之间，关小柳也左扭右扭地努力保持身体平衡。等她终于解开拉链，声音明显地呼了一口气时，林陆觉得再解不开的话他可能会忍不住抱住她，就这么永远不要解开了。

一个大转弯，有些走神的林陆手一松打了个滑，还好及时地又抓住了头顶的栏杆。其实顶上还有空余的别人够不到的拉环，可林陆就是死死地抓着栏杆，根本不去碰拉环。

关小柳看着他修长的手指，骨节分明，她记得以前看他敲键盘的时候就怀疑过他会不会弹钢琴，因为他总是敲击得很有节律，她觉得这么好看的手不去弹钢琴太可惜了。

林陆看她在看自己的手，也跟着看过去，以为她在好奇自己为什么不拉吊环，声音带些委屈地跟她说："上次那件事以后我就有阴影了，现在走哪儿都带着管护手霜。"

"噗咳咳……"

关小柳尚未表达什么，旁边站着的路人小姑娘突然被自己的唾沫呛到了，剧烈地咳嗽起来。

那路人也就是高中生模样，一副"然而机智如我早已看穿了一切"的表情望着他们两人。

"上次那件事以后我就有阴影了，现在走哪儿都带着管护手霜。"

关小柳因为她的表情又回想了一遍刚才林陆说过的话，恍惚间似乎明白了那小姑娘在笑什么。

真是太污了……是以为他们玩什么调教游戏而林陆是被调教的那一个吗……

林陆并不知道她们在想什么，只是觉得关小柳对一个陌生人的关注似乎超过了对他，颇为不爽，他抽空敲了敲她的脑袋，对上她控诉的眼神才觉得心里痛快许多。

"我们来玩五子棋吧？"他提议。

车子已经熄火停了有一阵子了，也不知道什么时候才会继续前行。

关小柳以为他会拿出手机打开个什么对战游戏，没想到他从包里拿出了一个全是小方格页的小本子，又找了支水笔出来跟她你一笔我一笔地画。

就像小时候不好好听课，又找不到别的乐子，于是就跟同桌拿着用来画图表的方格纸下五子棋打发时间。

关小柳即使在做不擅长的事时也会尽力做到最好，她每画一个圈都要思考良久，画的圈圈也是圆得很规矩。和她相反，林陆几乎是漫不经心地在她落笔后就会随意地打个叉，然后留下更多的时间看她皱着小脸考虑的样子。

饶是这样，关小柳也一局都没赢。

“这个是不是也跟智商有关系啊……”关小柳在又一次输棋后沮丧地问林陆，心里还有点儿别扭，他一个大男人，玩游戏一定要那么认真吗，就不能让让她?

还真不是智商的问题，林陆以前做过一个五子棋游戏，人机对战时机器走的每一步都是他照着棋谱录入的，那阵子天天看天天写，棋谱已经深深地印进脑海里形成了反射弧，所以跟关小柳玩的时候他都不用思考就知道该怎么走。

不过现在不是解释这些的时候，他看出了关小柳的小小失意，主动问她：“你会下围棋吗？”

关小柳的脸有些苦，为啥一定要下棋啊……

她虚握着拳头放在嘴边，做了一个吞咽动作后告诉林陆：“我有点恶心。”

“哈？”林陆把本子随手揣进了口袋，弯下身子看她的脸色。关小柳这次还真不是装的，刚才一直低着头，车子又颠簸，她又要动脑筋杀害无辜的脑细胞，加上车里面空气不流通，她现在是真的恶心想吐。

旁边那个高中女生看他们玩了一路你画圈圈我打叉叉的游戏，本来就觉得身为单身狗被屠害得好惨，现在看见关小柳恶心想吐，立马又一副“机智如我早已看穿了一切”的表情。

可是这次关小柳没工夫和她瞪眼表明清白了，越想着不要吐就越想吐，越害怕在林陆面前出糗身体的反应就越剧烈。

林陆也有些着急，躬身把窗户拉开个拳头大小的宽度，新鲜的空气立马窜入。

新鲜是新鲜，可冷得刺骨，关小柳冻得一个哆嗦，刚转过身去想透透气，可那扑在脸上如刀割般不留情面的风又让她往后退了一步。

“怎么了？你往前呼吸点儿新鲜空气。”林陆的声音从很近的头顶上传来。

关小柳无辜地抬头看他：“冷啊，刮得脸疼。”

林陆和她对视了一秒，扶着栏杆的手忽然从她身后前移，一边一只地按在了她脸上，他两只手用劲儿把她脑袋往前抻了抻：“快好好吸点儿气。”

虽然动作有些霸道粗鲁，可只有林陆知道自己这么捂着她的脸时心跳得有多快，他紧张得胳膊都不敢随便动，僵直地伸着，还要用威胁的语气掩饰自己的不安：“你扶好了哈，别把我也给带倒。”

“哦。”不敢乱动的岂止林陆一个人，关小柳也是大气不敢出地呆站着，只觉得被捂着的地方热得不行，连恶心的感觉都忘得差不多了。

她偶尔反应慢，可不代表傻，林陆平时那么清冷的一个人，现在这样捂着她的脸，要说他对她没意思她可不信。就是不知道他的意思是一点儿还是很多……是只对她有意思还是对别的女生也有意思——比如经常和他相谈甚欢的宋淼。

她心里想得多，连车子走得慢都没那么抱怨了，甚至希望目的地再晚一些到，这样他俩还能继续玩一会儿“捂脸”的游戏。

因为担心关小柳真吐在车上，在公交车停在下一站时林陆就带她下了车，离尾货市场还有大半站的路程。

他很自觉地在要下车的时候就把手收回去了，手心里全是汗，偷偷地擦在裤子上，又偷偷地闻了闻手心，还残留着关小柳脸上的脂粉香。

可怜关小柳一肚子心事，早忘了自己出门的时候还打过腮红，现在已经被热气凝成的水珠给抹得差不多没了，她觉得脸上的湿热被风一吹特别冷，拿着手背使劲儿地揉了好几下脸，把本就不多的脂粉彻底擦没了。

林陆倒是注意到她的脸好像更白了，没有之前那么粉粉的，不过他只当她是冻的，不由得站得离她近了几分，替她挡风。

什么景致都没有的荒凉马路，林陆想打辆车又怕她继续晕车，就这么走一站路他又不知道关小柳受不受得了，正犯愁的时候，走到了动物园的侧门。

他查了查手机地图，发现动物园另一个门出去就是那个尾货市场，于是询问关小柳："要不咱们从里头走吧，我带你看猴子去。"

带你看猴子去……

关小柳不知道为什么自己满心期待的第一次约会会有这么奇怪的行程，不过能和林陆待在一起的话就是走这条马路吃一路土也挺有意思的啊。

林陆见她同意了，转身朝着售票口走，走了两步又回来，拉了她的胳膊一下："你还是跟着我吧，省得又出状况。"

虽然语气是嫌弃的，可关小柳还是听得心花怒放，嘴硬地回："我哪有那么容易出状况！"

还不容易吗……林陆心里默念，又扯了她一下，确认她跟着了才松开手。

两人刚进动物园，就听见不远处的儿童游玩区放着耳熟能详的歌：

“在那山的那边海的那边有一群蓝精灵，他们活泼又聪明，他们调皮又灵敏……”

关小柳听了两句就笑起来，不等林陆问她“笑什么”就主动告诉他：“我考研的时候有一个内容叫广告创意，当时我上的辅导班，那个辅导班老师天天让我们‘解放天性’，然后模拟考试的时候给我出的广告创意题目是杜蕾斯。我就用了蓝精灵的歌当背景音乐，画面内容就是蓝精灵齐心协力打败了格格巫，最后开心地办‘party’，把套套吹成了气球飘向天空。”

她给他细致地说自己那个创意的分镜头，那次她的广告创意得了满分，她有些炫耀求表扬的意思，可林陆居然没听明白：“所以杜蕾斯就只有最后一个镜头出现了？跟蓝精灵有什么关系？”

关小柳头一次发现林陆居然单纯得可怕……

“拦精灵啊！拦——精——灵！”她拖长了腔给他解释。

林陆终于露出了个恍然大悟的表情，可随即又是一个尴尬的笑。

关小柳也后知后觉地跟着尴尬了。

天性解放的尺度是不是有点儿大？林陆会不会觉得自己很黄暴？

不是的不是的人家是小清新啊喂！

好在那尴尬很快被打破，他们的目光被一只一边小跑一边“呸呸呸”吐唾沫的羊驼吸引了。

这种生物长得就已经够呆萌了，又因为有着奇怪的别称，加上现在它一副愚蠢至极的“呸呸”行为，逗得关小柳差点笑岔了气。

直到离开那个区域，那形象还是挥之不去。

她学着羊驼的跑跳步绕着林陆转，嘴里还小声地冲他“呸呸”，神态还真挺像之前那家伙的。

林陆乐不可支地按住她的肩膀让她别转了，在她身后两只手推着她的肩膀让她赶紧走。

直走完大半个园子，快出门了，才看见了林陆要带她看的猴子。三三两两的猴子窝在树枝上，懒得不想动弹，只把红彤彤的屁股朝着游客。

人文知识格外丰富的关小柳问林陆：“你知道猴子的屁股为什么那么红吗？”

林陆摇头。

于是卖弄自己学识的关小柳说得更开心了：“因为那是对异性发出性信号的器官，一般到了发情期的猴子屁股会特别红，以此来吸引异性的注意进行交配行为。红色在生物界是一种警戒色也是最有吸引力的颜色，比如人类的嘴唇为什么是红色的，这也是进化过程中的自然选择，是为了吸引异性的。”

她说的时候林陆不自觉地跟着她的话把视线落在她的嘴唇上，红红的确实很有吸引力。

他喉结耸动，随即又是一阵尴尬的沉默。

关小柳后知后觉地很想找找附近有没有地洞爬进去躲一躲。为啥卖弄的都是这样的知识啊……

正当她不知道后边说什么的时候，林陆忽然伸手捏了下她右边的脸，轻轻地扯了下：“你懂得倒是挺多。”

关小柳往后跳了一步，心里像揣着只随时要从嘴里跳出来的小兔子似的，板着脸唬人：“居然敢这么跟你师姐说话！”

越是心虚才会虚张声势。

林陆眼神暗了一瞬，只当她不喜欢自己的触碰。刚才在车上捂脸的那一会儿他以为她也是对他有心思的，现在看来自己好像还是有些心急了。

只一会儿，他又恢复了正常，皱了下鼻子：“虚长年岁。”

关小柳闻言跳回去，抬手打了下他的胳膊：“你居然骂我老！”

“我没有。”

“有！”

“没有。”

“有！”

“好吧，有。”

“……”

两人毫无意义的对话进行了小半天，出门的时候忽然看见了一只打盹的小狮子，关小柳咋咋呼呼地拉着林陆看：“狮子！小狮子！”一边说一边眼神居然还往林陆裤裆上瞄。

如此登徒子的行为林陆自然是坚决拒绝的，他一抬关小柳的下巴：“看哪儿呢？”

关小柳这才反应过来自己在干吗，迅速翻白眼望天，脑海里显现出那天撞见的场景，那个很有立体感的狮子。

哎？立体感？

于是刚刚面不改色地跟人讲了“拦精灵”“猴屁股”的师姐脸红得跟个西红柿似的。

林陆看她脸那么红，猜她跟自己一样都是想到了那天的事，本来应该脸色不自然的，结果不自然的居然不只有脸还有他无比诚实的身体……他心里默背着圆周率，背到六十几位的时候觉得平息下来了，结果看见关小柳眼神湿漉漉小脸粉嫩嫩地偷瞥他，立马又不自然了。

他拉开和关小柳的距离，先行朝着门口走去。

后边的关小柳有点难过，以为他生自己气了，她现在才想明白那天看见了他大面积裸露的身体居然都没好好道个歉，看光了人家也没说要负责啥的，太不地道了。

又想到今天的形象已经自毁得差不多了，现在在林陆心里估计她就是个贪图美色的花痴，更抑郁了。

她小跑着跟上林陆，两人都是不发一言地往市场里边走。

卖配饰的摊位很多，关小柳顺着人流的方向一个一个看过去，每个摊位都会买一点儿。林陆发现她买东西虽然会跟人家讲价，可绝不是旁边那些剽悍的阿姨那样一砍砍一半，她买啥好像都只会讲五块钱。

“一共三十五块。”

“姐姐便宜点儿吧，三十块行不行？”

“五十二块你给五十块就行。”

“老板，四十五块行吗？”

诸如此类的，都只跟人家说便宜五块行不行。

他看着那些老板的样子，笑得都鬼得很，就知道这些东西肯定水分很大。百度了一下，都说这家尾货市场砍价应该从三分之一开始砍。

等东西都买齐全了，他拎着大包小包的和挤了一脑门汗的关小柳出了市场，才问她：“你怎么不多讲讲价啊？”

不是责怪她买贵了，只是单纯好奇。

关小柳认真地想了想，反问他：“不是已经便宜了吗？老板也要赚钱啊。”

反正已经便宜了，老板开心她也开心，有什么不好吗？

“以前看我妈跟人讲价，经常讲得我妈不高兴老板也生气，最后还有做不成买卖的情况，就觉得这样挺不好的。反正我也不瞎买，就是需要啊，需要的东西值多少钱看我自己啊，太贵了我不买就是，也没什么好讲的啊。”关小柳头头是道地讲自己的大道理。

林陆心里说了声“小败家货”，嘴上却只是问她：“都买好了吗？”

关小柳直觉他这话的意思是“买好了咱们就回学校吧”。好不容易能约次会，怎么能如此轻易地结束！

“这边的东西看着还是有点儿‘low’，我们去王府井那边看看有没有更好看的吧。”她眼里全是期待他答应的光彩。

他自然不会拒绝。

“先去吃饭吧，买不上也不要紧，我觉得你买的那些挺好看了。”林陆安慰她，在便利店买了瓶暖箱里放着的矿泉水，扭开瓶盖又合上以后递给她，“喝口水，我查查王府井那边有什么好吃的。”

没有哪个女生能抵抗住一个如此会照顾人的男人。

她喝了点儿水，问还在找吃饭地方的林陆：“你喝吗？”

他抬头看了水瓶一眼：“你不喝了？”

“嗯。”

然后他就接过去，仰着头把剩下的水喝了大半，瓶口离着嘴一厘米多，并没有碰上。

关小柳心里说不清是开心还是失落，可起码他没有嫌弃她喝过的水啊。

还剩了几口水的瓶子被林陆握在手里，一直到在地铁里等车时，在关小柳没注意的空暇被他一口气给喝完了——贴着瓶口喝的。

旺市区又是圣诞节，林陆找的饭店门前排队的人能绕这饭馆一圈。他面露懊恼的神情，应该早点预订的。

关小柳不想他自责，戳他的胳膊：“要不然去吃麦当劳？”

林陆看了眼同样爆满的隔壁快餐馆，皱了皱眉头：“咱们走走吧，看见哪儿空就去哪儿吃。你现在饿吗？”

“不饿不饿！”关小柳连连摆手，中午吃得晚，现在还没消化呢。

他们在另一种喧闹里穿梭，这是一种更接近都市男女约会散步的气氛，是一种更适合滋生暧昧的气氛。

天色渐渐暗下去，虽然关小柳说不饿，可林陆走了一路还是给她买了一路的零嘴，基本上看见个什么品牌活动摊位都要去买一点儿，布丁、巧克力、芝士蛋糕还有一小杯冰激凌。投食的乐趣让林陆越买越开心，根本停不下来。

他虽然买的种类多，可每次都只是给关小柳吃一点儿就提在手里：“回去再吃吧。”

所以关小柳也不至于撑着，就是咀嚼肌不住地在运动而已。他买买买，她吃吃吃，虽然话不多竟也无比和谐。

逛到街尾的时候终于有个门前没人等位的西餐厅，两人进去落座歇脚，林陆点了不少招牌菜吃得欢实，可胃里满满的关小柳只能看着美食揉肚子。

林陆疑惑地问她：“你不喜欢吃吗？”

关小柳挤出丝笑，指着沙发上那大大小小的袋子：“你刚才给我吃那么多就是为了现在有好吃的让我吃不到嘴馋吧？”

林陆挑挑眉，学着关小柳的口气说：“所以刚才跟我说‘林陆那个球快那个球我要吃那个球’的人不是你哦？”

最后所有的美食都被林陆填进肚子，关小柳刀叉都没动几下。林陆也是撑得不行，有些痞地把胳膊肘压在关小柳的肩膀上：“咱们先溜达溜达散散食吧。”刚才只觉得看她愤怒地盯着自己吃东西的样子好玩儿，结果没有节制地吃了好多。

附近有个大教堂举办活动，小广场上也是装扮得灯火辉煌，戴着发光牛角、鹿角头饰的行人来来往往，脸上都带着笑意。被那种喜悦感染，关小柳不知道为什么也觉得挺高兴的。

她在路边卖头饰的小摊前蹲下，问那个婆婆圣诞帽怎么卖。那种劣质的帽子平时五块钱都不值，现在却被炒到了二十块钱，关小柳破天荒地没跟她讲价，买了个红红的小帽子给自己戴上，然后臭美地拿前置摄像头左右照看，转到某个角度的时候发现身后林陆的脸也入镜了，她装作自拍，指尖颤抖地拍了张两人都在画面内的照片。

想要发到朋友圈去“不经意”地宣示下“主权”，又怕引起林陆的反感只好作罢，她把手机屏幕在林陆面前一晃，让他能看见她的脸但不一定能看清后边的他，自恋地问：“看我漂亮吧？”问完了就一副“本公主的貌美举世无双”的姿态把那张照片设成了手机壁纸。

这样如果后来他发现这个壁纸上有他，她也可以解释说：“那天晚上光线不好没看清，不过因为我照得太好看了所以就当壁纸了，尔等愚民有意见吗？”

她措辞都想好了，却没想到刚才林陆的那一下入镜分明就是他故意弯着腿往她屏幕里凑的。

这弯儿遛了有两个小时，两人要往学校回的时候突然飘落起雪花来。这不是今年的第一场雪，却比上次下的那点儿唾沫星子似的雪花大了不知几倍。

关小柳伸手接了瓣雪花，大朵的完整的轮廓慢慢融化在她掌心。

林陆没觉得这场面多浪漫，只知道下雪时还好，可下完雪就会变得很冷，想赶紧带着关小柳回学校，又想到步行街的长度，这雪还带着小冰粒打在身上挺凉的。路边已经有会做生意的小贩叫卖雨伞了，他让关小柳在一家专卖店门口等一会儿，过去买了把长柄黑伞，又快步跑回来。

他把买的东西放在地上分类重装，吃的装了两袋子，饰品则全都放在了他的书包里，这样东西好拿了不少。他一手提着袋子一手撑着伞给关小柳挡雪。

那把黑伞“砰”地在头上盛开的同时，关小柳觉得心里好像也开出了一朵花。

她不信林陆对谁都这样，又不敢信他只对自己这样。白天曾有过的自我折磨再次重现。

她装作一个对同学感情生活八卦的师姐那样问他：“林陆，你为啥一直没找女朋友啊？不会真的是因为对秦辰情有独钟吧，哈，哈哈哈……”

林陆把伞柄递给她让她举着，因为他太高，她的手抬得高高的，胳膊很快就累了。她抗议：“为什么让我举着？”

“给你找点儿事干，省得你闲得胡思乱想。”林陆歪着头很别扭地配合伞的高度。

两人都累了半天，最后林陆脖子都快歪断了，还是接过了伞自己举着。

谁知关小柳手一闲着嘴就闲不住：“林陆你有喜欢的人了吗？”

林陆沉默了几秒：“有。”

“哦……”关小柳不知怎么想起那次真心话大冒险时他对理想型的描述。

有肉的身材，眼睛大一些，个子高一点儿，别闹人，聪明一些。这跟宋淼简直相似度百分之八十吧……

林陆气都不敢出，只等关小柳问他是谁的时候告诉她是她，谁知道关小柳问了句：

“男的女的啊？”

“……”

“呀！林陆你干吗？”

“我觉得你脑子可能冻坏了，给你暖和暖和。”

林陆再次把伞柄交到关小柳手里后，做了件白天一直想做的事——

他单手拉开外套的拉链，握着衣服边缘把关小柳给裹进了外套里。她个子矮，脑袋被迫倚在他胸前，整个脸都被衣服给包住了，张牙舞爪的功夫黑伞被扔到了地上。

林陆却像恶作剧似的一直抓紧了衣服边缘不撒手，把她的脑袋紧紧地裹在胸前。

直到关小柳嚷着“要憋死了要憋死了”才松开她。

她头发乱蓬蓬的，光顾着追着林陆打，丝毫没注意刚才自己耳朵贴着的就是他心口的位置。

林陆大长腿迈着在前头跑，逗小狗似的等关小柳追着打他。关小柳，你这个蠢货，如果你刚才仔细听的话，明明就能听见里边在说：“喜欢的是你啊。”

Chapter.6

爱情从苦瓜糖开始

“师姐，这是什么鬼？”魏立春把关小柳连夜赶出来的给白色领舞机器人做的那一身“blingbling”的红色亮片蘑菇裙翻过来，指着那两块海绵球问她。

关小柳把衣服抢回去，重新给机器人穿上裙子：“这是小白的胸啊。”

裙子是高腰迷你的设置，并不会影响它的动作，只是本来说的做裤袜的计划泡汤了，因为机器人为了底盘稳当脚做得很大，根本没法穿袜子。而且这些机器人的腿都很粗，非要打扮成性感女郎的话有些不伦不类。

“哪里会不伦不类？我们可以给它粘上胡子做个假发，打扮成 ladybeard 也很可爱啊！”关小柳努力宣传自己的创意。

“ladybeard 是谁？”魏立春露出疑惑的表情。

关小柳立马放大自己的微博头像：“是这个人！有没有觉得有一种另类的美感？”

“这……这是个男人？”魏立春一脸嫌弃的表情，并没觉得哪里美。

因为听到了关小柳的头像是个“男人”这么敏感的话题，林陆也把头伸过去看了眼 ladybeard 是何方神圣，结果看见一个穿着粉色背带裙还笑得一脸娇羞的大胡子男人后立马放心了。

哼，他不相信这样的人有可能成为自己的竞争对手。

关小柳见魏立春嫌弃的样子，立马扭头问也看了照片的林陆：“你觉得呢？”

他自然不会像魏立春那样让关小柳下不来台，违心地说：“挺可爱的。”

得了他的回答的关小柳立马得意起来，冲着魏立春耀武扬威：“你看，果然是你不懂审美吧！”

魏立春鄙视地瞥了一眼口是心非的林陆，干自己的活儿去了。林陆笑了笑没理他，起身去倒热水，顺手把关小柳那个蠢了吧唧的小企鹅保温杯也拿走了，倒好水回来的时候就看见关小柳又开始说服秦辰那个大胡子男人很可爱了。

他放下水杯后忍不住提醒她：“他们不喜欢那个男的也没关系啊，你就做你的衣服就行了。”

关小柳没注意他给自己打了水，执拗地回他：“那我给机器人做衣服就是朝着那种风格做的，得让他们都认可啊。”

“没事，反正比赛看的主要是动作复杂程度，穿什么没那么重要，你这样做也挺有新意的，所以就按着你的想法随便做就好。”

那语气就像是：“爱妃，这是朕给你打下的大好河山，你随便糟蹋吧。”

关小柳却觉得他好像有些轻视她的工作，服化明明也是打分的一部分嘛，为什么他那意思像是“别扣太多分就行”呢？

她嘴一嘟，以一种别人没看见但林陆肯定能看见的角度翻了个白眼，惹得林陆心里一阵好笑，然后又有点儿明白她在不高兴什么。刚才的那种话他说惯了，有自负的成分在，但仔细想想确实有抹杀别人功劳的嫌疑。

他假咳了两声，带点儿赔罪的意味跟关小柳说：“那这次比赛能不能拿第一名就全看小师姐的啦。”

他语气前所未有的腻，秦辰听了没忍住打了个哆嗦，等关小柳大发慈悲地表示没问题后，秦辰冲魏立春抛了个眼神，两人勾肩搭背地去厕所了。

魏立春给秦辰点了一根烟，自己也叼了一根以后打开洗手间的排气扇散味儿。

“什么状况？”魏立春好奇地问。

“你也看出来了？”秦辰烟瘾没魏立春那么大，抽了两口解闷就丢进马桶里了，“昨天林陆一大早就出去了，晚上我去他宿舍找他的时候看他眉开眼笑的，一脸荡漾。”

“敢情他这是跟小师姐勾搭上了？”

“不知道，看样子不单纯，不过应该还没确定关系吧，不然林陆肯定会跟我说一声的。”秦辰自认是林陆的第一好朋友，他真谈恋爱了怎么可能不跟自己说。

“这群人大冬天的发什么春啊，还有夏普，我觉得他跟那个陈菁师姐也挺奇怪的。”身为“叫春”的男人，魏立春表示很无语为啥他们都在急着脱单，他的春天却没来。

“既然林陆没说，咱们也别戳破，万一坏了他俩的事林陆肯定不乐意，咱们就当不知道吧。”秦辰善解人意地替自己兄弟铺路。

“行。”魏立春也把半截烟扔进马桶里，问秦辰，“我要撒尿，你要看？”

秦辰黑着脸骂了句脏话，耿直地拒绝：“看个鬼啊！”

魏立春又换了个话题问秦辰：“你说厕所坑里是不是有沼气啊？沼气是易燃气体吧？那抽烟的火星子会不会引起爆炸啊？会不会炸一身屎什么的？这个问题我高中就思考过。”

秦辰微笑着冲魏立春做了个“蠢货，再见”的动作，用力地摔门先出去了。他捏着自己的脸活动面部肌肉，让自己装得什么都不知道的样子。谁知道他表情都摆好了，出去才发现男女主角早就不见了。

只有夏普老神在在地坐在那里，对着皮糙肉厚的美人说了句：“他们做结项报告去了。”

秦辰这才想起今天是之前App结项的日子，啧啧，小师姐一个人去就够了，林陆跟去干吗？

身为单身狗的他自然是理解不了林陆现阶段那种“师姐在哪儿我在哪儿”的狗腿子心态的。

关小柳昨天玩得太开心，晚上回去完全睡不着觉，打着台灯连夜赶出来一条裙子，现在眼睛下边一圈黑黑的影子。林陆背着书包，包里放着她的电脑，他丝毫不觉得自己殷勤的模样有什么不妥，主动找话题跟关小柳聊。

“你喜欢听摇滚乐？”林陆觉得这跟她的“小公举”气质不那么相符。

“还好，就是喜欢听One Republic，考研的时候每天睡前都要看一遍小胖的车祸现场，然后就觉得压力什么的都会被释放掉，而且还会自己安慰自己，那么优秀的人都有表现这么差的时候。”关小柳说起这歌，想起林陆在KTV唱过，问他，“你也喜欢他们的歌吗？上次你唱得特别好。”

并没有……

那次被关小柳的鬼哭狼嚎给惊到以后，他脑海里不时就会窜出那么一两句旋律，为了把魔音驱逐出去，他找了原版听了听然后就差不多记住了。

他用很理所当然的语气告诉她：“可能我学习能力比较强吧。”

换作别人，说出这种话简直就是找嘘声，可是偏偏从林陆嘴里说出来，关小柳居然觉得很有说服力，因为他确实有这么说的资本。

人比人真是气死人啊。

她不能反驳，又不想看他那么骄傲的样子，随手指着主楼大屏幕上在放的 MV 问他："是看一遍就能学会吗？"

林陆顺着她手指的方向看去，大屏幕上正放着一个挺火的少年组合的歌……因为没有音响，林陆搜索着回忆，觉得那歌词有些熟，应该是首满大街都在放的歌。

关小柳本来只是随口说说的，谁知道四下无人的松树底下，林陆居然真的手一抬就开始摇摆身体，动作和屏幕上的少年组合跳得一模一样。

我只想给你给你宠爱这算不算不算爱

我还还还搞不明白

快乐的事想跟你分享难过想给你肩膀

第一次为一个人紧张我好想对你对你宠爱才短短几个礼拜

……

他自唱自跳，逗得关小柳笑得正在兴头上，忽然有人骑车子经过，林陆瞬间又变成了高冷的样子，精分得无缝衔接。

他越装得没什么事儿似的，关小柳越想笑，在他的催促下才往传播学院走。

走了没有两步，听到一个声音从身后传来："小柳，这段日子你过得还好吗？"

不用回头都知道那幽怨的腔调出自谁……

关小柳先挂起笑脸才转身打招呼："贾师哥好。"

贾良辰视线盯在她脸上，似乎想要找出一丝她过得不顺心如意的痕迹，然后就可以打着正义的旗帜去照顾她了。她的遭遇他很同情，可正是因为从来没有遇见过有这么奇特遭遇的女孩儿，他反倒觉得她可能是他的“真爱”，总要经历些曲折才能获得大团圆结局不是吗！

关小柳被他盯得发毛，根本不知道这师哥正想着要拯救她于水火之中，尴尬得想掉头就走，偏偏还要恭敬地问：“师哥也是去弄结项的事吗？”

贾良辰根本不想理那些俗事，语气更加哀怨地告诉她：“离开你以后小关关吃不好睡不好的，你什么时候有空去看看它吧。”

关小柳还没回应，林陆的声音突然插进来。

“吃不好睡不好要么是生病了要么是装的，前一种原因得带它看兽医，后一种原因打一顿就好了。”

打一顿就好了……

就好了……

贾良辰惊恐地看着说出这么丧心病狂的话的林陆，难以置信地看向关小柳：“小关关那么可爱！怎么可以打它！”

关小柳不想跟他过多纠缠，告诉贾良辰：“林陆家里有两只狗呢，他是养狗达人，你可以听一听他的意见。师哥，我们结项来不及了，先走了哈！”

她像是怕贾良辰会扑上来似的，一把抓住林陆就小跑起来，抓得太急，竟没注意抓的不是他的胳膊而是手。

她小碎步地跑，他大长腿迈两步就能跟上，心情好地看着她焦急的样子，转转手掌把她的小手直接包握在手里。

直到到了学院门口，气喘吁吁的关小柳回头看了眼贾良辰没追上来才长舒了一口气，舒完以后视线忽然凝在了自己，不，他们两人的手上。

林陆就像潘金莲勾引了西门庆还要倒打一耙不认账似的，动作有些大地把自己的手给松开，搞得关小柳倒成了那个趁机占他便宜的人。

好在关小柳本就是心怀不轨、做贼心虚，刚才去抓他的时候确实没注意抓错了位置，可跑了这一路怎么可能不知道自己拉着人家小手呢——所以有时候“愚蠢”形象深入人心也没啥不好，起码这样林陆就不会怀疑她的居心了。

两个人各自为自己的机智点了赞，然后保持着一定距离前后脚进了会议室，客户还没到，屋里只有郑主任和宋淼。关小柳好久没见到宋淼了，挺开心地跟她打招呼，谁知道回应她的居然是笑得比她还夸张的郑主任。

他扬手把关小柳叫到身边，看似商量地问她：“小关啊，宋淼明年有个出国交流的申请，现在填申请书需要多一些项目经验，需要一些图像资料，所以得让她上台作报告照点照片。今天的结项报告就让她做吧，反正她对项目也很熟悉，你看要不你现在再给她说说一会儿要报告的事宜？”

“啊……啊，好。”他已经吩咐得那么具体了，哪里给她拒绝的余地。

关小柳表情不太自然地领着宋淼去后排桌子上讲自己的PPT。可不自然的岂止关小柳一人，宋淼看着不肯把电脑拿出来的林陆，心里嘀咕着他是不是烧坏了脑子，为什么举止这么异常。林陆只是很没有原则地在替关小柳不平而已，可平心而论，宋淼虽然在组里工作的时间不长，工作量却是不小的。这种项目经历本来就是所有组员都可以写进简历里的，宋淼现在只是需要一些图片把申请写得漂亮一点儿而已。

可就是不痛快，就好像自己家狗的大骨头棒玩具，他和狗再怎么嫌弃怎么折腾都没关系，别家的狗来舔一下试试，吼不聋它！还是关小柳主动把林陆的书包拿过去，打开电脑给宋淼说哪些是重点叙述内容。她也郁闷，可很快就自我开解了，理由跟林陆想的差不多，这个项目大家都有份，真论起工作量来其实她做的是最少的。

结果事情到最后就变成了关小柳的工作被宋淼替代，林陆不开心，关小柳努力逗林陆开心。

她一会儿戳戳他的腰，一会儿捏捏他的胳膊，两人坐在最后一排听宋淼作报告，不时窃窃私语：关小柳单方面私语。

“林陆，你看见前边那个头发白了一大半的帅老头儿没？那就是我的导师，人可好了！”

“哎，你知道我当初填导师申请表的时候特长写的啥吗？我写的是‘厨艺’，哈哈哈，我猜这是我在众多候选人里脱颖而出的原因！”

“陆神，你说‘小白’的胸是不是还可以再垫高点儿？”

“我听说郑主任明年职位调动会升职成副院长哎，然后他就成了郑副院长，哈哈哈哈。”

她自顾自小声聊得“嗨”，可林陆好像听不见似的，视线就盯在大屏幕上看她做的演示文稿。

关小柳挫败得很，说不上是不想他听宋淼作报告还是不开心他不理自己，嘀咕了声：“真没劲儿，我去找贾师哥坐。”

声音虽然小，却一字不落地都落入了林陆的耳朵。

那是一间不小的报告室，他们坐在最后一排的座位上，跟前两排听报告的老师隔了长长一段距离。

林陆坐在关小柳的右侧，抬起左手，手掌贴着关小柳左边太阳穴微微用力向他的方向推，同时低头在她靠过来的右耳边说：“闭嘴。”

就两个字，短暂的热气喷在关小柳的耳垂上，“轰”地引爆了她所有的脑部血管。

报告的后半程，关小柳很认真地履行“闭嘴”的要求，一言不发，只觉得左右两边耳朵的温度一直不一样，靠近林陆那边的耳朵就跟被火烧着了似的，心跳也是时缓时急，一回忆刚才那个画面就觉得呼吸不顺畅。

她突然很怀疑林陆之前是不是谈过恋爱……不然怎么那么会撩人啊！

那一刻，她好像对两人的形象有了重新的定位，他就像只慵懒的狮子，偶尔被她看见了可爱的一面，可归根结底是食物链高层的动物，如果真的想要猎食轻而易举就能成功。

而她，就是只平时虚张声势、到处找碴的小茶杯犬，被林陆那只“大猫”一巴掌就能拍晕。

可是被拍晕了还这么欢喜是怎么回事，嘤嘤嘤……

“小柳，过来过来。”半头银发的和蔼老师冲关小柳招招手，笑容可掬地喊她过去。

关小柳背后忽然一阵汗毛竖起，她记得上次同门几个人都不想要带这个项目的时候，于老师就是这么笑眯眯地看着她把包袱甩给她的，任她怎么哭着抱大腿都没有用。

“小柳啊，这次项目结得不错，PPT 做得也挺好，是你做的吧，我就知道，那风格一看就是你，当初招人就是看你 PPT 做得好才要的你。”于老师随口夸着她。

关小柳听得更紧张了，于老师脾气好是好，轻易不夸人，一夸人准没好。

“哎，我记得你之前简历上还写着会做饭是吧？好，好好好，这样咱们这次出差就有人做饭了，哈哈哈！”

出差？出什么差？老师您先别哈哈哈啊！说清楚啊！

她乖巧地站着，眼睛里是大大的问号，一直坐在第一排的贾良辰忽地出现在她身边：“小柳师妹，于老师下周要去 G 市做调研，要带着你，当然，如你所愿，还有我。”

所愿个毛线团团啊！

关小柳看了眼在门口等她的林陆，心里百般不情愿也不能拒绝，能跟着老师出去跑项目是很光荣的事情，她没理由说不去：“好的，老师，是什么项目啊？我先查查资料。”

“不用查，都是活资料，你能查到的也没什么意义，咱们自己去看。去调研的是农民工土地流转和留守老人儿童情况的项目，本来打算带两个男生过去的，你贾师哥提出找个细心的女生可能会更容易跟孩子打成一片。”

细心个毛线团团啊！

“老师，那我们是去山里吗？”从没出过远门的小姑娘脑海里闪现无数无知少女被拐到山里做童养媳的新闻，说一点儿都不担心是假的。

“不是。”于老师拍拍她的肩膀安抚她，“城乡结合部。”

城乡结合部啊……想想真是美妙极了，呵呵哒。

关小柳带着不知是怎样的心情离开了会议室，连林陆的颜值都拯救不了她的坏心情了。她用一个很沮丧的表情告诉林陆自己多么难过。

林陆没看懂，问她：“你着急上厕所？”

回答他的是关小柳挥舞的小拳头，林陆笑着被她打了几下胳膊：“怎么了啊？”

“于老师说要带我出去调研，去G市，去山沟沟里。”她本能地没有说出是跟贾良辰一起，不想在林陆面前表现得和那师哥有什么瓜葛。

林陆刚听她说完就禁不住皱了皱眉头：“不能不去吗？怎么听起来挺不安全的。”

关小柳看他关心自己，心情莫名地好了一点儿：“其实有老师，还有……

还有别的同学一起，也没那么危险啦。”

“别的同学？”林陆敏锐地抓住了关小柳话里的重点，“贾师哥？”

“唔……”

所谓的下个星期其实就是两天后，因为于老师跟关小柳说的时候就已经是星期五了。

她带了几件耐磨抗冻的灰色衣服，没什么腰身，松垮垮的跟麻袋似的套在身上，林陆说这样比较不容易被坏人抓走。

带了四瓶小瓶的矿泉水，都是短时间喝完了然后扔掉，比如中途如果上厕所回来的话之前那瓶水就不能喝了，林陆说吃喝的东西不能离开自己的视线。

还带了两个轻薄的充电宝，这样能保证二十几个小时的车程里始终有手机可以玩，林陆说这样就不用无聊到跟贾师哥聊天了。

林陆还说：“睡觉的时候警惕点儿。”

她突然发现不知道什么时候林陆的话变得这么多了，而且他好像越来越频繁地出现在她的生活里。关小柳觉得这样也挺好的，出次差就能让林陆察觉到他其实很关心她。

进而就能发现他其实除了关心还喜欢她吧哈哈哈哈！

她像是想要驰骋疆场的女将军有着拿下林陆的雄心壮志，可大多数时候还是像待字闺中的小娇娘那样矜持又骄傲地等心上人先开口。

因为想着小别能让林陆“更快认清自己的心”，关小柳居然都不觉得辛苦和害怕了，拖着大箱子在天蒙蒙亮的时候出了宿舍。漆黑的天衬得月亮无比明亮，就在惨白的月光之下，她居然看见了林陆——没跟她打过一声招呼就出现在楼前的林陆。

他不发一言，过去拿过她手上的箱子，看了看表，和她并肩走到公寓区门口：“我约了车。”

“你什么时候来的？”关小柳开心地问。

“刚来。”林陆好像心情不太好，说话也有些冷。

“你怎么知道我这个时间走啊？”她还是开心，开心得眼睛都亮晶晶的，一丝困意都没有了。

“我又不是你。”林陆没好气地说了这么一句。

关小柳丝毫没被打击到：“哦，我跟你说过发车时间然后你推算出来我几点出发的吧，嘿嘿嘿，你怎么来了也不跟我打个电话，万一我走了怎么办啊？”

“不会。”怎么可能会走呢，他在门口都蹲了半个小时了。

关小柳脚上装了弹簧似的一蹦一蹦地问他各种问题，上了车也不闲着，听得司机都乐了，对着后视镜里的林陆说：“你女朋友真活泼啊，大清早的还这么有精神。”

板了一早上脸的人，终于露出点儿笑意，低头瞥了一眼已经开始装鸵鸟眼神四处飘荡看风景的关小柳，回司机：“是挺活泼的。”

“鸵鸟”的脖子缩得更厉害了。

关小柳很想叉着腰蛮横地问问林陆怎么可以不跟司机解释清楚，怎么能白白占她便宜。又怕他只是懒得解释，怕他给她的是她不想要的答案。

因为是打车，比关小柳之前预计的时间要提前很多，林陆带着她先去吃了点儿东西，展现出从没有过的细致体贴，早起的起床气也不见了，汉堡的袋子给她解开又翻折出一个整齐的口子，牛奶盖子掀开晾着，胡椒粉均匀地撒在煎蛋上。

他做这些的时候关小柳就静静地等着，等他把餐盒推给自己，她鼓起勇气问了句：“你对我这么好干吗？”

林陆没想到她突然这么直白地问了，曾在心里想过好多次的对话现在居然一句都说不出来，觉得这样的情境太仓促，干脆装傻地问：“你不知道？”

关小柳比他还害羞，问完那一句已是耗尽了勇气，小声嘀咕：“不知道。”

本来是他想装傻糊弄过去的，可听她这么回答，他反倒成了那个不高兴的了，拿着根吸管戳她的头发：“你真不知道？”

关小柳烦躁地把吸管打开：“不知道！”

林陆每次看她被自己弄得不高兴了就有种莫名的满足感，好像可以牵动她的感受是一件多么了不起的事。不过也有分寸，每次都是惹奓毛了就赶紧理顺：“上次去的那家餐厅你不是没吃什么东西吗，等你回来了我带你去吃吧。”

“少讨好我，我才没那么馋。”

“啧，那你去不去？”

“不去。”

“去吧，去了我跟你说个事。”

“……”关小柳心情转瞬变好，有些知道他说的是什么，咬着塑料叉子，“什么事你现在说就是了。”

林陆不再接话，伸手揉了揉她的发顶：“我得给你个念想让你这阵子好好照顾自己安安全全地回来。”

顺便让你没事就想想我，别老跟贾某某混在一起玩。

进站口就不让人送了，林陆目送着关小柳进了站，直等到火车开了关小柳给他发了短信才离开。

关小柳说东西都摆好了，人也躺床上了，中铺对她这个不怎么大的个子来说刚刚好，不过贾良辰刚才打电话说他起晚了没赶上车，改乘明天的航班。

她早上起得太早了，一上车就困得不行，在火车轨道碰撞的声音和拉笛的声音里睡得一塌糊涂。

于老师也在同一个车厢里，在关小柳的下铺坐着看报纸，听见上头传来关小柳睡沉了发出的呼吸声不自觉地笑了。

小姑娘这才刚出发就累成这样，也不知道后边的调研她撑不撑得住。

其实关小柳虽然娇弱也没弱成这副病鸡样，会这么困完全是因为她在得知自己要出差以后就加班加点地把机器人的衣服给做出来了。她宿舍里有台简易的缝纫机，平时她的竹制收纳盒还有桌子的碎花围边都是她自己做的，甚至没事还做个钱包、眼罩什么的送室友。

这两天她高强度地折腾自己，折腾完了还不跟林陆说，把做好的东西都装在一个粉色纸袋子里交给秦辰，只等着林陆看见以后感动得表扬自己。

然而事实是，当送完关小柳坐车回到学校的林陆看见那一排萌感十足的机器人穿着一件件花裙子齐刷刷地跳舞时，他的确感动了，感动完了却只想打电话吼关小柳一顿，这个蠢货那么拼干吗，不穿衣服也没什么要紧啊！

他漫无目的地摸着其中一个机器人的假发，摸得秦辰都有些发毛了，总觉得他那样子下一秒就会把这些机器人的头发揪下来，那可是他涂了半天胶一个个黏上去的劳动成果！

秦辰趁林陆不注意，把机器人都收到自己的桌面上，等他回过神来喊自己的时候手一揽那群小人：“虽然它们确实有点丑，可好歹也是小师姐的心血，你别冲动啊！”

“小师姐”三个字触动了林陆，他若有所思地问秦辰：“昨天你调试动作的时候还有什么问题吗？”

“没了，都很好。”秦辰圈着机器人的手不动摇，满脸戒备。

“都很好啊……”林陆看着窗外没有一丝阳光的惨淡天气，心里萌生了什么蠢蠢欲动的想法。

“小关啊，坐车挺累的吧，看这宾馆还不错吧，这可是这一块儿最好的宾馆了。”于老师笑呵呵地安抚着关小柳，唯恐这看起来挺脆弱的学生因为这地界的破落哭起来。

关小柳笑着在走廊里跟老师挥别，拿着房卡进了自己的屋子。好家伙，足足有四十平方米，除了一张偌大的双人床和宽敞的浴室外，居然还有个带着沙发、藤椅的阳台，那阳台大得能在里边翻着滚着跳郑多燕……关键是，这么大的一间屋子，居然只要七十块钱一晚！

她新奇地把自己的住处打量了半天，关门堵窗又把门上的钢链给插上后，忽然就觉得这巨大的空间并没有带给她舒适感，反而带给了她巨大的空虚。

第一次出差，她才发现自己真的很不成熟，坐在床上居然开始想妈妈了。

她出这么远的门，妈妈一定也很挂念她吧。

把行李箱往墙角一推，她赶紧掏手机给妈妈打电话报平安，电话响了很久才接通，听筒里传来了嘈杂的人声，还伴着音乐声，应该是在商场里。

关妈的声音中气十足地盖过了所有的背景音：“到住的地方了？”

“到了，妈妈。”

关小柳刚想说“妈妈我想你了”，关妈立马打断她：“哦，还有信号呢，挺好的，看样子不算很偏远。”

“……”

“行了，漫游费贵，你别浪费钱了，该干吗干吗去，跟着你们老师，别到处跑，别吃陌生人给的食物。哎，老公快抢那个，那个柚子，对对对，就那个！喂？还有事吗？我跟你爸抢超市促销呢，没事挂了吧哈。”

说完都不给关小柳说再见的时间，就听见电话那端“嘟嘟嘟”的忙音了。

关小柳欲哭无泪，沉思着自己是不是真像她妈说过的那样，她是发大水那年被她妈随手捡回家的。

好在玻璃心还没碎多久，关爸又打回电话来了，嘘寒问暖了半天，直到关妈喊着“老公老公那边还有活动”才急匆匆地嘱咐关小柳：“小柳想买什么就买什么，别辛苦了自己，当成去旅游的就好。好了，爸爸去帮妈妈抬东西了，你好好照顾自己。”

带着满满爱意的一通电话挂断，关小柳哼着“世上只有爸爸好”，拿了换洗衣服去洗了个澡，又躺在床上睡了一觉才觉得没那么疲乏了。

她看看手机，居然已经下午一点多了，手机里还有条于老师发的短信，说他中午不出去吃了，让她自己解决中饭。

关小柳伸了个懒腰，伸展过程中肚子里“咕噜噜”配合地叫唤起来。她揉了揉眼睛，换好那灰色的宽松衣服又套了件黑色的羽绒服才出门觅食。

她住的地方算是这个镇的中心区域，宾馆下面一排小饭馆，怕自己吃不惯南方的粉，她找了家东北饺子馆。

为了避免水土不服，她还特意问老板要了盘蒜泥蘸着吃，关爸说了，生蒜杀菌。

她吃得正欢实，贾良辰的电话突然打来，告诉她自己已经下了飞机，正坐出租车往镇上赶：“不会让你等太久的。”

最后一句话让关小柳差点噎到，喝了两口饺子汤才压下去。她不知道为什么这个师哥又对她起了心思，敷衍着说了两句就赶紧挂了电话。

然后突然想起她好像还没跟林陆报平安。他居然也没打个电话来问一声。

她赌气，就算两人的关系并没什么实质性的确认，她却能感觉到林陆应该是喜欢她的，也隐隐觉得回学校以后的那顿饭他会说什么。可就算现在还没确定关系，她走了这么久了，他都不打个电话问问她吗?

火车上信号不好，他们聊的微信加起来不超过二十条，可是现在信号好了啊！他怎么也不知道关心她一下呢！

她越想越不开心，放弃了主动报平安的想法，执拗地等着他打电话过来。

她就不信他会一直不找她。

悻悻地把最后两个饺子吃了，她交完钱就打算直接回房间去看电视解闷。于老师说了，先休整一天，等贾良辰到了明天再开始调研。

他们入住的宾馆一共有九层楼，是这附近最高的建筑，于老师为了防爬窗的小毛贼特意订的九层的房间，据说这也是宾馆最抢手的房间。

正是午休的时间，大厅里一个房客都没有，连前台都坐在座位上打盹。关小柳一个人进了电梯，按了九层的按钮后也有些犯困。

她盯着轿厢里的广告看了半天，忽然觉得哪里有什么不对……好像，一直没听到电梯运行的声音?

她这才反应过来去看楼层指示屏，发现那屏上是暗的，什么指示数字都没有。关小柳有些慌乱地按着开门键，依然是一点儿反应都没有。

确认了电梯出故障，关小柳按下那个画了铃铛的报警键，刺耳的报警声此刻听着竟然有让人安心的作用。响了十几秒有个中年男人的声音响起来，可他说的是本地方言，关小柳根本听不明白，只能一遍遍重复自己住的宾馆的名字和地址，以及电梯坏了她出不去了。她每重复一遍就更加害怕，说到最后已经没出息地哭了。

好在那个说方言的伯伯虽然不会讲普通话，但是应该听明白了关小柳的话，努力用最标准的当地普通话告诉她："马上派人去修。"

关小柳不敢大喊大叫，怕引起电梯更大的失衡，可心里害怕，脚跟发软。她缓缓地蹲在电梯的正中央，先给于老师打了个电话说明情况，于老师说立马找前台让她别怕。

稍稍定心以后，她又想起刚才发誓不会主动打给他的那个人，很没原则地拨了电话过去。

"喂？"

电话接通，他声音传出来的一刹那，她就控制不住自己的情绪了："林陆！我被困在电梯里了！我会不会憋死啊？电梯会不会突然掉下去啊？林陆我会不会死啊？"

"你慢点儿说，怎么了？"林陆声音听着镇定，心里比她还恐慌，尤其是她连着说了几句死死死的，吓得他心脏病都要犯了。

关小柳拿手背抹了抹眼泪，仔细地把来龙去脉都告诉他，连电梯广告里写的"拯救前列腺只需三分钟"都跟他说了。最后总结陈词："都怪你不给我打电话，我心情不好，然后脑电波散发出来一个消极的能量场，被宇宙感知到了就回馈给我一个同样消极的事件场。"

她神神道道地说了些林陆听不太明白的理论，可这种时候，再牵强的理由他也得认，再黑的锅他也得背，他好脾气地哄她："是是是，都是我的错。"

关小柳哭了一会儿，把那些害怕都哭出来以后反倒不那么担心了，甚至有心情安慰起林陆来：“其实也没什么要紧的，应该就是电梯没电了运行不了了，也没往下掉什么的，应该很安……啊啊啊啊！”

她刚说完不会掉下去，电梯就突然剧烈地浮动了一下，吓得她刚停了的眼泪再次跟着鼻涕一起流出来。

“林陆，修电梯的怎么还不来啊，我觉得里边的空气好差，我喘不过气来了。”关小柳从口袋里摸出包手帕纸擦鼻涕，纸上还印着金蓝色的小熊图案，可是现在连可爱的纸巾也拯救不了她的心情了。

林陆问她现在是什么姿势，她回答说蹲着呢，他就给她出招：“二氧化碳重往下沉，你站起来试试，站起来空气可能会好点儿。”

她听话地站起来，不知是不是心理作用，居然真的觉得好受了很多。

“林陆，林陆……”

“嗯，我在呢，别怕。”

“林陆，我……我……”

她以一种吩咐后事的心情想跟他说自己喜欢他，可又很有义气地想着要是说了然后自己不小心死翘翘的话，林陆肯定会牵挂她一辈子的，那不是坏了人家的姻缘嘛，于是到嘴的话又憋了回去。

她胡思乱想着，突然听见门外似乎有声响，应该是修电梯的人来了。这让关小柳瞬间看到了希望，她不敢砸电梯门，只能拼命地喊着：“我在这里！我在这里！快救我出去！”

手机扬声器发出林陆“哧”的笑声，跟外界求救的关小柳分神对着手机威胁：“不许笑！”

她刚威胁完他，电梯的门就犹如新世界大门一样缓缓地拉开。

大量新鲜的空气涌入，关小柳宛若重生地走了出去。然后，她看见了他。

她用力揉眼睛，确认自己不是把于老师误看成了他。

她还在愣神，于老师先走到她身边：“小关，吓着了吧？有惊无险有惊无险哈，你回去休息休息，晚上带你出去吃顿好的压压惊。”

她木然地点头应好，视线全盯着后头的林陆，脑子乱成一团麻。于老师只当她惊着了，亲自陪着她乘了另一部电梯回九层，嘱咐她好好睡一觉才离开。

关小柳进了屋子，脑子里那团麻理顺了一番才想明白刚才确实是看见了林陆。手里的电话甚至一直没有挂断，她重新把手机放在耳边，试探着问了句：“是你吗？”

话筒里的声音带着微微的喘音，一口气爬楼梯上九楼来的人顺了顺气：“嗯。”

静谧的大房间里，关小柳能清晰地听到自己的心跳声。

她没等他说“开门”就扭开把手，把头探出去，看他大步地朝着自己房间走过来。

刚想着问她房间号，现在倒是省了。

林陆加快了步子，最后甚至变成了小跑，他推开门，在她还没开口之前把人直接搂进了怀里。

搂了一分多钟，他才抬脚把门给踢上，将关小柳按在门板上，看她哭得发肿的眼睛。

“你刚才在电梯里‘我’了半天，要说什么？”

“没什么……”关小柳被他明亮的眼神看得不自然，低着头不敢跟他对视。

他却没打算继续和她打太极，直言问她：“你是不是喜欢我？”

“……”啊啊啊，怎么回答！

关小柳顾左右而言他："你怎么会来？你什么时候来的？坐飞机来的？"

林陆固执地又问了一遍："你是不是喜欢我？"

他原本手抵在门上，只是形成了一个圈子把她圈在自己和门之间，现在因为有些紧张，手不自觉地就扶在她腰上。

关小柳眼睛上的红圈蔓延到了整张脸上，结结巴巴地说："你……你喜欢我，我就喜欢你。"

她犟嘴的样子太萌，林陆心软得都不知道怎么形容了，逗她："哦，那我不喜欢你要怎么办？"

她知道他故意的，抬起头来飞快地看他一眼，觉得他握着自己腰的手好像又收紧了些，心慌意乱得不知道怎么办才好。

"那……那我就过一会儿再喜欢你……"

她的回答太让人愉悦，林陆手往后移，把她整个人抱在怀里，低头想去亲她。

"唔！"她却在他快亲上的时候猛地捂住了嘴，用哭得惨兮兮的眼睛瞪着他。

林陆为她的抗拒而郁闷，直起身子揉乱她的头发表达不满，却见她捂着嘴的手上滑，把整张脸都捂了起来，声音从指缝里闷闷地传出来。

"我中午吃大蒜了……"

说完这话，她把两只手分开，露出眼睛，可怜巴巴的样子："我不是不想亲亲，我吃大蒜了……"大胆的话讲完又迅速把脸捂起来，恨不得自己身上背个壳可以把脑袋缩进去。

林陆好笑地看着她，手捧着她的下巴把她的脑袋给托起来，想找个露在外边的部位，结果她的手捂得太严实了，一点儿机会都不给他。

他无奈地轻轻亲了下她的手背，手掐了她腰上的肉一下：“刷牙去。”

“唔……”关小柳捂着脸横着往洗手间走，刚走两步差点撞到门槛上绊倒，还是林陆手疾眼快地把她扶住，不等林陆调戏她投怀送抱，她已经松开手飞快地跑进洗手间了。

她拆了个新的牙刷，还有小小的一管牙膏，不知道是不是太紧张，她拿着带了针头的牙膏盖子戳了好几下都没把那管牙膏给戳开。

林陆看不下去了，出手帮忙，拿着牙膏挤在她手里的牙刷上：“好了。”

关小柳觉得自己就像被人放进沸水桶里褪毛等待宰杀的小白猪似的，她对着镜子刷牙，他就倚靠着门框从镜子里看着她刷牙。

目光灼热，外套上却还带着从外面带进来的凉气。

她觉得这种待宰的感觉太难受，主动打破沉默：“你怎么来的？”

“坐飞机，转大巴……你走了以后我整个人都不在状态，干脆跟着一起过来了。”他看着她喷在嘴边的白色沫子，走过去用拇指帮她擦干净。

关小柳的脸一直处在红扑扑的状态，不敢再说话了，安安心心地刷牙漱口。

她刚放下牙刷，他又要俯身，吓得关小柳后跳了一步：“还……还是有味……”

林陆跟过去：“没事。”

“不是，气氛……气氛不对了……”接吻，尤其是初吻这种事情，怎么可以在男主角盯着女主角刷完牙然后草率地进行呢！

林陆服软摊手：“那怎么样才对？”

“你吃饭了吗？”关小柳觉得他眼里的绿光淡了点儿才敢跟他说话。

“早饭在飞机上吃的。”林陆也觉得自己好像有些急了，挠了挠头，“那你陪我去吃点儿东西吧。”

“好好好，吃东西去！”关小柳忙不迭地应声，主动过去牵他的手，有些补偿的意味，她仰着头看他，“你爱吃火锅是吧，我看楼下有个火锅店，去吃那个吧。”

林陆内心是有些不愿意的，想说还是找家清淡点儿的店，省得一会儿她又要嫌弃一身火锅味。

可他人都到了，也不急在这一时半会儿的，便回握住她的手：“那就吃火锅吧。”

关小柳喜欢吃辣又吃不了辣，点了个鸳鸯锅，结果涮着自己清汤里的羊肉又嘴馋地去蘸林陆的辣汤，蘸完吃了又辣得拼命跺脚。林陆哭笑不得地看着她嘴被辣得红肿，给她倒了杯可乐逗她：“你嘴上好像挂了两根香肠啊。”

他一说，她脚跺得更厉害了，拿着手机看自己，发现果然嘴唇鼓得老高，抽了两张纸巾挡着自己的嘴，一口气把一杯可乐都喝了下去。

其实也没林陆说得那么夸张，她本来颜色淡淡的嘴唇因为吃辣变得格外娇艳性感，他是喜欢的，喜欢得都开始胡思乱想了，只是以前逗她玩嘴贱习惯了，没想到她当了真拼命地折腾起自己来。

林陆按住她又要倒可乐的手，给她倒了杯温白开：“我骗你的，很可爱。”

可爱才有鬼咧！她又不是没看见自己什么样。

因为觉得在林陆面前丢了脸，她后面一直拿纸巾挡在嘴前，任他怎么说都不挪开。

“不就是充血肿胀嘛，不只是你，我也有啊。”林陆无计可施，从对面坐到了她旁边，小声地在她耳边说。

关小柳怀疑地看着他的嘴唇，是有一点儿，可是并不明显。谁知道林陆忽然抓住她的手放在自己的大腿上，还意有所指地提示了一下：“我不是说嘴。”然后在关小柳一脸见鬼的表情下自己高兴地弯着嘴角继续吃东西了。

嘴角弯个毛线啊！吃毛线东西啊！这陡变的画风是什么鬼！关小柳在大脑卡了几秒钟后也拿起筷子吃东西，被他神经质的行为刺激得都忘了要继续挡着嘴了，看他大坨大坨地夹羊肉卷，不甘示弱地也飞速动作起来。

“你中午不是吃饭了吗？”林陆看她着急又吃不快的样子，放下筷子疑惑地问她。

“可能在电梯上又怕又哭的都消化了吧。”胃口很好的关小柳漱了口才回他。

他还没打趣她，关小柳的电话响起来，又是贾良辰。

林陆看见了屏幕来电，装作不关心的样子自顾自吃东西。关小柳因为两人关系的改变突然有些做贼心虚的感觉，清了清嗓子，接起电话，为表清白还特意开了免提让林陆也能听见。

“小柳师妹！ G 市真是穷乡恶水出刁民！”

贾良辰这一嗓子直接吸引了全饭馆的注意力，吓得关小柳连忙关了免提，弯着腰遮着脸把手机放在耳边：“师哥你还没到吗？”

“那个出租车司机带我绕圈！绕着 G 市跑了五圈！要不是我眼力超群，认出了那个广场，他说不定还得带我绕呢！哼，我已经记下了他的车牌号，等着接法院的传票吧！”

“那师哥你现在，啊……在哪里？”关小柳本来是脸朝地面接电话的，脖子突然被人捏了一下，她惊呼出声，扭头看发现是林陆在作怪，瞪他一眼继续跟贾良辰对话。

他像是给外婆家的猫按摩一样，捏着她的脖子一下下揪，力度适中，揪得她头皮都舒服得发麻。

“我现在已经下车了，正要另打一辆，我很快就来陪你了，莫慌！”

“哦，好的，师哥，那没事我先挂了，师哥再见。”她察觉到林陆揉捏她脖子的力度越来越大，赶紧挂断了电话。

他捏着她后颈把人直接按在自己腿上，轻拍她的侧脸：“叫师哥叫得那么亲呢？”

她觉得他的力气明明不大，可不知为什么被他这么轻轻按着她居然根本动弹不得。她仰着脸看他，第一句话就是问：“这个样子会不会看到我的双下巴啊？”

她的脸一直有些肉肉的，这种仰躺的角度太容易挤出一层肉了。

林陆原本的醋意被她的话给击破，松开按着她的手，挺用力地屈指敲了敲她的脑门：“蠢样儿。”

两人闹闹腾腾地把剩下的菜煮完，结账的时候前台有装糖果的盘子，林陆交完钱随手抓了几颗糖，丢给关小柳两颗后自己剥了糖纸放进嘴里。

这火锅店在一片有些破落的居民楼前，四点多钟的傍晚，有提前出摊的小吃摊，也有搬着小板凳聚堆下棋的大爷。因为有林陆陪着，关小柳没有绕路走大道，跟着他一起从小区里头走的。

“这个糖是苦的。”林陆走着走着突然说了这么一句。

关小柳心跳如擂鼓。

来了来了！这个段子她看过！男主骗女主糖是苦的然后让她尝一下然后就亲她了！

林陆纳闷地低头看了眼关小柳：“怎么不说话？真是苦的，你尝尝？”

尝尝尝尝尝尝！

她头垂得更低，咬着嘴唇想自己要不要闭眼时，面前出现了他的手，掌心还有一颗绿色的去了糖纸的糖果。

他按了下她的后脑勺，她凑过去把糖吸到嘴里，刚含进去脸就皱了起来。

居然真的是苦的！

“没骗你吧。”林陆还挺高兴的，把糖纸拿给她看，那上边“苦瓜下火糖”五个字格外醒目。

为什么会有这么奇葩的口味啊……还有林陆你是不是缺心眼啊……

她怨念地看他一眼，看得他莫名其妙，停下步子面对着她，屈腿下蹲和她平视：“怎么了？怎么突然不高兴了？”

“糖不好吃，想吐了。”她随便扯了个理由。

“那就吐了呗。”他不明所以地捏捏她的脸，看她还是不开心的样子，突然明白了什么，伸手在她嘴边，“吐吧。”

她确实因为猜错了剧情在闹小情绪，看他伸手便“呸”的一声将糖吐在他手里。

这是条楼与楼之前的巷子，两栋楼上都搭着竹竿子晾衣绳，还有五颜六色的衣服被单，楼房墙壁上已经潮湿长青苔，路也并不平坦。

附近根本没有垃圾箱，林陆一时讨好让她吐了以后发现没地方扔，从口袋里掏出纸巾把糖包好放回口袋后，忽然就有些委屈地又把手伸在她面前：“黏糊糊的，你舔舔。”

“……”关小柳无声地拒绝了这离谱的要求。

“那我也要吐在你手里。”林陆幼稚起来心理年龄绝对超不过三岁。

关小柳转身就走。

“林三岁”一把拉住她的胳膊，抱住她的腰把人往上提了提，认真地看着她的眼睛：“我知道你在不高兴什么。”

“那你说我不高兴什么？”关小柳鼓着腮帮子，狠狠地瞪他。

他握着她的手，贴着自己被风吹得凉凉的面颊，温柔地蹭了蹭，在她被他的动作萌得一塌糊涂时，他突然以迅雷不及掩耳盗铃之势拉过她的手掌往上边吐了颗糖。

然后，他很开心地迈着大长腿跑走了。

关小柳难以置信地看着手里的绿色物体，也顾不得素质不素质了，一甩手把糖甩到地上，一蹦三尺高地去追着他打。

他根本没用力跑，她追了几步眼看着就要追上了，他一个回马枪害她直接撞在他怀里。

林陆一弯腰托着她把她抱起来，刚才已经试过应该怎么抱了，这次直接把人抱到头跟他一样高的位置。

关小柳吓了一跳，腿下意识地环住他的腰，骂他的话还没说出口，就被他抱着抵在了墙壁上。

他低头，额头抵着她的，小声问："你不高兴我不亲你吧？"

"才没……"

她反驳的话没说完，他就亲了过来。

她是第一次接吻，他也没什么要领，厮磨着她的唇瓣，两人脑海里都有一瞬间的放空，林陆甚至差点手软把关小柳给放下去。

他又往上颠了颠她，无师自通地试着用舌头去撬开她的牙关。偏她慌乱不知所措，紧紧地咬着牙，手抓着他的肩膀。

他离开几分，贴着她唇边呼气："你张嘴啊。"

"张嘴干吗？"她觉得自己就跟刚出炉的包子似的，浑身都冒热气。

他也不知怎么解释，可她开口说话了，他也就不需要解释，又凑过去吻她，舌头轻易地划过她的牙齿。明明吃的是一样的糖，他却觉得他嘴里是苦味，而她嘴里全是甜的。

关小柳基本上已经是死机状态了，他怎么缠她舌头怎么咬她嘴唇怎么舔她牙齿，她全都只能乖乖地受着。

甚至为了不让他抱得那么累，她的手已经不知不觉地圈住了他的脖子。

她脑袋偶尔清明时，闪过的也是些不知所谓的念头：段子没有骗人，后来果然是亲起来了呢！

大冬天的，两人都穿了厚厚的外套，林陆就那么抱着她亲了足有二十分钟，手麻了都不觉得，感觉就像两块吸铁石，每次分开一点儿就会产生更强的吸引力。

她的嘴唇被他吮吸得比刚才吃辣子红得还厉害，小脑袋埋在他毛衣领和厚外套之间的位置死活不动了。

林陆这才觉得有些沉，说了句“我松手了哈”。

她腿往下站，在地面上站稳了，手却不松开，还是圈着他的脖子，一副小鸟依人的模样。

“卖粉儿”的叫卖声幽幽地穿过巷子，天已经擦黑了。

林陆顺着她抱自己的姿势，在她耳边嘀咕：“我晚上可不可以睡你屋里的沙发啊？”

Chapter.7

难忘的调研之行

“你这是情趣内衣吗？猪女郎？”林陆仰躺在沙发上，百无聊赖地拿脚去踢关小柳毛茸茸的睡裤。

“你别逗我笑，也别说话。”关小柳闷闷地说了几个字就咬着嘴唇不再言语了。

她穿了条粉粉的法兰绒睡裤和一件带着猪鼻子帽子的粉粉的法兰绒睡衣，脑袋上还有个粉粉的蝴蝶结发带把头发拢起来，脸上敷着个透明的果冻面膜。

林陆看看手机的定时器，才过去十分钟，他脚趾灵活地夹住关小柳的裤脚，往下扯了扯，听见关小柳的惊呼才笑着松开。

关小柳小幅度地开口说他：“你这样子笑，等做完了一脸褶子！”

林陆戳了戳自己脸上冰冰凉凉的面膜，妥协地躺好不再乱动。

事情还要追溯到一个多小时前，关小柳腿发软、林陆手发麻地牵着手回宾馆。

他问她自己能不能睡沙发，她回答：“你为什么不睡床？”

在他兴奋得眼睛要放绿光之前，她又补充道：“这边房价很便宜，你再订一间就好了。”

她一脸单纯，说着再正常不过的话，他只能弱弱地辩解：“你那屋子那么大，两个人完全睡得开啊。”

关小柳在确定关系后似乎瞬间硬气了起来，有一种原本我要征服大神而现在他已经被我征服了所以我终于可以扬眉吐气的感觉：“哼，我才不信，你晚上肯定会用沙发太小、没有被子太冷、窝着睡好难受这样的理由要求爬床的！”

“唔，果然成为我女朋友以后就变聪明了。”林陆手搭在她肩上，隔着厚厚的羽绒服捏了捏她的肩膀。

被夸奖的关小柳用一副“本宫就知道”的眼神瞄了林陆一眼，傲娇地抬下巴。

“可是你怎么会知道得这么清楚，是不是脑子里也在期待什么奇怪的事情？”他低头靠近她耳边问，带着笑的气音让关小柳觉得耳朵痒痒的。

她踩他的脚：“你不要色诱我！”

他淡定地让她踩：“我什么都没做。”

关小柳单方面地跟他斗嘴，一直斗到了宾馆门口，她拿胳膊肘拐他：“你去再开一间房。”

他置若罔闻，拖着关小柳强硬地进了电梯，半是诱哄半是威胁地跟她说：“晚上再开，我先去你屋里待一会儿，你别蹦跶了，小心电梯又坏了。”

最后一句话镇定性太强，才经历过恐慌的关小柳立马老实了，嘴却噘得老高，直直地盯着林陆，让原本很沉得住气的人忽然有些心虚。他低头，伸出食指把她的嘴按回去：“太蠢了。”

关小柳被按下去的嘴又噘起来，振振有词地答他：“你不就是喜欢我蠢吗？”

不以为耻反以为荣的样子让人发笑。

林陆“嗯”了一声，承认自己癖好特别。

关小柳自嘲完了又觉得不是滋味：“那我要是不蠢，要是变得很聪明了，你就不喜欢我了吗？”

“别瞎说。”林陆皱了下眉头。

关小柳低头看脚尖，忽然觉得刚在一起就把“喜欢”什么的一直挂在嘴边，好羞人啊。

“你怎么可能变得很聪明。”

“……”关小柳后脚跟着林陆出电梯，确认不会有生命危险了，一跃跳到林陆背上咬他的脖子。

“嘶——属狗的呀你。”他往前冲了一下才站稳，稳稳地背着她又骂她。

“你才属狗的，没大没小的，快叫我师姐。”

“晚上能睡你的床吗？”

“不能。”

“那就睡沙发凑合一下吧，谢谢师姐。”

两人还没争出什么结论，关小柳门口站着的不速之客让他俩都瞬间变得沉默了。

贾良辰像是看不见林陆似的，直接对着他背上的关小柳打招呼：“小柳我来了，我们去吃饭吧。”

关小柳从林陆身上往下爬，却被他死死按着腿不许她下去。他回头让她拿房卡，然后开了门就把人送进去，转身对着贾良辰“恭敬”地送客：“师哥，我们刚吃过饭了，还有些事要做，就不跟你聊了，再见。”说完就一脚把门给带上，然后几步走到床前把关小柳丢到床上。

关小柳在弹性很好的床垫上弹了一下，捂着屁股叫嚷："哎哟，好疼！"

林陆原本的好心情在看见贾良辰的一刻就跟吃了只苍蝇似的被破坏了，他把外套脱了扔在床头，自己坐在沙发上胳膊撑着膝盖，腿张开着，脸色阴沉。

喊疼没被理睬的关小柳看到这样的林陆又委屈又害怕，跪行着爬到床尾，冲一米开外的林陆"喂"了一声。

"别跟我说话，吃醋呢。"林陆换了只手撑着，直白地告诉关小柳自己心情不好。

"我也没干什么啊。"关小柳不知怎么的看见这样的林陆心情大好，隔着中间的空当伸手去够他的膝盖。

她身子短手也不长，林陆扶了她一把她才没掉到床下去。

"我明天跟他说清楚，说……说你是我男朋友行吗？"关小柳握着他的大手，可怜兮兮地睁着大眼睛。

"我跟他说。"林陆脸色好了一些，可还是看得出来不高兴。

"哦好……"关小柳说完不知道怎么继续了，可她身为一个负责任的女朋友，怎么能在确定关系不到半天的情况下就让男朋友不高兴呢！

"你晚上在我这屋睡吧……睡沙发！"她说完了就抿着嘴唇，悄声打量他的神情。

林陆本来不想笑的，可她讨好的样子太乖，他心里的气瞬间就没了，本来也不是生她的气，只是看不惯那个师哥的做派而已。

他清了清嗓子，用力一推把关小柳推倒在床上，自己站起来从背包里拿了换洗的衣服："我去洗澡。"

什么？为什么要洗澡？

"不要用那种眼神看我，我没想做奇怪的事情。"林陆嫌弃地瞥了她一眼，进了浴室还把门给上了锁，清脆的“咔嗒”声就像是喊着“关小柳臭流氓别偷看”似的。

关小柳坐起来，所谓的浴室就是在墙角用两面毛玻璃围起来的空间，她羞耻地看着水汽朦胧和水声清亮里那个模糊的人影，并看不清什么，可正是因为看不清，才引人遐想。

她想起有过一面之缘的他半裸的身体，咽了口唾沫。

她找出自己的家居服，跳到地上，蹲在床边快速地换了衣服。她可不想一会儿在浴室换的时候也被他看见白花花的影子。

于是林陆洗完澡，套了件白色短袖T恤，穿了条灰色运动裤出来的时候，看见的就是穿了一身粉色、只有肚皮是奶油色的“乳猪”。

屋里开着空调，温度并不低，关小柳手里拿着两个面膜问头发还散着湿气的他：“林陆，敷个面膜不？”

林陆都不知道自己怎么想的居然就点了头：“啊，那就敷吧。”

于是两人就这样莫名其妙地一个蜷缩在沙发里，一个平躺在床上，敷起了面膜。

“咚咚咚——”

有敲门的声音突然打断屋里的静谧。

林陆把面膜一掀，扔进垃圾桶里，又去洗手间冲了把脸，在关小柳“精华都被浪费了”的嘀咕声中，从猫眼看了眼外面，果然是贾良辰。

他弯腰，把长裤脱了，一使劲儿丢在床脚，然后坦然地开了门，顶着一张水没擦干的脸看着贾良辰：“师哥。”

贾良辰抬头看林陆的脸，比之前看见他们俩进屋时更震惊——震惊的目光全在林陆的下半身。

林陆被他无礼的目光盯得不自在，说了句“我们在忙”就把门又关上了，然后大步走到关小柳面前：“你之前跟贾良辰说了什么，为什么他看我的眼神那么奇怪？”

屋内是咄咄逼问，屋外的贾良辰内心同样是惊涛骇浪。

那是什么？那是什么？那是什么？那天的女性用品上的血又是什么？

他脑子里飞快旋转着，很快就得出了一个符合常理的推断——十男九痔。

贾良辰说不清自己什么感觉，在知道林陆是个“正常男人”以后，关小柳似乎一下子就变得没那么有吸引力了，他失魂落魄地回了屋，独自度过这黯淡的跨年夜。

而另一边，给老师发了短信说不出去吃饭的关小柳，被林陆那一嗓子吼得差点把面膜弄歪。

他穿了条黑色的平角内裤，在白 T 的遮掩下露出一点儿裤边，和她光滑白嫩的腿不一样，他腿上的肉结实匀称，麦色的肌肤上有不算浓密的腿毛。

她脸上盖着面膜也不用捂了，眼睛一闭：“有话好好说，你先把裤子穿上。”

……

林陆叫了外卖，买了扑克，和关小柳吃了加餐后，两人盘腿坐在床上玩黑三张，这种游戏林陆用脚都玩得比关小柳好。在关小柳被弹得满脑门都是红印子以后，她抚着自己的痛处问林陆能不能不玩了。

林陆也觉得一直弹她没意思，收了扑克和她靠在一起看电视。因为是年尾最后一天，两人都不停地收到祝福信息，其间秦辰还不明所以地打电话问林陆：“你跑哪儿去了？团战啊。”

电视上放着搞笑的真人秀节目，关小柳看到一半就开始揉眼，她倚在林陆的臂弯里，仰头问他："你去沙发吧，我想睡觉了。"

林陆看了眼时间，十一点半了，虽然挺没意义的，可他想跟她一起跨过这一年。

他拍拍她的脸："我饿了，你帮我弄点吃的行吗？"

外卖吃得一点儿都不剩了，关小柳打着滚翻下床，先去进门的柜子上看宾馆备的食物，结果只有泡面和饮料。

她又去翻自己的行李箱，早上吃的厚吐司面包还有半个，还有罐花生酱，还有一包牛奶。她用自己的雕花铁勺子从侧面把面包掏开个洞，勺子在里面胡乱地刮了刮，又用勺子挖了一大勺他喜欢吃的花生酱塞进洞里，隔着袋子捏了捏面包把酱捏均匀。

百利包的牛奶她直接放在自己睡衣前边的口袋里暖了会儿。折腾了小半晌，她再爬回床上时已经是满载而归了。

"给，吃吧。"她先从口袋里拿出有点温的牛奶，又把包装袋子翻了翻，露出面包给他吃。

林陆只是为了不让她睡着随便给她找点儿事干，结果看她忙活了半天，居然真的饿了。

不像她的慢条斯理，他几口就把面包给解决掉，牛奶更是一气喝完。

"啊——"他长长地叹了口气，遗憾地说，"这时候有根烟就好了。"

关小柳鄙视地看着说了奇怪言语的他，看到他把垃圾精准地扔进床头的垃圾桶里，扬扬手让自己过去。

快入睡前的关小柳一般是她一天中最温顺的时刻，他让她过去，她没多想就过去了，可还没爬到自己原本的位置，就被林陆直接拉进了怀里。

他带着牛奶的甜腥味的吻落下来，不像下午时的试探和侵略，他就只是抵着她的唇，轻轻地碰触，变换着角度细碎地亲吻。

在她被吻得安心又困倦时，他咬着她的耳朵跟她说：“新年快乐啊。”

几乎他的话音刚落，这座五线小城市就点起了烟花，那绚烂升空的爆炸声惊到了关小柳，她扭头看看窗外闪耀的花火，再回头看着林陆，傻乎乎地说：“我们从去年亲到今年哎。”

“嗯。”林陆把她散落的头发别在耳后，“我看着时间亲的。”

关小柳怪叫了一声，一头扎进他怀里：“林陆，你说实话，你是不是之前谈过恋爱？还谈过很多次？”

林陆收紧了搂着她的腰的手，头压着她的肩膀，这种并不怎么舒服的姿势，却因为两人的肢体接触变得无比舒心。

他摇了摇头，诚恳地告诉她：“我不是个浪漫的人，但我愿意陪你做尽浪漫的事。”

“快乐的时光总是美妙又短暂，离别是为了下一次更好地相遇！”

“难忘今宵，难忘今宵，无论天涯与海角，神州万里同怀抱，共祝愿，祖国好，祖国好……”

“共……”林陆把电视给关掉，那歌声终于停止。

怀里的关小柳还一副似醒非醒、恋恋不舍的模样抱着他的腰，嘴里无意识地跟着电视哼哼。因为昨晚林陆说了很感人的话，关小柳半推半就地就没让他真睡沙发，留在床上一起睡了。

虽然他心里住着只狼，可毕竟交往连二十四小时都没有，他不至于禽兽得第一晚就做什么出格的事，而且昨晚的关小柳困得毫无防备，以那么纯真的状态在他面前打盹，他真是下不了手。

还要多感谢秦辰隔半个小时就打个电话问他在哪儿顺便骂他丧尽天良

猪队友，他有事干就不至于一脑门子的歪心思。

林陆拍拍关小柳的手，轻声问她：“你今天不要工作吗？”

“要工作……”关小柳手脚并用地盘在他身上，屋里虽然开着空调，可被子还是有些发潮，他热烘烘的身体就是个自发热的暖炉，让她禁不住想靠近。

他浑身上下只穿了条内裤，她虽然穿着睡衣，可这么又抱又蹭的，还是大清早的，林陆有点受不了，握着她的小腿从自己身上搬下去，弓着身子往后退了退，退出温热的被窝，背上忽然受冷，身体也冷静了几分。

“七点了，起来吧。”

关小柳正在梦里漫天雪花的城堡中跟个暖宝宝拉着手转圈呢，林陆的退开让她皱了皱眉，撅着小屁股又凑过去，两只脚直接夹住他的一条腿。

林陆头疼地想，这就是传说中“磨人的小妖精”吗？

他怕耽误她的正经事，不让她继续赖床，被子一掀，直接两手握着她胳肢窝把她给抱起来扶着坐好，摇玩具似的把她晃清醒。

“嘤……”她懒懒地先睁开一只眼，因为看不太清对面的人又睁开另一只眼，一个大大的没有形象的哈欠后，头脑终于有了丝清明。

林陆歪着头看她低着的脑袋：“醒了吗？”

关小柳顾不得回答他，两只手拼命揉自己的眼睛——眼屎眼屎快快退散！

林陆不知道她在干吗，只当她还没睡醒，笑着摸她的头发：“真可爱。”

可爱个锤子啊！

关小柳内心有些崩溃地想着，自己刚才睡得毫无形象的邋遢样子肯定已经被他看见了。所以说不能太早一起睡啊，这好印象还没打下呢，先把丑样子展示给对方了……

她低着头下床，快步往洗手间跑，都没完全放下热水就捧着水开始冲脸。

“你们老师不是说八点集合嘛，来得及，别急。”林陆后脚跟进去，捏着她的脖子把她提溜着离开凉水池子。

他还是没穿衣服，像是专门为了给她秀自己的好身材似的，昨天他是倚着门框看她刷牙，今天就直接贴在她身后跟她一起洗漱了。

她觉得有点儿肉麻，又有种莫名的幸福感。

原来这就是恋爱啊，曾经自己嫌弃的别的情侣间的亲密，到自己身上就完全成了甜蜜。

她一边刷牙一边偷瞄林陆，忽然仰着头踮着脚把牙膏沫亲在了他的下巴上，新生的胡楂短短一截，和她印象中戴着眼镜写代码的男人完全不一样。

他没理她的调皮，掰正她的脸让她赶紧刷，一会儿还有正事要做。

“你陪我一起去吗？”

“嗯。”

“林陆。”

“嗯？”

“我真喜欢你！”

“嗯。”

贾良辰是真的被昨天的景象给刺激到了，一路都避着关小柳走，这倒正合了林陆的意，以于老师为中心轴，两侧的人各不相扰。

他们去的是当地一所打工子弟小学，校长和于老师认识，对于调研采访的事情也早就通过气了。今天的任务就是跟采访班里的小朋友熟悉，方便最后的采访。

采访重在采，半个月的短期调研，采十四天录十四天，只在最后一天正式访谈。

关小柳长得还没班里发育比较好的那几个孩子高，混在人群里也像个小孩似的，没一会儿就跟他们玩成了一团。

林陆虽然对猫猫狗狗还挺有兴趣，可是对于熊孩子完全无感，听到这么一群人"嗡嗡嗡"地叫嚷就觉得一个脑袋两个大，自己坐在国旗底下的水泥台子上看关小柳带着他们玩游戏。

因为于老师去找校长聊天了，贾良辰不想跟他俩一起，就拿着录音笔去采访那个年轻的女班主任。

大概是关小柳太过于平易近人了，那些孩子本就是淘气的年纪，有几个在班里一直称王称霸的男孩子很快就不怕这个大地方来的"代课老师"了，甚至玩丢沙包的时候还会故意扔关小柳的脑袋上。

林陆一直看着关小柳的方向，在她捂着脑袋蹲下时就站起来跑过去了，轻轻揉她额头上红起来的地方，心疼地问："还好吗？"

"不好……"关小柳撇着嘴，大眼睛里随时能掉金豆豆。

那么多人围着，还都是小孩，林陆也不好太过于亲密，手在她的后脑勺上抚了抚，把刚才使坏的几个高个儿男生给叫走，回头看了一眼后边混在女孩子中几个瘦弱的男生，也都一起提溜了出去。

这样只剩下些懂事的小姑娘围着关小柳问她疼不疼了，外面天寒地冻的，关小柳干脆领着小姑娘们回教室去学画画。

而被林陆拎走的那些男孩子，本以为这个高高瘦瘦的老师要罚他们站或者打手心，谁知道他从器材室借了个足球，分成两队，他和小个子的男生们一队，那些小霸王一队，然后就开始踢比赛。他控球能力强，踢球准头好，一群小弱鸡在他的助攻下屡屡进球，而那些小霸王踢得没有章法，后来输球输得多了就开始耍赖，两三个胖一点儿的去绊林陆，谁知道不仅没绊倒他却被闪得自己摔了个狗啃泥。

林陆是真的生气了，甚至没顾念这是些小孩，该怎么踢就怎么踢，一点儿都不放水，直踢到小霸王们摔得屁股也疼，跑得脚也发软才结束比赛。

他胳膊夹着足球，嘲讽地看着那几个面色苍白的小孩儿：“就这点儿水平啊，先绕着操场跑三圈练练心肺能力吧。”

他目送那七八个孩子不服气又不得不听从地跑起来，脸色才好看一点儿，教身体不那么强壮的几个小孩颠球和带球跑。

跑圈的小孩们远远地看着在学技巧的那群软包，心里想的各不相同，有一点却很一致，他们想快点儿跑完圈也过去听课。

这里的孩子大部分是父母一起外出打工后的留守儿童，他们的生活里只有年迈的阿公阿婆，学校里也都是女老师，一直缺乏一个管教他们的成年男性角色。

林陆先是踢了场球给他们看清了他的水平，又用罚跑圈的方式告诉他们在这里他拥有的权力，最后更是通过区别对待让他们产生了不忿和期待。这些平时令人头疼的男孩子自己都觉得惊奇，居然短短半天就对林陆产生了一种恭敬和向往的复杂感觉。

课外活动时间结束，关小柳给他们上语文课，林陆搬了个板凳坐后门那里看女朋友可爱拘谨地念着课文写着板书。

依旧是那几个最“堕落”的男生，课间时候勾肩搭背地出了教室往校门口方向走。林陆本来不想多管闲事的，可想着现在是他女朋友在负责这些事，叹了口气，给关小柳发了条短信说明情况以后就跟在那几个男生后边一起走了。

男孩子们回头看了眼上午带他们踢球的男老师，不明所以地笑了笑，脚下根本不停顿，出门直奔附近的一家网吧。

林陆跟进去后就找了个他们附近的位置坐下，也没批评他们逃课，只是进了他们选的游戏大厅，他们玩什么他就跟着玩什么。小孩里隐约是头头的那个走过去问他要不要PK，林陆嗤笑一声。然后就用五分钟一局的速度开始狂虐这群小屁孩，不管换什么游戏，林陆都以秒杀的姿态毫不留情面地团灭他们，甚至十分空裕地在聊天框里打字嘲笑他们："天天逃课就打成这样？"

肉体和精神经受过双重打击以后，这群熊孩子对林陆已经是彻底臣服了，虽然嘴上什么都没说，可看林陆的眼神已经完全不同。

眼瞅着林陆起身去柜台结了账，他们也纷纷跟着一起回了学校。不知道为什么这么做，可他们打心底也想成为像林陆这样的人。

早就候在校门口的关小柳一见他们来就紧张地抓住林陆的手，小声问他："你不会揍他们了吧？"

林陆反握住她的手："我嫌手疼。"

关小柳松了一口气，放开他的手，又看了看灰溜溜走进教室的几人："他们其实也挺可怜的。"

可怜不应该是他们发熊的理由。

林陆皱着眉撩开关小柳的刘海，看着上午被打的地方有些发紫了，拇指轻轻抚了抚："本来就不聪明，这下估计要更蠢了。"

"喂！"关小柳不乐意地瞪他。

"行了知道你眼大，别瞪了。"他的手落下去盖住她的眼睛，眼神往教室后排扫了下，对关小柳后边的行程极其不放心。

等关小柳去帮着班主任批作业的工夫，他按了按发酸的太阳穴，靠着走廊的栏杆给夏普发短信，决定改变之前3号回学校的计划：“机器人比赛的事就交给你了，我有事回不去。”

“林老师，你能教我打‘dota’吗？”还是那个头头模样的熊孩子问他。

“游戏并不只是游戏，你要学会数据分析和快速计算，这是数学知识。”他面不改色地说着瞎话。

“那你能教我们数学吗，我们数学老师就知道七只鸡八只兔地做应用题，什么都不懂。”

夏普的短信回过来：“什么事？”

林陆让学生先回教室去，随手回夏普：“教数学。”

“不走了吗？真的吗？机器人比赛不管了吗？真的留下陪我吗？”关小柳举着肉包子，一连串的“吗吗吗”。

“嗯，机器人的程序都没问题了，就是个带队的活儿，夏普就解决了，反正得奖了也写学校名字，并不是离了我不行。我带了电脑，在这边也能干些别的活。”顺便看着你。

最关键的那一句他没说，关小柳用脚趾头也能猜到，她四处环顾，简陋的学校饭堂里全是人。她伸出食指钩他的小指头，摇啊摇地偷笑，小声地凑过去跟他说：“奖励你今晚睡我屋。”说完又迅速缩回自己的位置，不好意思都写在脸上。

就今晚？呵。

林陆心里笑她的天真，她以为他那么坚定地留下是为了什么？

因为有了林陆的陪伴，关小柳上课的时候似乎底气都足了很多，那几个爱捣蛋的小孩知道小关老师是林老师的女朋友，虽然听课依旧没法太认真，可也不会接话茬影响课堂纪律了。

于老师把孩子交给两个学生本来还有点不放心，后来看见门神似的坐在板凳上用电脑的林陆，又看见班里的孩子都服服帖帖的样子，对那个大四的男生倒有些刮目相看了。他拍拍林陆的肩，让他“费心照顾好师姐”后，跟着校长去他们之前选好的目标对象家调研土地流转的事了。

林陆看看讲台上需要被照顾的那个师姐，教室里没有暖气，她和孩子们一样都穿着大衣，他看见她握粉笔的手都有些抖，想着晚上去宾馆后边的超市买双露指的手套。

脚蹬在桌子脚踏上，他凳子后倾，人直接倚在后门板上，意外地发现走廊的一端贾良辰正跟年轻的女班主任谈笑风生。那女班主任是刚毕业就来支教的大学生，不知道贾良辰说了什么，她竟然一脸的羞意。

林陆心里拍手称快，很不仁义地想着有人替自家女朋友消灾了。

屈食指推了推眼镜，他无聊地清理着磁盘里的垃圾文件，忽然有了个不错的想法。想法太快，他怕转瞬就忘，开了记事本迅速地写脚本，认真得连女朋友来回巡视学生写练习时冲他眉目传情都没注意，搞得头一次跟人眉来眼去的关小柳很挫败，深深怀疑自己的女性魅力。

林陆开电脑蓝牙把文件传到手机又发到他们的群组，他写得简略又潦草，还有用自带画图软件随便勾勒的草图。若不是常年一起合作的人还真看不明白这些鬼画符是什么意思，可夏普第一个就懂了林陆的意思，回信息让他稍等，晚上做个小游戏先测试一下实现可行性。

这是一群对未来有些迷茫又有些想法的大四男生，从大三开始一起做大创项目就形成了稳定的分工协作关系，创业基金申下来以后也做过一个不算小型的网页游戏，拉到了一百多万的赞助，虽然影响力不大，可作为小作坊小成本制作能回本能有盈利已经很不错了。虽说大头都被赞助商拿走了，可他们也有部分抽成，更是得到了龙头公司三个月的实习机会，待遇也和正式工一样。也正是在龙头公司的实习经历给了他们更明晰的认知，目前的游戏市场是被垄断的资产，他们幻想过的自己开工作室然后三五年开拓新天地的计划都是做梦。小作坊最多求利，得名太难，他们家境都不错，可也没谁家能直接投那么多钱。

但就在这种理想与现实的冲突里，他们默契地没说未来，可每次学校有项目必定是一起参与，一个人有想法其他人测完可行性后必定全力支持地一起做。

理想这东西，先揣着，说不定就实现了呢？

其他几人都去干活了，不知从哪里得了消息知道当初郑主任根本没让他去调试的池哲忽然在群里发了句：“林陆，你大爷的。”

林陆自然知道池哲骂什么，摘了眼镜放进眼镜盒里，捏了捏眉心，回他：“这个游戏能做的话我那份分成给你。”

正给郑主任当牛做马的池哲立马把后续的国骂全给憋回去了，发了个谄媚的笑脸。

他们目前的分成一直是直接均分一人两成的，如果有零头就打给林陆，毕竟架构和集成都是他在做，工作量大一些。

林陆说把自己的分成给池哲，单纯如池哲就以为自己能抽四成了，完全没意识到林陆没说完整的话：“我这份给你，你那份给我。”

所以其实池哲也多赚不了几个钱……

就在他揉捏眉心解乏的时候，耳边忽然出现个“略略略略”的声音，他以为是哪个熊孩子，抬眼一看却是关小柳。

被忽略了很久的女朋友在用这种幼稚的行为博他的关注。

“你在做什么新项目吗？”他中午才说机器人的程序都写好了，关小柳自然以为他又被郑主任派活了，“说起来，为啥新媒体的老师总是驱使你们计院的学生干活啊？”

“能不用简称吗？”林陆对“计院”这个名字有些感冒，跟坐在身边的人解释，“因为我们院太小太穷没有赚钱的项目，郑主任手上有资源也有钱就是缺人，所以之前跟他干过一次活以后，他有活儿就一直找我了。”

“哦。”关小柳恍然大悟，“郑主任觉得你活儿好是吗？”

“……”看着小师姐一脸纯真的样子，林陆反思自己是不是误会了她的意思。

关小柳看他沉默不语，莫名地畅快，考研的时候跟着戏文班学过几节表演课，用这种单纯的表情说噎人的话是她那几节课最大的收获。

只是她还没高兴几秒钟，林陆就凑过去反调戏道：“我活儿好不好，你试试不就知道了。”

她是不是听错了？Excuse me？林陆你被什么奇怪的东西附体了吗！

她错愕的样子太逗，林陆没忍住笑了起来。

没来得及再逗两句，上课铃就响了。

因为答应过要教数学，林陆先放过了关小柳，迈着长腿上讲台，看了眼他们的数学课本，先把一道课后练习题板书到黑板上，让学生们五分钟解出来。在学生做题的时候，关小柳悄悄给他发了条短信：“为什么你最近怪怪的？”

林陆正在过道里扫视学生们的答案，感觉到振动拿出手机，眼尾看了下低着头假装也在做题的关小柳，刚才没逗完的话直接发给她：“可能缺乏性生活吧。”

班尾坐着的人脸就像麻辣小龙虾一样通红。恋爱前后的男生转变可以这么大吗？

她假装看不懂的样子：“你是不是漏了什么字，还是我断句有问题？

其实你想说的是缺乏个性的生活是吧？”

他这次看完她发的短信没回，直接把手机揣口袋里了，任她自欺欺人好了。

五分钟到，他从后排往前走，把所有答对了的同学的肩膀都拍了下，走到讲台时说：“刚才被拍肩膀的同学出去玩吧。”

这节课本来就是自由活动，他打算只给那些算不明白的补补课。

换作平时，大家听到这种话肯定会一哄而散的，可今天有帅气的男老师给讲课，那些答对了题的小朋友居然也纹丝不动地坐着。

林陆并不在意屋里有多少人，见没人动弹，直接就开始讲了。他讲得也并不是多有意思，只是出题的时候把鸡和兔子都换成了别的而已：“你有十一颗子弹，面前的区域里有四个掩体，有的掩体藏了三个敌人，有的藏了两个，如果你能保证百发百中，且子弹刚好击毙所有敌人，问四个掩体后分别藏了几个人。”

……

调研活动才一天，关小柳就觉得累得不行，简直有心力交瘁的感觉。好在还有个留下来陪着她的人，而且这人不仅能分担她的工作，还能满足她的口腹之欲以及情感空缺。

“那边那个叫花鸡今天搞活动哎，好多人在排队，我们也去排吧。”

“晚上吃那么多不好。”

“那那个马蹄糍粑也好吃，买那个吧！”

“还有番石榴汁，鲜榨的！”

“烤鹿肉……虽然很残忍，可是我们尝尝吧！”

关小柳万分感谢林陆在，不然这样独在异地的晚上，她肯定不敢出来溜达。更让她觉得幸福的要数回宾馆的那一刹那，在他来之前的那小半天，她推门看见那么广阔的空间时，新奇过后就是巨大的空虚，觉得想家觉得孤单，而且还总要担心自己可能会被各种方式迫害，睡之前要检查三遍门窗关严了没。

可是林陆在，一切都不一样了，她的背井离乡调研活动完全变成了支教旅游！

因为关小柳一直念叨那个叫花鸡隔着三里地都能闻到香味，林陆忍无可忍地把她按在洗手间的毛玻璃上狠劲儿亲了会儿，不给她换气的机会，亲得她大脑缺氧都快眼冒白星了才松开她，披上外套命令她："我去买，你赶紧洗澡，回来就把地方给我空出来。"

他语气再狠，说的也是让她高兴的话，她因为脑子有些发蒙正坐在马桶盖上缓神，闻言眼睛都发亮："好好好！"

"出息。"林陆把外套拉链拉到顶，拿着花钱补办的备用房卡出了门。

关小柳因为夜宵有了着落，洗澡的时候格外开心，又因为屋里没有人，洗着洗着就来了兴致，拿着淋浴花洒当话筒一展歌喉，还把镜子上的水汽给冲掉，把镜子里的自己当成观众。

于是林陆急匆匆地赶回宾馆时，就听见了关小柳那"美妙"的歌声。

那风是外衣，风是外衣，一步能行万里，能在空中飘来飘去风是外衣，风是外衣，我不停地问自己，是不是已无法忘记

哟，谢天笑的。

林陆笑着把外套脱了，把已经让店员砸碎了外壳只剩荷叶包着的鸡放在桌子上，过去敲了敲洗手间的门，告诉沉浸在自己歌声中浑然不觉的关小柳自己回来了，省得一会儿出来了再吓着。

不过这两下叩门声也够惊悚的了，关小柳半句歌词卡在嗓子里，踮着脚放好花洒迅速冲洗身上的泡沫。

其实她唱歌还不错，比如林陆之前在 KTV 听过她唱的那些安静的女中音和民谣，可不知为什么，她身体里好像藏着个和她的气质完全不一样的小兽，一到没人的地方她就特别喜欢唱摇滚，偏偏她唱不上去，听起来很是滑稽。

等她擦干了身子穿着件线衫和毛线短裤出来的时候，林陆已经调整好表情，打算装作什么都没听见。

谁知看见关小柳那条短裤时，瞬间淡定的表情就崩了。

她的平角短裤是个浅蓝色的小企鹅脸，可爱乖巧又……立体。林陆根本控制不住自己的手，他坐在床边，她站在他身旁，

他罪恶的手伸过去摸了摸那企鹅脸的黄色小嘴巴。这意外的触摸，让两个人都愣住了。

面面相觑。

他的手都忘了收回去。

“嗡嗡嗡……”关小柳的手机忽然响起来，她木然地移动到床头柜前接起电话，是关爸爸的。

“喂，爸。”

“小柳啊，今天过得还好吗？刚才左眼皮忽然跳个不停，赶紧打个电话问问你安不安全。”

关小柳看了眼床边的男人，他正盯着他那只摸了她短裤的手发呆。

“咳咳，爸，我挺好的，就是这边的环境，呃，有点污。”

“那就买点去污剂清洁一下啊。”关爸爸单纯地给她出主意。

关小柳支支吾吾地跟她爸聊了一会儿，终于挂了电话后，她刚才的愣

怔全成了恼羞成怒，放下手机，她捶了他的肩膀一下，嗔怒道：“喂！”

她根本没用劲儿，他却“哎哟哎哟”地倒在了床上，还打了个滚。那姿态，活像专业碰瓷的。

“喂，你不要装，快起来，你去睡沙发！”关小柳也爬上床，摇他的肩膀让他起开。

屋里空调温度开得高，她又刚洗完澡浑身冒着热气，只穿着那毛线短裤也不觉得冷。他睁眼所见就是她白花花的大腿，血气上涌，手背捂着眼睛嚷：“哎哟，我头晕，头晕。”

他仰躺着，关小柳就趴在他旁边，手捏着他的鼻子不让他出气，听到他变了音调的哼哼唧唧，心情好得跷起脚来摇晃：“吃的呢？”

“鸡在桌子上，我在床上，你想先吃哪个？”林陆一下翻身侧躺着，一只手撑着脑袋，痞痞地笑。

“……”关小柳脚也不摆了，撑起身盘腿坐在林陆对面，很严肃认真地告诉他，“林陆，我不喜欢你这个样子。”

她很疑惑，明明看着是个禁欲系的大神，为什么好了没两天他就性情大变了？是他以前装得太好还是自己看得太不清？他真的没谈过恋爱吗？

她板着张脸说这种话，林陆也不得不表现得很严肃地坐起来和她对视，考量她刚才说的话真实性有多少。

他是没谈过恋爱，平时的寡淡也不是装的，但并不代表他什么都不懂。室友看小片儿的时候他也旁观过，甚至是从高中开始那些早恋的哥们儿说些荤话他也听过。他平时不说不表现是因为没有可表现的对象。他本就学习能力极强，和她确定关系后，有些话有些事真的是无师自通，抑或有之前听同学说过的印象。

林陆伸手去拉她的小手，结果瞬间被甩开。

她无比正经地问他：“林陆，你不会是跟过来骗我乖乖就范的吧？”

林陆真是服了她，这种问题居然也问得出来，就算他真有这心思也不会承认吧，她是不是傻？

林陆这次态度比较强硬地把她拉到自己身边，没回答她，直接就吻过去了，本来两人都坐着，亲着亲着不知怎么的就躺倒了。

林陆在上，关小柳在下。

她还有些不熟练，除了他说过的“张嘴”，什么都不会做。相比较而言，林陆倒是技术溜得不行，轻咬她的嘴唇，吮吸她的舌头吸得她舌根都发麻，她抽空抬头：“你是不是偷着看了教学视频啊？”

他依旧不理会，按着她的脖子把她的脑袋按下去，不再用什么章法，就是用力地亲咬，嘴里有不知是两人谁的血腥气。男人骨子里都有些嗜血的恶趣味，那淡淡的腥气没让林陆停歇，亲得更加卖力了……

被他整个人压在床上的关小柳无计可施，被他舔着上颚只觉得嘴里痒痒的心里也痒痒的，身上更是使不出什么力气，只好放任他继续施为。

正直的她才不是这么容易妥协的人！是敌人太强大了她抵挡不住！她才没有很开心！

感受着她在自己怀里越来越温顺，温顺得让他只好呼着热气松开她的唇瓣立即坐到了离她小半米远的地方。

他恶人先告状：“骗子。”

眼角含泪的小姑娘一脸的不敢相信，没什么力气地去踹他的膝盖。

被踹了的无耻的人忽然笑得得意：“明明就是很喜欢我这个样子。”

他说完了不给她骂他的机会，吹了个口哨下床去找换洗衣物洗澡去了，路过电视旁还很贴心地把桌子上有些凉的叫花鸡放在床头：“快吃吧。”

他看似很无所谓地进了浴室，可衣服裤子一把脱了扔到门外椅子上就立马开了水冲洗，都不管那热水还没上来，出的是凉水。等他从浴室再出来时，看见的是把自己裹成了蚕茧的关小柳。

床头的袋子更是原封不动地封着。

“怎么了？”他头发半干，绿色的毛巾搭在脖子上，过去掀她的被角。

她头发蓬乱着，缩在被子里像个疯婆子，扭头看了眼林陆，忽然就开始抽搭：“你别碰我，我好脏，我不纯洁了。”

“……”

这又是演哪一出?

林陆怕她闷死自己，把被子往外拽，可平时力气小小的姑娘这会儿却忽然有劲儿了，按住了被子不让他拽，煞有介事地说：“林陆你走吧，我不想和你玩了，你不尊重我！”

什么叫“不想和你玩了”，过家家吗……

他先是紧张，可仔细地观察过，发现她嘴角是向上弯的，虽然抿着唇，可那副偷腥的猫样儿他还是一眼就看出来了。

没真生气就好。

他安心地坐下，拿过床头的袋子，一层层剥开，咦，这鸡怎么没有翅膀没有腿?

“嗝——”身后的被子捂得更严实了。

虽然表面看似没什么异样，可关小柳心里还是有些怪怪的，她不知道这是不是她自己的原因，只好向有经验的室友请教。

永远向上的少女柳：舍长，你跟舍长夫在一起很快就有亲密举动吗?比如摸屁股?

璐女王：不止摸了屁股，要讲细节给你听吗?

璐女王：你要知道男生接吻的目的从来就不只是接吻的。

璐女王：等等，林陆摸你的屁股了？

看着王璐突突突地发来的一连串信息，每一条都直击要害，连他们到几垒的问题都问出来了。关小柳羞耻得暂时设置了王璐的信息静音，转而去跟貌似也在跟师弟纠缠不清的陈菁请教。

永远向上的少女柳：妖精姐姐！如果夏普摸你的屁股，你会打他吗？

妖精菁：夏普为什么要摸我的屁股……所以，林陆摸你的屁股了？

关小柳看了眼短信，又看了看书桌前神情专注地编程的林陆，连“你胡说”都没答，直接点开了同样没有恋爱经验的孙雯雯的对话框，只是她还没说什么呢，就看见框顶上写着“对方正在输入……”

不吸血只吃肉的小蚊子：小柳！听说林陆摸你的屁股了！这嫩草吃得这么溜！

那接二连三的叹号看得关小柳都跟着心惊肉跳，为了躲避她们的追问，她慌乱地关了聊天软件，将手机埋在枕头底下，假装没人找她。

因为没有手机玩，又没好看的电视节目，她下床趿着拖鞋凑到林陆身边看他写东西。她刚过去，林陆就扭头拽着她的睡衣领子把她拽到自己脸边用力亲了一口，放开她以后又像刚才什么都没发生过似的继续敲键盘。

测试游戏夏普和大春昨天就做好了，之前做过类似的小游戏，很多块代码可以直接用上。他们刚做完就发布在微信上，因为简单的操作方式和最多一分钟的游戏时长以及好友排名的刺激，那款“围困熊孩子”的游戏迅速以病毒式的速度传播开来，虽然他们都知道这种热度不会很持久，最多一周这个游戏就会销声匿迹，可是看得出来这主题可以做。

关小柳也玩了那个游戏，应该说玩了一下午，作业都是带回宾馆才开始写的。她蹲在沙发上托着脸看林陆工作，忽然觉得心里的小疙瘩烟消云散了，连闹一闹的心思都没有。

脸长得这么帅，哪里吵得起架来嘛。

她目光炯炯，一向可以无视外界影响的人居然淡定不起来，停下手里的活儿问她：“有事吗？”

她摇了摇头，又点了点头，动作转换太快，看起来就像是脑袋在转圈。

林陆笑了下：“你跟我家那只吉娃娃一样，一样黏人。”

又说她像狗！还不是什么很好看的狗！

关小柳悄悄翻了个很有姿态的白眼，想到了什么，问林陆：“你有把咱们好的事跟别人说吗？”

“没。”没明说，不过那几个应该都看出来了，“要我现在发个朋友圈表示自己的所属权吗？”

“别别别！”关小柳连忙摆手，有些吞吞吐吐的，“其实，我是想说，能不能，咱们俩的关系先保密啊……”

“为什么？”林陆眉头皱了皱。

“因为……因为……和师弟在一起什么的总觉得很羞耻……”

关小柳脸红红的，是真的觉得羞耻，虽然宿舍里的人也都在猜，可毕竟是很小范围内的圈子，而且她也没直接承认过。

“你想保密到什么时候？”林陆眉头依旧拧着。

“到你毕业行吗……那时候你就是社会人士了……”关小柳也觉得自己的要求有点儿过分，可是刚才室友们善意的调侃让她忽然有些抵触，想到回去之后自己的同学如果也都这样总是有意无意地开他们的玩笑，她可能会玻璃心碎一地的，要是到时候再把气撒在林陆身上，会破坏两人感情的！

她想得又多又远，虽然有些不靠谱，可总归是在替两人打算。

还有五个月。林陆手里码着自己都不知道是什么的代码，只是觉得如果停下的话气氛估计会不那么友善。他克制着自己即将被冷藏这事的怒气，尽量语气平静地问：“那我要怎么做？”

“不用怎么办，就像之前那样就好，就是别说出去我们在一起了……”她讪笑，自己给自己台阶下，“你看这样跟地下党似的，多刺激啊！”

“补偿。”

“啊？”

“我照你说的做，有什么补偿？”林陆心气顺了些，终于看清了自己打的那一连串 f× ×k，按着键入都给删了。

补偿?

关小柳咬指甲，屁股都给你摸了你还要补偿?

她犹豫了半天，忽然指着自己那贴着蓝底粉黄碎花木马图案贴的电脑跟林陆说：“要不我给你贴个膜吧？”

Chapter.8

全世界都知道的地下情

给你贴个膜吧?

林陆被噎在当场，仔细看关小柳的表情，发现她完全没在开玩笑，是很认真地提出了这么个奇葩的建议。

难道按照正常的剧情发展，这段台本不应该是——他邪魅地问："你要怎么补偿我？"

她娇羞地答："人情债我肉偿咯！"

"给你贴个膜"是什么鬼?

关小柳看他不说话了，居然还兴致勃勃地去拿了自己的电脑，打开一个链接给林陆看："这是我同学自己创业开的网店，我这个就是从他那里买的，质量绝对好，你看你喜欢哪个，我给你买给你贴啊。贴这个可费劲了，我第一次贴了一个小时呢，哦，它这个贴坏了还可以剥下来重新贴呢……"

她小嘴吧啦吧啦地说了一堆，林陆看她兴致那么高，也不好拒绝，只是电脑……"键盘上贴着东西用起来会不顺手。"

"没关系啊，我们可以只贴边边角角，键盘不贴也可以的！"关小柳询问客服型号的话都打好了，只等林陆点头。

林陆的手无意识地放到电脑盖上摸了摸那磨砂的红黑色凹凸机身，心里叹息了一下：“那就贴吧。”

关小柳在他答应的一刻立马给客服发出消息，客服回得也很快，致歉说没有那个型号的电脑贴。关小柳狐假虎威地抬出了自己同学也就是他们店长的名号，客服表示：“我就是你同学。”之后很是不解地问，“那电脑那么好看你贴个什么啊？”

林陆今天给自己设置的任务已经完成了，也就没再亲近电脑，保存了程序关了机，拿出自己的 surface 给关小柳：“要不你贴这个？”

不是在商讨关系要不要公开这么严肃的问题吗，怎么最后变成了他求着她给自己贴膜了……

虽然只是个小平板，可该有的都有，她怯生生地问他：“键盘也可以贴吗？”

“可以。”

“林陆你今晚上看起来特别帅！”

“……”

她的喜悦直到三天后林陆才明白，看着她不时地给掌心哈着气，哆哆嗦嗦地在没有暖气的办公室就忍不住拆了包裹贴膜，小心翼翼又弯着嘴角的模样、一个键一个键认真对齐的姿势，还有每贴好一个长舒一口气的声音，居然都让他觉得她有一种独特的魅力。

林陆怎么都想不到，后来很多年，当别人问他最喜欢关小柳什么的时候，他脑海里总会蹦出这个场景：

南方小镇的冬天，没有风雪，连阳光都惨淡得很难看，在呼吸成气的屋里，在残了一个角的破木桌前，关小柳弯着腰屏气凝神，给他的电脑贴膜。

因为她的电脑贴的是蓝色的，所以想着要和他的凑成情侣贴，又不可能也给他贴小碎花，于是挑了个深蓝偏紫的背色，然后是很有创意的一只马戏团大耳象，而且内外膜并不是完全一样的，而是键盘组成一只大耳朵象的卡通形象，它的长鼻子则伸展到外屏上，鼻子上系着一串气球。

等她大功告成跟林陆邀功的时候，林陆看着原本简洁的平板花花绿绿的，而且总觉得哪里怪怪的，挠了挠脑袋，强扯出一个微笑："挺可爱的。"

还没等关小柳高兴完，林陆的手机响了起来，一看是夏普，他没事不会找自己，于是冲关小柳示意了下接起电话。

"在哪儿？"

"G 市。"

"周四结课考试，当堂测验。"

林陆飞快地看了眼墙上的日历，后天。

"什么时候通知的？"

"刚才，班长来宿舍了。"

"好，谢了。"

"嘟嘟嘟……"

夏普通知完了就直接把电话挂了。

"夏普找你干吗啊？"关小柳刚才看见来电人了，直觉地问，"是学校有事吗？你要回去？"

"呃，周四媒介管理课要当堂结课考试，我得回去。"

"哦……"说不失落是假的，关小柳立马振作精神，本来这几天已经是多赚的了，"那是坐今晚的火车还是明天的飞机？"

“明天走吧。”林陆低头看着她的眼睛，看见了里面雾气蒙蒙的不舍，摸了摸她的脸，“反正这群小屁孩都知道你是我罩着的，不会再找你碴了，别害怕。”

关小柳打掉他的手：“我才没在怕呢！”

“我们小柳老师可厉害了！”他浮夸地鼓掌，想逗她笑。

“那我们一会儿放学买点东西你路上吃吧，哦，你现在先订机票吧。”关小柳知道他肯定得走，不会因为自己的情绪或者撒娇而改变决定，真改变了她也不同意，所以收拾起难过，立马帮他张罗起来。

只是她高估了自己的克制水平，一整晚都挺好的，等大清早的他掀开被子她受冷迷糊着醒了时，起床气连带着不舍立马就一同爆发了。

她手脚并用地缠住了林陆，脑袋窝在他胸口磨蹭，虽然一句话不说，可情绪很快传染给了林陆。

林陆扣着她的腰，一下下拍着她安抚，像哄不谙世事的小孩。直到他设置的闹钟响了，关小柳才松开他，有些闹脾气地说：“你去洗漱吧。”

“你不送我？”他坐起来，低着头看她气鼓鼓的脸。

“不送。”

说是不送，可等他洗漱好还是看见了穿戴整齐的她。她无视他的笑，从他身边走去洗手间。

因为早上她闹了他一会儿，两人去坐大巴的时候就有些来不及。去机场的那个大巴上午就一趟，林陆背着背包拉着关小柳跑得飞快，听见她气都喘不稳咳嗽起来的时候忍不住放慢了脚步。

宾馆附近打不着出租车，他们先坐公交车到达接近大巴上客点的站，然后步行去那个位于公路边上的站点。

这天下了 G 市的第一场小雪，雪不大，地上却结了薄薄的冰层。林陆停下脚步，回身拍着关小柳的背顺气：“要不然我自己走吧，你先回学校。”

她本来想坐大巴送他去机场的。

此刻她也怕耽误了他的航班：“那你先走吧。”

林陆看看前面的路，又看看地上的冰，想起了关小柳的特长——平地摔。

这公路旁荒无人烟，林陆还真不放心把关小柳一个人扔在这里，拉着她的手继续前进，也不跑了，只快速地走着：“你从机场回来的时候就打车回来，你给张老师打个电话，让他跟司机说停车地点，省得司机欺生。”

眼看大巴已经出现在视线所及的范围了，关小柳不禁加快脚步，手臂高举着挥舞着，可司机完全没看见似的，车子缓缓地发动起来。

因为是无人的公路，车子甫一启动就跑得不慢，关小柳的小胳膊小腿根本追不上。就在她着急得带着哭腔跟林陆说“你先跑你先跑”的时候，前面的那辆大巴忽然如喝醉了酒的醉汉一样歪歪扭扭地冲着护栏撞过去！

林陆停止了小跑的步伐，拽着关小柳的手立住。而不远处，大巴整个翻倒在地。

突如其来的变故让两人都有些惊愣，林陆拉着关小柳往后退，退到足够安全的地带。

关小柳被他拉着走的时候就已经打电话报警了，以前她也在学校看见过闲散人员斗殴事件，报过一次警再报第二次的时候就有条理得多。

“一辆大巴翻车了，在小姚堡公车站附近的机场巴士线，路上没什么车，不知道大巴里有几个人，没，没爆炸也没着火，就是撞到栏杆后翻了。嗯……林陆你干吗？”关小柳正和接线员说着情况，看见林陆忽然朝着汽车走过去吓得不行，电话都忘了继续说，跑过去拽他的手，“林陆你别过去，爆炸怎么办！”

林陆脚步一顿，示意关小柳先把电话打完，小声安慰她：“没事，你在这儿别动，我就过去看看。”

他等了几分钟都没看见车子有着火的迹象，猜测应该只是翻车，油箱没漏。

关小柳急急忙忙地挂断了电话，小跑两步又去拉林陆：“万一爆了呢，警察很快就过来了，你别过去……”

林陆也说不清什么感觉，这种时候勇敢没那么容易，可不知道是不是不想在女朋友面前表现得太过于自私，他神情严肃地冲她吼了句：“你老老实实站着，有问题我就跑，你再跟过来我生气了！”

他从没这么大声地跟她说过话，关小柳被吓得站住了，接着就是委屈的眼泪哗啦啦地流，她也害怕，怕林陆死，怕自己死，电影里新闻里的车子翻了都会爆炸，她很怕林陆过去了被炸死。

林陆不让她动，跑几步就会回头喊一句“别动弹”，她也不想动，可心被林陆牵着走了，脚根本不受控制地挪。

她一边抽抽搭搭地抹眼泪，一边磨磨蹭蹭地往林陆那边走。她觉得自己没出息极了，那么胆怯懦弱，连男朋友的忙都帮不上，甚至还想着逃跑。又想着林陆要是真出意外了她该怎么办，这么想的时候脚下也会加快点步子。

她哭着想遗言的时候，林陆已经走到车前了，他仔细地看过地上没有汽油的痕迹，司机也已经熄了火，正稳定身子开了车门往外爬。

他过去拽着师傅的胳膊帮他加紧逃了出来，语气着急地问：“车里还有几个人？”

司机是个干瘦的中年男人，说的话带口音，林陆听不太明白，但看他伸指头比画三个人的时候舒了口气。

这大巴不是密封的空调车，那平日里被嫌弃的漏风的窗户此刻成了救命的稻草。

车窗只能开一扇，司机去路边找砖头的时候一个三四岁的男孩被人从车窗里递了出来，只是孩子的母亲体形颇宽，肩膀卡在一半就爬不出来了。司机过来递给林陆一块硬石头，跟里面的人说了声挡着脸就开始砸窗。

原本没露面的一个穿着西服的男人忽然把那个年轻妈妈推开，急着往窗口窜："先救我，快救我。"

林陆砸窗的手一顿，眼看着那位年轻妈妈被挤到了隔壁的窗口，她慌乱中不见莽撞，冲着窗外喊"妈妈"的男孩安抚，从半开的窗户里递给林陆刚才她无意间摸到的安全锤。

林陆丢了手里的石头就拿着锤子去砸另一边的窗，拖着年轻妈妈出了车窗，女人嘴里说着"谢谢谢谢"，眼神全在不远处的儿子的身上。

等林陆终于把她完全救出来，她踉跄着脚步就扑向自己的儿子，林陆不由得回头看过去，只看见不远处，一大一小两个身影，正牵着手站在那里，小的那个号啕大哭，大的那个一边哄着让他别哭了，一边自己眼泪流得比小的那个还欢。

他好笑地叹了口气，又去帮那个西装男，听见那个男的前一秒卡在车身里还一直以利相诱，后一秒出了车子就骂骂咧咧地说自己的飞机赶不上了，几百万的生意都让那司机赔。

拉拉扯扯的，搞得林陆心情很差，迈开长腿去寻已经哭得都有些抽的女朋友了。

看见林陆朝自己跑来，关小柳纵使哭得早就脱了力，还是一颠一颠地朝着林陆怀里扑过去，念叨着："吓死我了……"每念一句就要抬头看看林陆是不是真的毫发无损。

他们还没来得及互诉衷肠，闪着红蓝色灯光的警车终于赶来。作为报案人和目击者，两人都被带回派出所做笔录了。

不知是温暖的车厢还是警察叔叔给了关小柳勇气，她终于止住跟开了水龙头似的眼泪，只是身子仍会不时地抽搭一下，林陆拿着卫生纸放在她鼻子上，小声说：“擤。”

他说什么关小柳就照做什么，只是有一只手始终紧紧握着林陆的手，大有劫后余生之感。林陆任她握着，擦完了她的鼻涕又从书包里拿出护手霜，挤出一坨擦在她脸上。

风这么硬，她柔嫩的小脸都哭皴了。

前面副驾上坐的年轻女警官从后视镜里看见这一切，笑着跟关小柳说：“你男朋友挺细心的，还给你随身带着护手霜呢。”

呃……关小柳忽然想到护手霜的来历，原本阴霾的心情有些好转。

人家跟她说话，她也就礼貌地回话：“姐姐，那个车怎么不炸啊？”

“噗——”女警官笑了笑，“电影看多了吧，哪里那么容易就炸了，冬季雪天经常会发生这样的翻车的，有时候撞得厉害了油箱漏了又不熄火可能会烧起来。听口音不是本地人吧，哦，你们是去机场的吧，也是幸运没赶上这趟车。”

她提起去机场的事，关小柳一下子想起了林陆的正经事，神情紧张地问人家：“姐姐，你们能给开个证明让我男朋友拿回去申请延期考试吗？”

林陆的考试在晚上，派出所到底没给他开什么证明，不过他本来要坐的那趟航班因为天气取消了飞行，他没花费用办理了改签至第二天中午的那班也误不了什么事。

这次说大不大说小不小的事故给两人都造成了一定的心理冲击，尤其是关小柳，七魂丢了六魂半，从派出所出来以后就跟个树袋熊似的挂在了林陆身上，搁平时林陆倒是挺享受的，搁这种情况下他就只能努力安抚劝慰把人从身上拉下来。

只是没有用，他前脚哄完，她后脚就又挂上去。

林陆没法子，只能歪着脑袋以一种怪异的姿势被她搂着脖子回宾馆。

学校那边关小柳打电话过去说了，于老师听见这事也很关心，让他们俩先回去好好休息，还说会让学校的校长隔天早上开车送林陆去机场。

折腾了一上午，关小柳又饿又困，和林陆在路边小饭馆随便吃了点儿东西填肚子就回去睡觉了。

睡也睡不安稳，总是刚有点睡意就梦见林陆坐的车炸了，脚一蹬把自己吓醒，看看林陆还在旁边睡得好好的才能松口气。

这几天，从最开始林陆找各种机会在床上和她一起睡慢慢变成了她打盹的时候招手让林陆别玩电脑了抱她睡觉。

她拉开林陆的胳膊，枕在他的肩膀上，又回头把他的手搭在自己肩上，然后搂着他的腰，脚跨上他的腿，整个人缠着他。

不知道林陆是不是也吓着了累着了，她这么大动作他竟无知无觉般。她睡不着，手指头去戳弄他的额头，顺着他的鼻梁下去又戳了戳他的嘴。

他嘴唇不厚，可亲起来的时候软软的。

他下巴刮得干干净净的，细看有冒头的胡楂。他的喉结喝水的时候耸动得特别好看。

就在拉着遮光帘如黑夜的屋里，在只开了一盏昏黄的壁灯的午后，她细细地打量着这个男人，感觉莫名地心安和心动。

他回来洗完澡，为了逗她笑特意穿了那条带着小狮子的内裤，耍流氓地站在床边大度地给她看。当时她红着脸捂着眼睛让他滚开，可现在他睡着了她忽然有些好奇。

掀开被子，她借着一丝光亮往里看了眼。

有点害羞地把被子合上，默默脸红两分钟，又掀开了被子，脑袋使劲歪着往里面看。

只能看见他白色的短袖T恤下摆隐没在黑暗中，再往下什么都看不见。

当人的视觉受阻时，总会下意识地调动身体的其他感官去帮助眼睛。关小柳搂着林陆腰的那只手悄悄松开，在自己看不见的被窝里面慢慢地探索，等摸到了他的小狮子内裤时，林陆忽然哼唧了一声，接着像是受了打扰很不开心的样子皱了皱眉，翻身背对着关小柳继续睡了。

关小柳吓了一跳，手收回去在自己睡衣上死命地抹了几下，好像怕他忽然醒了和她对峙要闻她手上的味道似的。

闻？

她脑海里闪过这个词，下一秒就抬起手来放在自己鼻子下方嗅了嗅，好像，好像有一点点味道？而且还不是很难闻……这是传说中的龙涎香？

看过的小说词汇蹦出脑海，她琢磨了一会儿居然就睡着了。等到她呼吸平稳绵长了，侧躺的男人却忽然睁开了眼。

自她往他臂弯里钻的时候他就有些醒了，后来她掀开被子看他还觉得好笑，可等那小手东摸摸西碰碰最后落在了某个地方时，他笑不出来了，除了那次摸了她屁股让她介怀了好久，他们这几天一直是盖着棉被纯聊天的，这要是被她摸出火来受苦的还是他。乘人之危什么的，在她害怕的时候给以身体慰藉什么的，他做不来。

他无奈地盯着睡着的她，正要低头去亲亲她的额头，忽然她就仰头靠了过来。

嘴贴着嘴拱了拱他，半眯着眼睛冲他笑，紧接着又闭眼睡了。也不知道是装睡还是做梦。

因为下午睡得太多，晚上再睡的时候两人都是在床上翻来覆去睡不着，林陆想玩会儿游戏，关小柳义正词严地说他："不行，明早会没精神的。"

现在的旅途对她来说跟打仗没什么区别，必须用十二万分精神去面对。

她不让玩，他就只能跟她聊天。

不怎么喜欢说话的人，在她"还要听"的撒娇攻势下只能一段一段地讲着自己的童年趣事。那些她没参与过的岁月她格外感兴趣，可林陆不知是童年太过于无趣还是他并不想说自己的糗事在女友面前丢脸，聊到关小柳兴头上就戛然而止。

关小柳不依不饶地闹，跟只野猫似的拿手去挠他的肚皮，终于他举手投降，躲她躲得气都不稳。

"我真记不清楚了，要不下回你跟我回家，我让我妈跟你讲。"

风雪呼啸，硕大的雪花砸在窗上还有噼里啪啦的声音，暖烘烘的宿舍内，秦辰坐在林陆的床上，一边玩游戏一边冲坐在书桌前的林陆问："在电脑上贴个器官，你怎么想的？"

他说的是林陆那个 surface，几米漫画风格的大耳象，因为背景是蓝紫色，那米黄色的大象和象鼻子都有些接近肤色。被他这么一说，林陆终于想明白之前那股看到电脑贴的怪异感是怎么回事了。

因为听人提起了那个电脑贴，不自觉地就想到了贴膜的人。他回学校好几天了，考试、写游戏、期末复习，事务繁多倒也不觉得空虚，毕竟这是他过了多少年的正常生活。

只是心里总归是有些不同了，他转着手里的手机，想着今天是关小柳回学校的日子。

可她不让他接，更是要求他严守秘密不许把关系公开，发个短信都能看出来张牙舞爪。

不去就不去吧，晚上去女生公寓那边找她，一个多星期没见，他真挺想她的。

只是天不遂人愿，因为快要放寒假了，于老师需要尽快把影像资料导出来，下午刚到学校让关小柳回宿舍放好行李吃过饭就把人叫去了机房，指着主控室里一堆机器问她：“以前导过带子吧？”

“导过……”可是早忘得差不多了啊！

“行，那就最好了，这里一共六盘带，你今晚能导多少导多少，机房关门了就回去，剩下的明天早上再来导，下午给我就行。辛苦啦辛苦啦！哎呀，还是本科学过技术的厉害，那群毛孩子连线都分不明白，要不然我也不会让你刚回来就干活，呵呵呵……”于老师欣慰地拍着关小柳的肩膀，对自己当时慧眼挑人的本事很是满意，又表扬了几句就把控制室钥匙交给她，自己急着在这雪天回家抱儿子去了。

关小柳一手攥着蓝色线，一手捏着黄色线，看着二十几个接口和十几条网线，呆愣了。

于是本就跟着其他几人待在机房做游戏 CG 的林陆，在朋友圈刷到了一条关小柳的哭脸，配图是控制器前一堆杂乱的线头。

他笑着跟夏普说上个厕所，出门就直奔楼梯，一步两级地上了楼，看见主控室的门微微开了条缝。他顿住，呼了口气调整气息，不急不慢地进了控制室。

防盗门的转轴合页有些锈，门被拉开时发出刺耳的“吱呀”声，关小柳回头就看见自家男朋友正站在门口，顶灯照在他眼睛上发出一块亮晶晶的光。

他一脚迈进屋，确认屋里没人，顺手把门带上。

那门不只是转轴合页不好，连门板都有些不平，他带的力气不大，门还是留着条缝没关上。他没再管，进而去手足无措的关小柳身前站住。

通常来说，一段感情的开始是一段新的人际关系的展开，尤其像他们都是初恋这样的情况，刚谈恋爱时总会觉得尴尬不适，从喜欢到适应需要不少时日和更多的相处。他们的情况比较特殊，告白的第一天就亲吻，接下来更是直接同床共枕了好多天，朝夕相处使得两人关系进展得比较快，所以在G市时关小柳就迅速接受了女朋友的角色。

可分开一小段日子，再次见面时关小柳有些不好意思了，甚至有小小的疏离陌生感觉，然后又带着想念被填补后的喜悦。

或许是回到了学校，林陆也不像在G市的时候那么口无遮拦，乍一看又变成了那个高冷的师弟。他走到关小柳身边，拿过她手里的线，问她："几号机？"

"二号。"关小柳听到他的声音就禁不住开心地微笑起来。

"不会接线？"

"忘了……"她有点儿对自己的废柴自卑，很怕林陆笑话她。

可林陆没听见她的声音似的，拿着金属线头轻轻敲她的脑袋："不会接怎么不给我打电话，忘了你男朋友干吗的了？"

他的话又霸道又自负，关小柳被敲了还忍不住高兴地笑。

"笑笑笑，就知道笑，傻样儿。"林陆皱了皱鼻子，转身迅速把那些繁乱的出入口接起来，一边接一边跟她讲解，讲完了看她指着各个口默念背诵，又敲了敲她的脑袋，"下次记不住直接叫我，多弄几次就记住了。"

"别打别打，刚记住的都被你打飞了！"关小柳捂着头，控诉地噘着嘴瞪他。

她眼睛湿漉漉的不知是不是疼得流眼泪，嘴唇也湿漉漉的好像因为刚才舔过。

他的心也被她看得湿漉漉的了。

林陆伸手把她脑袋上的手拉下来，细长的手指顺着她的脸颊抬起她的下巴，捏着：“想不想我？”

问完了没等她回答，他捏她下巴的手用力，带着她的脑袋上下晃了晃，然后满意地笑：“嗯，我也想你。”

说完就俯身亲吻过去。

这种时隔日久的吻，就和第一次吻一样，有着陌生的新奇以及战栗的心动。

就在关小柳心里小鹿乱撞，情不自禁地去搂抱林陆的腰时，背后的门忽然发出了被关上的声音。

关小柳吓了一跳，慌张地转身看紧紧闭着的门，却被林陆搂过去在耳边轻语：“没事，夏普。”

“他知道了？”关小柳这次没那么害怕了，只是有些惊讶。

“现在应该是知道了。”林陆心里对她不想承认自己还是有些别扭，不想和她发生争执，松开她回身去倒带，有序地开了硬盘盒子和遥控，把缓存路径都设置好了，问了句要什么制式的，调好以后让关小柳自己导，自己就去开门要下楼。

关小柳虽然有些迟钝，可对林陆的情绪变化还是能感觉出来的，她紧张地上前拉住林陆的手，拉得紧紧的唯恐他甩开。还好他只是看着她，疑惑地“嗯”了一声。

“还有一个星期就放寒假了……”也不用伪装太久的。

“然后？”

“下学期你们要去忙找工作的事，我也跟别的项目了，就不用很刻意地装，你别生气啊。”关小柳摇了摇他的胳膊，可怜得像把家里沙发给咬坏以后耷拉着尾巴求饶的小狗。

“没生气。”林陆口不对心地答，“你赶紧干活吧，那些带子都得导？”

关小柳点了点头，吹了口气鼓鼓腮帮子：“我腊月要跟爸爸妈妈去S市看舅公……”

说完这句话，果然就看见林陆眼睛一亮，她又做作地把他推开：“哼！只看舅公，不去找你！”

我可以找你啊。林陆笑而不语，知道她在装，使劲儿揉了揉她的头发，把她的头发弄得乱糟糟的。

关小柳连忙捂着脑袋理顺头发，跳脚嚷道：“别揉别揉，我该洗头了！”

林陆看了一眼：“是有点脏。”

“脏你还揉！”关小柳跳得更厉害了，还有点恼羞成怒，“呸！”

林陆就喜欢看她被逗得手忙脚乱：“没事，我刚才上厕所也没洗手。”

说完不等她发疯就开了门弯着嘴角快步走出去了，不然留在那儿肯定会被她给咬死。上次临行前一晚逗她说要带她去见家长，她就用咬他脖子掩饰自己的羞恼来着。

他不禁摸了摸自己的喉结，上次她咬的那一口不太疼，想起来却痒痒的。

努力维持地下情大计的关小柳导了两盘带子就把机器都给关了，跟林陆发短信说自己先走让他别跟过来后，戴着耳暖口罩帽子手套全副武装地匆匆消失在不见减小的风雪里。

林陆对她跟个受惊的兔子似的举止很无可奈何，早知道她躲这么快，刚才在控制室里多亲一会儿了，那么浅尝辄止、蜻蜓点水的一个吻，根本不解馋。

不管林陆怎么想，反正关小柳是逃回宿舍了，只是逃过了那边，这屋里依然有三个虎视眈眈打算严刑逼供的人在等她。

不等室友问，关小柳就举手投降全都招了："我跟林陆好了，他去G市找我，刚好我困电梯里了，然后他就来了，我根本抗拒不了，就……"

"摸屁股？"

"滚床单？"

"做了不可描写的事情？"

她们三个总喜欢同时呛声，关小柳听哪个问题都脸红，头摇得跟拨浪鼓似的："没没没，就是谈恋爱了，没那些事！"

三人异口同声地"嘁"了一声，表示不相信，然后又手拉手要妹夫请吃饭。

"吃吃吃，可是……可是，咱们能去个远点儿的地方，别声张吗？那啥，我俩暂时还不想公开关系，主要是我不想咱们同学知道了开我玩笑，你们知道，我……我有点开不起玩笑的……"关小柳说到最后有些紧张地啃指甲，恳求地看着室友。

"呃……"

"地下情？"

"这是什么情趣游戏吗？"

虽然各自说着，可看见当事人的眼神时还是都点了头："行，我们不跟别人说，你们啥时候想公布自己看着办。"

"不过饭还是要请的！"

放过了风霜露宿的关小柳，其他人已经开始讨论哪里的早茶好吃哪里的巨幕看着舒服哪里的KTV音效好了。关小柳见大家说得开心，并没有说她矫情什么的，悄悄松了口气，拿着换洗衣服去洗澡了。

想起林陆说他嘘嘘完没洗手就摸自己，关小柳搓洗发露的时候特别用力，还揪下两根头发。生完气又觉得好笑，林陆那家伙怎么那么幼稚！

也是想着他受了点儿委屈，她隔天早上买早饭去控制室导带子时，刻意去机房看了一眼，果然看见林陆一行人都在，她从林陆身边走过，把给林陆买的酸奶悄悄放在他的桌子上，还贴心地帮他把瓶盖给拧开了。

那几个师弟很久没见过关小柳了，没注意他们的小动作，都过去跟关小柳聊天，问她G市出差的事。关小柳吃一会儿东西和他们说一会儿，正说着就看见宋淼也来了，魏立春找她来商量一套场景的色彩方案。

自宋淼进屋，关小柳的眼神就一直偷瞄着她，看到她坐在林陆旁边后扭头看见了他桌子上的酸奶，很高兴地问了句："哎，我最喜欢这牌子的，给我倒点喝啊。"

还没等林陆回话，宋淼的电话忽然响了，趁她出去接电话的时候，关小柳三两口吃完了早饭，跟众人道了别就去把酸奶拿起来咕咚咕咚地给喝了大半瓶，停下来舔舔嘴唇，还打算继续喝完的时候被林陆夺过去："不是给我买的吗？"

看他笑得好像在高兴她吃醋，她也不知道说什么，只是确定他不会给宋淼了，也就没跟他抢，看了眼其他师弟好像没注意这边，慌忙出机房往控制室去了。

她才出门，后头就"轰"的一群起哄声。不过她也顾不了那些了，刚才不愿意给宋淼才不是什么占有欲控制狂呢。

她……她……

她早上买了酸奶就忍不住拧开把酸奶盖瓶口凝固的酸奶给舔掉了，林陆就罢了，哪能让别人吃她的口水啊！

关小柳导了一上午才把工作忙完，正伸懒腰舒展身体呢，听见“咚咚咚”三下敲门声，她以为是林陆来了，开心地跑跳着过去开门，却看见池哲站在门口冲她笑：“小师姐，上次帮机器人做衣服的事还没谢谢你呢，中午请你吃饭吧？”

关小柳以为是池哲单独请她，连连摆手：“不用客气，不用客气。”

她还打算中午随便喝个瓦罐汤就回去补觉呢，再说了，她可是个很有原则的姑娘，怎么能和非男友以外的人单独吃饭呢，而且还是个长得这么好看的男孩子！现在想起来，好像进组以后一直是池哲最早和自己熟悉，而且还特别照顾自己，也从来不会嫌弃她笨手笨脚……难道说……

池哲又说了几句，发现小师姐的态度异常坚决，心里纳闷的同时也不再坚持：“那师姐好好休息吧。”

正当她满心骄傲地要给林陆发短信告诉他自己拒绝了男生的示好时，林陆正好打过来电话。

这是传说中的心有灵犀吗！脑电波好同步哦！

“喂？”

“下来吃饭。”

“好好好，五分钟！”

她把导好的视频放在新建的文件夹里排好，写了张字条在桌子上给于老师，又把机器都关了才锁好门下楼。

她想象中应该是昏暗的楼梯里，躲在楼梯底下的林陆突然一个箭步冲出来，从背后抱住她，在她吓得惊声尖叫的时候，他邪恶地笑着咬她的耳垂，小声告诉她：“喊破喉咙也没人来救你的……”

思绪四处飘荡，如脱缰的野狗一样奔脱不停，正越想越羞耻，脸色爆红的时候，转了个弯儿就听见楼下齐刷刷的几声："小师姐！"

吓得她差点迈错了台阶崴着脚。

看见池哲也站在那里，关小柳恍惚明白了什么……所以刚才池哲只是他们派上去叫她的？那林陆打电话的时候她狗腿的声音不会也被听去了吧？

她先是心虚地看向已经知情的夏普，又挤眉弄眼冲着林陆一顿发暗号。

"他们都知道了吗？"

可惜林陆看不懂她的"眼语"，疑惑地问："你眼里进沙了？"

"……"

关小柳郁闷又气鼓鼓地走到他旁边，看了一圈其他人戏谑的眼神，悄声问林陆："你跟他们说了？"

"没。"林陆和她走在队伍最后，"他们问的。"

"那你承认了？"

"没承认。"林陆无比诚实，"也没否认。"

那就是默认了……

关小柳心情复杂地看着前面的师弟，又控诉地看着林陆。说好的保守秘密呢！叛徒！软耳朵！墙头草！

林陆看她那形容不出来的表情，低头捧着她的脸看她的眼睛："真进沙了？"

关小柳猛烈地摇头把脑袋从他手里挣脱出来，生他的气，不想跟他玩儿了，小跑着去前头找夏普，至于为什么找夏普，无非他话少，这种时候和他"聊天"不费劲儿。

"夏普，前几天那个'熊孩子'的小游戏是你做的吧？好好玩啊！我特喜欢！你真厉害！”她一上来就拍马屁，夏普不想搭理她也得客套几句。

“谢谢嫂子。”

……

关小柳愣住了。嫂子……子……

林陆憋着笑走到关小柳身边：“要不叫上你室友一起吧，不是说要我请客的吗？”

不知是警告林陆还是安慰自己，关小柳掰着指头数：“就他们八个人知道，不能再和别人说了！”

“嗯。”林陆含含混混地答应，把她的手握着揣进了自己的外套口袋里。

她挣了两下没挣开，小声威胁他：“快放开，再不放我喊了！”这么光天化日地在学校里溜达，被同学看见可怎么办！

“喊吧，喊破喉咙也没用。”

咦？这台词好像哪里听过……

关小柳认命地被他牵着，只是围巾捂住了嘴巴，帽子挡住了额头，脸更是一直低着不抬起来，拼命缩小存在感。

饭桌上，大家心照不宣地没去开他俩的玩笑，这是第二次聚在一起，还是上次那些人，还是去的上次的饭店，还是唱的上次的KTV，好像时间从未流失一直静止，可分明日子过得飞快，许多事情早就变了样。

那次他们问林陆喜欢什么样的女孩子，林陆给出的理想型怎么看都更贴近宋淼，这次就有像秦辰这种嘴贱的问宋淼有没有对林陆有那么点儿动心？

林陆脸色有些不好看，关小柳也紧张地揪着自己的衣服毛边，倒不是担心男朋友心思不坚定，就是害怕宋淼要是真对林陆有情意，他们以后岂不是很尴尬？

就在池哲要倒酒让林陆喝了打圆场的时候，宋淼接过那半杯酒，酷酷地说："林陆这种最多当领导，我对小师姐动心都不会对他动心好吗？"说完把酒一饮而尽。

场面看着又恢复了之前的热闹，只是关小柳敏感地察觉到了宋淼的气场有那么一瞬的不自然。女人这方面总是有直觉的，她下意识地朝林陆坐近了些。

林陆觉得左侧身子一暖，扭头看她，低声问："怎么了？"

她把他的手往自己手里一攥，嘀咕了句："我男朋友。"

包厢太嘈杂，他根本没听清她说了什么，不过听见了那个"我"，也就大概知道是什么意思，回握住她的手："嗯，你的。"

兢兢业业地维持地下情的关小柳，以为寒假前的这一个星期怎么的也就熬过去了，谁知天不遂人愿，这天她正上于老师的课，于老师的课没有考试只有论文，上完这节课就意味着寒假正式开始，许多学生甚至带着拉杆箱进的教室，就等一下课立马往车站、机场跑。

于老师也是个挺有意思的小老头，第四节课上到一半的时候出去接了个电话，回屋前看见了坐在楼道座位上玩手机的林陆，跟他打了个招呼，进了屋就点关小柳起来回答问题。

自己导师的课，关小柳向来听得认真，不过于老师的问题有些难，她答得并不太好。

于老师笑眯眯地让她坐下，然后指了指门外："你男朋友，就是计算机那位学霸师弟，让我跟你说他等着你呢，不用着急，专心听课，不要分神。"

班里哄笑一团，坐在关小柳身旁的王璐更是连连用胳膊肘撞她："我去，这是什么剧情？"

关小柳也是惊得不行，后半程课哪里听得进去，又不敢玩手机发短信质问林陆怎么回事，只能木愣愣地盯着于老师的课件，脑子乱成一团。

果然下课以后，好几个平时说得上话的人都凑过去问关小柳哪里来的男朋友，甚至等她背上书包了还跟在后头去看那个“学霸师弟”的真面目。

好在林陆没事就是一副扑克脸，人长得高高帅帅的，被一群莫名其妙的人打招呼也只是淡淡地点头示意，一点儿看不出窘迫来。

关小柳拉着林陆的胳膊快步逃出了好奇群众的目光绞杀，板着一张脸严肃地问林陆：“你跟于老师说什么了？”

林陆很少见她这么不高兴的样子，郁闷地答：“什么都没说啊。”停了停又说道，“我就给了他一个微笑，像这样。”

他脖子一歪，嘴角一扬，活脱脱一副二哈样。

关小柳扑哧笑出来，笑完了想起这是很严肃的场面，连忙又把脸板起来：“都怪你，现在全班都知道我谈恋爱了，男朋友还是个学霸师弟！”

林陆这次摆出了一个发自内心的笑，在关小柳跳脚不许他笑的时候，一只硕大的麻雀从他们头顶的树枝上飞走，被积雪压弯了腰的枝子一颤，雪簌簌落下来，正砸在踮脚去捂林陆嘴的关小柳头上。

林陆笑得更欢了。

关小柳学校里没什么事了，林陆却要在B市待到快过年。他们的“熊孩子”游戏设定拉到了一笔赞助，资金不多，不过林陆他们更看重的是这次的投资主体，不是像上次的天使基金一样是扶持大学生创业的项目，而是游戏公司，因此虽然给的钱不多，可后期的宣传运营链甚至推放平台都很成熟，不用他们费心力。至于投资的公司也正是林陆之前实习时接触过的一个合作公司，规模中等，一直想挖林陆过去。

关小柳的母上大人早就把他们学校的放假日期问清楚了，因此关小柳的火车票就订在结课第二天中午，林陆来接她一是为了告诉她自己的安排，二是带她吃饭给她送行。

“啊……那我不是白去S市了……”想到自己旁敲侧击地跟关妈说舅公小时候最喜欢抱着她玩儿还给她买好吃的，游说了半天才唤起关妈的思亲之情决定举家去拜个年，关小柳很是委屈地对林陆抱怨。

“嗯……”林陆皱了皱下巴，“要不我让你阿姨去接你回家接待一下？”

“我阿姨？”关小柳嘴巴窝成个圆圆的问号。

“我妈就是你阿姨啊，不然呢？你婆婆？”林陆也学她把嘴巴窝个圈，样子贱贱的。

“林陆你走吧，我不要跟你去吃饭了！”关小柳摸着自己脑袋上还没完全干的雪碴子，很怀念在G市的时候对她百依百顺无比温柔的那个林陆。这学校是有毒吗！为啥一在这里他就总要捉弄她？以前不是他女朋友的时候他嘲笑她就罢了，他俩都好了他怎么还这样！

无奈她自己使小性儿，林陆跟看不见似的，手一圈揽着人就拖着她走：“赶紧的，吃了午饭我陪你去物美买点吃的你路上吃，然后你回去睡个觉收拾好东西，明天我再送你去火车站。”

关小柳前一秒还像个要被褪毛的弱鸡仔一样扑棱着腿不让他拖，下一秒听完他的安排敏锐地问他：“那晚上呢？你晚上要干吗？”

“W体那边有个撸啊撸（LOL）的直播，我和秦辰他们要去看比赛。”

“那我也要去！”一想到再见面可能就是开学了，关小柳无比委屈，“你居然背着我去看这种东西！听名字就不是正经比赛！”

怎么就“这种东西”了……怎么就不正经了……

林陆一挑眉：“上次王璐不是说你们有个师姐开了个情趣用品店，要办个什么花式大赛的，你不是还打算跟你们宿舍的人去看吗？咱俩到底谁比较不正经？”

“我没打算去看！是她们说的！她们要去看！我才不看！”关小柳恨不得把林陆的脑袋摇下来证明自己的清白，这家伙怎么可以诋毁她！

“行行行，不看不看，下次我花式给你看。”林陆被她一通摇，头都晕了，口不择言的下场是换来更猛烈的摇晃。

林陆臭流氓！

这是关小柳自己摇得胳膊酸了以后脑子里剩下的唯一想法，只是那唯一里还夹杂着点儿不稳定因素，她好奇地思考，要怎么花式？

把不利于健康成长的想法甩出脑袋，她坚定地再次申明立场：“我也要去看比赛！”

“你看得懂吗？”

“看不懂也要看！看不懂比赛我还可以看你呢！”关小柳去调研时发了不少补贴，小富婆姿态地抽出好几张红票子塞进林陆口袋里，“快帮我订票。”

林陆点了点，五百块钱，他把关小柳羽绒服胸前的拉锁往下拉了拉，轻佻地把钱塞回她的毛衣领口：“有个师哥是游戏主持，票是他给的，看比赛不用钱。”他顿了顿，“看我就更不用钱了。”

比赛原定是下午五点到晚上九点，万人体育场座无虚席，好在林陆他们“上边有人”，给安排的是中央环绕立体音效最好的那一块儿家属预留区。关小柳第一次看这种比赛，好奇地东瞅瞅西看看，在林陆和魏立春他们讨论今晚的比赛时，她就认真地坐好，听几个游戏解说聊天。

虽然有些术语听不懂，不过里边有个长得胖胖的解说骂人好逗，半个小时不带重样儿的，这解说让她想起秦辰，伸头去找他的时候发现他居然正在和他前排一个看起来只有高中生模样的小姑娘聊得开怀。

这种八卦可比什么比赛有意思多了！她去抓林陆的手，在他眼神询问过来的时候示意他看秦辰。林陆看了一眼，小声地跟关小柳说：“没事，他就是见到漂亮小姑娘话多一些。”

关小柳也小声地凑过去：“那小孩儿看着还未成年呢！太禽兽了！”

“呃……”林陆不知怎么替好友开脱，只好说，“他未成年的时候喜欢的也是这种款，挺专一的。”

“……”关小柳只觉得秦辰更像禽兽了。

她以前选过骆峻教授的两性心理学，她记得骆教授说过男人的“专一”和女人的“多变”。

“网上有个段子说女人二十几岁的时候，喜欢成熟浪漫有事业心的男人，三十几岁的时候喜欢心灵契合的男人，四五十岁喜欢能陪伴自己的男人，而男人呢，终其一生都喜欢二十多岁漂亮身材好的女人。”骆教授对此的分析是，“男人的确专一，专一地喜欢有良好生育能力的女性。就像他们更喜欢不采取任何防护措施的性行为一样，身体的快感更多源自于心里的满足，那种能把自己的优良基因繁衍下去的满足。”

关小柳当时听着没感觉，这会儿看见秦辰和小姑娘说话时喜笑颜开的表情忽然有所顿悟，再看看自己身边坐着的林陆，蓦地产生了一丝危机感。

她当然不会傻到问他等自己老了他会不会去喜欢别人，但凡有点儿脑子的人都不可能回答“会”吧……

这一刻，陡然出现的不安让她托着腮陷入了沉思，要想笼络住一个男人的心应该怎么做呢?

她这厢还在思考，那边主持人忽然抱歉地说：“因为机器临时出了故障，比赛时间需要延迟，请大家少安毋躁。”

底下的观众很给面子地呼声说等着，可一个多小时过去了机器还没修好时，陆陆续续地就有人退场了。

两个小时过去后，场地里只剩下五分之四的人了。

为了安抚观众情绪，主办方组织着一个个给大家发了个汉堡和热可可做补偿，只说很快就修好。

露天的体育场，虽然人多挺热闹暖和的，可关小柳还是冻得抽了抽鼻子，不明白前排穿着迷你裙露大腿的姑娘什么体质。

汉堡个儿大，关小柳吃了半个就饱了，挑着把西红柿片酸黄瓜还有炸洋葱给吃了，剩下的伸到林陆面前：“你吃饱了吗？”

林陆不怎么饿，不过吃女朋友的剩饭这么“荣幸”的事他还是第一次干，自然不能让关小柳误会自己嫌弃她，拿过那半个汉堡就一口填进嘴里。

本来还在喝饮料的关小柳被他野蛮的吃相吓到了，晃悠着半杯可可给他：“这么饿吗？我去外面给你买点吃的？”

林陆把自己那杯饮料喝了大半，东西都咽下去了才拉住要走的关小柳：“不用，我不饿，只是觉得沾了你的口水的食物特别美味而已。”

“噗咳咳咳——”魏立春一口汉堡没咽下去，激烈地咳嗽起来，喷出去的渣渣溅了前排的秦辰一脑袋，原本还柔声细语和小姑娘说话的秦辰回头就冲着魏立春吼起来：“大春你大爷的！你搞什么鬼啊？”

魏立春正因为面包渣喷得鼻腔里呛得难受，抽出卫生纸使劲儿地擤鼻子，对秦辰的怒火视而不见，秉持着人道主义关怀递给他一包纸巾让他自己擦擦脑袋，等鼻子终于舒服点儿了，才冲着林陆比画了个中指：“林陆，你去吃屎好吗？”

林陆默默搂紧关小柳，一脸“你们这些单身狗懂什么”的欠揍表情。

而被他搂在怀里的姑娘，忽然念念叨叨地给他普及起科学知识来：“林陆，你知道吗，人吃完饭以后大部分的血液会汇聚到胃部提供能量进行消化作用，然后大脑就会缺氧产生短暂的眩晕感或者说睡意，这个叫‘食困症’。”

他认真地听着，听完了回应她：“嗯，然后呢？”

“然后，然后……我困了。”关小柳觉得自己分析得很透彻了，这突如其来的睡意绝不是自己奇怪，而是有科学依据的！

虽然吃完饭确实暖和了一点儿，不过林陆对她想睡觉的提议并不同意，这小风时不时地刮一下，她感冒了怎么办？

可这事不是他不同意就有用的，眼看着关小柳上眼皮越来越想和下眼皮靠拢，林陆只好想别的法子避寒。他扫视了一圈，最终目光落在专注听解说胡扯根本不搭理旁边的池哲身上。

“大池，你穿了两件外套吧？里头那件帽衫脱了给你小师姐穿。”林陆越过还在跟秦辰互骂的魏立春，伸手戳了戳池哲。

“啊？为啥要我的？那也是你小师姐！你干吗不脱？”不只是师姐还是你女朋友好吗！池哲一副吃了苍蝇的模样看林陆。

“因为我也冷。”林陆一副理所应当的神情。

池哲看看林陆那件夹克下方透风的毛衣，认命地把羽绒服脱了又把里边的帽衫脱了递给林陆，打着哆嗦赶紧套回羽绒服，嘀咕着：“这什么剧本啊，第一次见面穿的就是我的衣服，为什么没成了我女朋友？”

林陆根本不去和池哲争执这事，得了便宜就不能卖乖的道理他还是懂的，低声让关小柳伸手套上连帽开衫的袖子，反着穿的，后边有座椅靠着，挡挡身前的风就好。还好关小柳个子小，池哲的衣服隔着呢子大衣穿都能兜住。

林陆最后用大大的帽子整个盖住她的脸，这才满意地说：“睡吧。”

于是关小柳就在机器终于修好，比赛总算开始的时候呼呼大睡起来。她睡眠能力超群，场地里吵成那样她都能安稳地睡到退场——中途醒过一次，只是盯着那群跑来跑去的小人看了没几分钟就又困了。

因为比赛开始时的延迟，等结束时都十二点了，男生宿舍的宿管阿姨把男生当儿子看，他们在门口跪着喊两声“妈开门”，说几句甜言蜜语就能被放进屋里去。女生宿舍的宿管阿姨却是把女生当儿媳妇看，哪哪儿都严格要求，尤其是过了门禁叫醒她开门这事特别不能忍，冷言冷语地说一顿“女孩子要自爱不能晚归”还不算，还得让她们在本子上登记把晚归记录上报给院里。

是以，看到已经过了门禁时间，关小柳拉拉林陆的袖子：“要不咱们出去住吧。”

Chapter.9

爱我多一些，爱我慢一点

“出去住？”魏立春横插一杠，“好呀，都放假了晚上就别回去了吧？咱们先去吃点儿夜宵然后通宵桌游怎么样？”

“玩什么桌游啊，找个好点儿的网咖开黑啊！”秦辰像是忘了之前和魏立春互骂的事情，也凑过去出主意。

池哲把羽绒服拉链拉到顶，缩着脖子附和：“小师姐要不要去打台球，或者去 KTV 刷个夜？”

原本林陆听见关小柳娇羞地提出这么有建设性的意见时心里甭提多高兴了，结果被他们这么一搅就看见关小柳先是有些不好意思，后来被他们说得倒是跃跃欲试了。

他冷着脸冲朋友们横眉竖目：别打扰我好事行吗！

奈何那几人都跟看不见似的，围着关小柳推搡着她去打车，和她讨论簋街有家麻小的十三香小龙虾特别好吃。

唯有池哲耐不住性子地回头冲林陆奸笑：颤抖吧愚蠢的人类！让你感受一下来自单身狗们的恶意！

于是原本浪漫的离别前夜突然就变成了一群人的放假狂欢。林陆急匆匆地赶上那些人的步子，生怕女朋友被拐卖似的，路过夏普身边时听见他轻飘飘地来了一句：“该。”

枯叶打着转儿在风里飘落，一如林陆此刻的心情。

关小柳吃不了辣，一整盆的十三香小龙虾都空出来给她吃，可她吃东西细嚼慢咽的，才吃了没几只那边的就已经清了一大盆，等新点的那份上来的过程中，几个男生耐不住馋就从关小柳盆里拿，被林陆护食地拿着筷子敲手背，他们骂骂咧咧的也不嫌疼，被敲了继续抢，结果等关小柳剥完第五只小龙虾的时候桌上所有的盆里都是空空如也了。

“小师姐，之前机器人比赛证书下来了，第一名哟！小师姐的衣服功不可没啊！”魏立春便宜话不要钱似的往外说，“而且有个商家联系学校想把那套舞蹈的程序买去，他们机器人咖啡店开业的时候搞个演出，郑主任直接让商家找我们协商了，赚的钱全算外快。”

“那是你们程序写得好，跟我没多大关系，你别夸我，你一夸我我光紧张。”关小柳往林陆身边靠了靠，根据惯例，别人总在要指使她干活的时候才会夸她。

“那可不是，我们去年也参加过比赛，也是第一名，可是就没今年这么多人看。”魏立春连啤酒都敬上了，“今年有这笔生意全靠你那些衣服博眼球了。”

秦辰对此很有感触的样子：“没错没错，去年没那么多小姑娘围着我们看！”

今年给机器人做衣服的主意是林陆出的，每年比赛都是差不多的形式，有几所学校因为是从同一个厂家买机器人，连做的广播操动作都是差不多的。今年他们想推陈出新，除了把程序大改了，还想着做些表面的改进，没想到真引来了商家。

论功行赏，林陆应该是第一份的，不过他一点儿不介意把这功劳让给自己女朋友。

关小柳看了林陆一眼，也拿了茶杯倒了小半杯啤酒喝，喝完之后脸红红的，吐了下舌头跟林陆说“不好喝”。

女人的直觉果然准，魏立春把她夸得天上有地上无之后就开始求帮忙：“厂家提供十八台机器人，他们要求都得穿那身衣服，找人做的话不知道能不能做好，所以小师姐要不费费神再给我们做几套？”

关小柳听到是自己擅长的事儿，连连点头：“我回家就做，做好了快递寄给你们。”

后面他们又夸关小柳旺夫，林陆跟着她出去支个教都能想到好的游戏创意。现在的市场不缺卡牌策略类游戏也不缺养成类游戏，缺的无非题材新颖度，熊孩子常常霸屏的今天，市场尚没有做得成熟的此类型游戏，这也是他们很快得到游戏公司支持又要求尽快出成品的原因，晚了只怕被别家捷足先登。

关小柳被吹捧得晕晕乎乎的，她很有自知之明地觉得自己并没做啥，可这比最初自己总在师弟们面前出糗看他们哭笑不得的表情要好太多了，原来逆袭的感觉这么棒！这就是要走上人生巅峰的“feel”吗！

林陆看着脸色粉里透红，眼神有些飘忽的关小柳，头疼地把她往怀里扶了扶。这是喝醉了？也就半瓶酒吧？还是酒精度只有四度半的……

为了让她散散酒气，也是那几个坏心眼儿的绝不给两人独处机会，几人吃完了夜宵真就去 KTV 刷夜了。关小柳喝了些酒表现得比之前几次都积极，一连唱了五六首歌，都不是之前和他们一起时唱的小清新，一溜儿的狂放摇滚，五音不全地把场面气氛给推了上去。

等她唱累了窝在沙发上靠着林陆恢复体力时，那几个也开始鬼哭狼嚎又是“骑马舞”又是“小苹果”，魏立春和秦辰两个声线不错的更是乱改歌词替林陆表达爱意：

你是我的小师姐我是你的小师弟你停在我的肩 依偎在我耳边 从此我不再撒野

……

我说我的小师姐我可以为你改变只要你愿意给 我绝不会食言

不浪费你的爱 你的美

……

后来林陆也坐那儿跟着哼哼，关小柳觉得自己一定是醉了才会觉得那歌还挺好听。

闹闹哄哄地到了快四点，林陆虽然很想带着关小柳找个地方睡觉，可是看着关小柳似乎累得不愿意动弹了就让她直接躺在沙发上，枕着自己的腿，盖着外套睡一会儿。

那几个不知疲倦的后面也都挺不住了各自歪靠着休息，于是下半场就成了夏普的专场，他自己霸着麦克风足足唱了一个半小时才喝了口饮料润嗓子闭目养神。

一时屋里静悄悄的，只能听见隔壁的房间还有唱歌的声音。林陆觉得腿上的人动了动，睡得不沉的他睁开眼，不太刺眼的屏幕光照着他的小师姐，她迷迷瞪瞪揉着眼睛，跟林陆说：“我想嘘嘘。”

他跟着她站起来，抖了抖发麻的腿，让她披着外套和她一起出去，这会儿说不定就有刷夜的醉鬼在走廊里晃荡，他不放心让她自己出门。

他在洗手池那里拿着外套等了一会儿，转而去她那个单间的门口等着，等到她刚推门出来，他一手握着把手，一手将关小柳又给推进了门内。

不知是不是错觉，关小柳觉得这空间内还有自己嘘嘘的味道，虽然被水冲掉了，总是怪怪的，她推了下林陆的胸膛："出去啦。"

林陆把手里挽着的外套挂在门板的挂钩上，空出双手来拥抱关小柳，头埋在她发间："我们要很久不见面了。"

关小柳哄小孩似的拍他的背，他穿了件高领的黑色毛衣，她拍着拍着忽然走神地想这样会不会起静电啊？因为这么想着，她就把手伸到背后的白墙上摸了摸，要把静电排走。

借着她后倾的姿势，林陆直接把她推坐在马桶圈上，然后自己蹲下去亲她。

这个姿势太过于诡异，在他仰着头舔自己嘴唇的时候，关小柳有点儿吓到了，传说中的厕所 play？好羞耻……

隔壁的单间进了人，哗啦啦的水声打断两人的亲热，关小柳一点儿都不觉得刺激，只觉得让林陆听见了别人上厕所的声音简直太丧心病狂。她两只手捂着林陆的耳朵不给他听，等到厕所重新恢复安静后推开林陆，不满地嘛嘴拉着他出门。

林陆也觉得挺扫兴，可贼心不死地在回去的路上随便找了个没人的小包就把关小柳带进去了。

屋子里黑黢黢的，林陆没开灯，可眼里的光让关小柳在黑暗中也能一下子找到他。

她心跳得极快，装作不懂的样子问他："你想干什么？"

"想干的挺多。"林陆靠近她，就在门旁边的墙壁前一点点儿逼近她，手指抚着她的唇，“你都要试试吗？”

他一耍流氓她就不知道怎么应对，手里抓着自己的外套紧张地屏住呼吸，像是被人揪住了耳朵的兔子，眯着眼睛不吭一声。

林陆哼笑了一声，好像很喜欢看她这种表情，不过考虑到快到退房时间了，不再浪费时间，亲了亲她的脸颊，顺而咬了一口她的鼻尖，听见她娇呼“哎呀”，他低下头去对准她微张的唇。清晨的唇并不水润，她嘴上有些细碎的皮，他用牙齿一点点儿地啃掉，细致得像个工匠手艺人。她被他的牙咬着，偏偏不像以前那样带着狠劲儿地吮吸撕咬，就是一点点地磕，磕得她痒痒的，感觉说不出是哪里有些空虚。

她不好意思直接问他要，嘴巴主动张得更开了些，想让他像以前那样，可他就像领悟不了她的意思一样，专注地啃她嘴唇上干裂的嘴皮。

关小柳觉得就连身上都有些痒痒的，汗毛竖起来的感觉。她往前靠了靠，自己伸出小舌头快速地舔了舔自己的嘴唇连同他咬在上面的牙齿。

林陆顿了顿，没有等她更加主动的动作，放过她的嘴唇，像以往一样去纠缠她吮咬她。

或许是临行前的多愁善感，林陆心里生出了许多的舍不得，想着很长一段时间没法像现在这样抱她，不安和焦躁让他想要急于去抓住些什么。等他的手自作主张地从关小柳毛衣下摆伸上去的时候，他感受到了能让他镇定的到底是什么。

比他要脸多了的关小柳在他温热的掌心靠过来时就打了个激灵，等他将自己的内衣推上去的时候，她脸红得跟要炸了似的，使劲儿推他的身子，可平时还挺有理智的人这次却是稳如钢铁，她怎么推都没用，只能靠着墙软着脚，在他如同打开新世界的大门般好奇的摸索中闭着眼假装自己在晕厥。

其实林陆原本还想了些更不能描写的内容，只是看见关小柳紧闭的眼角里眼泪都挤出来了，怕吓着她，只好把她的衣服恢复原样儿，戳戳她的脸蛋，一点儿都不温情地哑着嗓子说：“睁睁眼，舒服得睡着了？”

关小柳闻言立马睁开眼，想骂他发现自己除了“臭流氓”和“不要脸”也骂不出什么花样，抿着唇嚷了句：“我生气了！”

“你没有。”林陆根本不怕地回道，“你刚才的反应告诉我你挺开心的。”

“我哪有什么反应！”关小柳耳朵也是红的。

“你嗯哼来着。”

“那是你捏疼了！”

“那我下次轻点。”

“……”关小柳使劲儿把林陆推得后退了两三步，抱着衣服就往自己包间跑。

出门跑了三步就被林陆揪着领子拉回来：“错了，在那边。”

关小柳梗着脖子嚷嚷：“不要你管，我就爱去那边。”

“那你去吧。”林陆松手，两手抱臂交叉，倚着门框站着让她走。

关小柳走了两步，回头看他居然真不打算来拉自己了，垂着脑袋反方向走，路过林陆时瞪他一眼脚一跺：“你占完便宜就不能说点儿好听的吗！”

林陆笑着跟上她，在她身后用不大不小的声音夸着：“小师姐又香又软……”

夸得关小柳差点摔倒，回头苦着脸：“你还是别说了！”

关小柳带回家的行李不多，统共只有一个鹅黄色的拉杆箱，家里有应季的衣服，日用品更是齐全得很，所以她只带了两三件衣服，拿了几本书，还有给关爸爸买的小和尚陶瓷茶宠和给关妈妈买的丝制睡衣。

她从上了车就开始眯眼，大衣盖在胸前，书包抱在怀里，四个小时的高铁路程她睡了整整一路，旁边座位的乘客来来回回地换了三个人她都不知道。直到车子快要抵达终点站了，列车乘务员来收垃圾的时候提醒她，她才用力地眨着眼睛醒神。

肚子咕噜噜地叫了几声，关小柳后知后觉地饿了，她拉开书包拉链，一股食物的香气冲鼻而来，虽然塑料袋扎得严严实实的，可油炸的味道还是溢满了书包。关小柳也顾不得考虑她可爱的包包被熏上味了，从袋子里拿出一袋烤翅，小口却快速地吃起来。刚啃完鸡翅，喇叭播报终点站到了，车子尚未停稳，车上的人就乌泱泱地往门口挤，关小柳虽然坐在第一排，但是发现连插队都插不进去，索性又坐下来，从包里掏了个红豆派继续吃。

等她吃完了，车上的人也走得差不多了，她把垃圾装进自己的书包里，去前面放箱子的地方拉了行李箱下车。

人来人往的站台上，并没有等她的人，不过她心情还是很好地哼着小曲子，踩着自己的小熊松糕鞋搭公交车去了。

不知是不是睡得太久，她脑子仍有些木木的，正好是下班高峰期，上了公交车就被人群挤在不知道什么地方，她扶着栏杆站稳，走着神，但并没有想什么具体的事，完全是刚睡醒的后遗症。

不知道车子停靠在哪一站，一大拨人下车，关小柳看着自己前面那个和她年纪相仿的拉着行李的女生下了车，也跟着挤过人潮下了车。

只是下车后面对并不太熟悉的建筑，她有些许疑惑。

咦？这是哪儿？

抬头看了看站牌，发现是离自己家还有六七站地的地方，反应过来的她立马又拉着行李去追刚才下来的车，得亏这一站上下的人都多，她耽误的这一会儿工夫车还没开走，于是关小柳又付了两块钱重新上车。

车子走走停停，关小柳不敢再分心，竖着耳朵听报站的喇叭，总算在车子经过她家楼前那条河时松了一口气赶紧下车。

她住在商业街，这里没有小区，一整排的三层小楼全是商铺。有一些是只做生意的，也有像他们家这样，一楼是门脸卖东西，二楼是会客厅，三楼住人的。

推开她家门脸的玻璃大门，跟店员姐姐打了个招呼，关小柳脚步轻快地抬着箱子就往楼上跑，在二楼看见了正坐在马扎上洗石头的关爸爸。

“哟，我们小公主回来啦。”关爸爸听到声音，连忙在水里洗了洗手，拿挂在架子上的干净毛巾擦干水，大步走过去接过关小柳的箱子，帮她抬到了楼上她的房间里，“你妈去买菜了，说要给你做大餐。”

“她也就负责买回来吧，还不是爸爸你掌勺。”关小柳嘟了下嘴，相比较泼辣又总骂她“笨死了”的妈妈，她还是更喜欢从小把她当公主宠的爸爸。

她一直很好奇，在她眼里英俊儒雅脾气好的爸爸为什么会喜欢妈妈，她看过他们的结婚照，感觉妈妈年轻时候长得也很一般啊，最关键的是……妈妈真的好像母老虎……

正当关爸给关小柳泡功夫茶，两人说说笑笑地谈店里来过的奇葩买主时，关妈“咚咚咚”堪比砸墙的脚步声在楼梯上响起，几乎在关妈上第二层台阶的时候，关爸就把手上的茶水放下了，快步地下楼去接关妈，接过她手里的菜，跟她炫耀：“小柳给我买了个茶宠，很好看。”

关妈咂舌：“羊毛出在羊身上，花你的钱给你买东西，有啥好高兴的？”

扶着栏杆往下看的关小柳立马反驳：“才不是，这是花我的奖学金买的！”

“你的奖学金不是刚够你的学费吗？敢情读研了还打算家里给出学费

呢？”关妈声音洪亮，听到女儿的声音时脚步加快了些。

关小柳委屈地又答：“那就是拿我的补贴买的！”

“一个月五百块的补贴？不够你吃饭吧？”关妈已经上了楼，看着女儿撇着嘴一副“你再说我就不高兴了”的样子，往她脑门上一拍，“你这穿的啥破烂货啊，明天跟我去百货大楼买衣服去。”

关小柳想硬骨头地对她妈质疑自己的衣服表示抗议，可又想着掌握财政大权的关妈每次带她买的漂亮衣服……耷拉着脑袋妥协了：“谢谢妈妈。”

“嗯。”关妈高傲地点点头，脱了大衣要去挂衣服，走了两步又走回来，神情颇不自在地问，“没给我买点什么？”

送关小柳上了车，林陆回学校找老师拷贝了些素材正打算回宿舍补觉，竟然又碰见了那个白胡子大爷。

周大爷也是耳聪目明记性好，老远就冲着林陆招手：“小林！”

林陆走过去，问了声好：“您在这儿干吗呢？”

周大爷懒懒地伸了个懒腰：“晒太阳呢，今儿阳光不错。你呢？”

“我啊，我送完女朋友刚回来。”

“女朋友？”周大爷很感兴趣的样子，“什么样的姑娘啊？”

林陆觉得还真得好好谢谢这位大爷，要不是他那玄里玄乎的一套说辞，他不一定会经常注意关小柳，要不是经常注意，恐怕也不会发现她的有趣进而喜欢上她。

“大概就是您说的那个，‘多水之木’？是跟我一个项目组里认识的。”

应该挺多水的吧？林陆想起初见时的那一鱼缸水，想起说下就下的雨，还有她说哭就哭的鼻涕眼泪。

“哦？是吗？”周大爷比他还惊奇的样子，掐指一算，略微沉吟，“这红鸾星有远行的趋势，你们是要分开挺长日子吧？”

大爷一边问一边看林陆的脸色，看他点了点头，继续说道：“离则生变，小林啊，你得小心啊，距离太远很多事可能都有变数，还是得绑在身边才踏实，是不是？”

林陆有些好奇，他刚才没说关小柳回家两人异地的事，这大爷真的说得这么准吗？

至于什么“离则生变”，他倒没放在心上，且不说自己这边忙得要命没空瞎搞，就说关小柳，那智商他真不信她能干出劈腿这么有技术含量的事来。

周大爷看林陆不信，又出言警告他：“你们两人的命格是相依相存的，如果在一起了又长久分别的话，恐怕你后面会遇到很大的困难，唯有她在身边才能逢凶化吉啊。”

“好的，大爷，我会注意的。谢谢您。”林陆跟这位似乎很关心他的老人稍稍鞠了个躬，背着书包回宿舍去了。

熬夜通宵对他来说很常见，可今天不知是不是送走了女朋友心情不好，又被大爷神神道道地说了一番，竟然觉得头疼得厉害，一回宿舍就爬上床盖上被子呼呼大睡起来。

连关小柳给他报平安的短信都没听见。

关小柳吃完饭坐在沙发上看电视，见短信久久没人搭理，体贴地想着他大概还在补觉，转而给他同寝室的夏普发短信询问。夏普很是简单粗暴地下床蹲在林陆床边拍了张他手臂搭在额头上睡觉的照片回她。

知道林陆在睡觉，关小柳也就不烦恼了，白色毛茸茸的带着颗红心的拖鞋一踢一踢的，换了好多台都没什么有意思的节目，她下地蹲在刷石头的关爸旁边，问他：“爸，最近有磨好的石头吗？”

关爸拿着铁刷子指了指关小柳背后的博古架：“你要画画吗？那上边中间一排是磨得差不多的，没打蜡，你画去吧，颜料在书柜最底下的抽屉里。”

关爸是个石刻艺术家，在关小柳小时候小城里还没那么多人欣赏以及购买这些玉石摆件时，关家的日子过得并不富裕，那时候关爸常画些山水花鸟的装饰画卖了糊口，没什么玩具的关小柳就被关爸抱在怀里拿着毛笔给他那些石头涂涂画画地玩。

反正只是些半成品，她糟践完了他再拿砂纸打磨掉就好。

关小柳去博古架上看了一圈，最后挑了个白色石头下手——白色最好上色。那是个根据石头凹凸造型雕刻的美人托腮半身像。关小柳很有想法地觉得美人穿个红兜肚再披个粉披肩笼件白薄纱特别漂亮，于是拿着毛笔细致地开始作画。

刷完碗出来，看见这一大一小的都在忙活，关妈端着水果瓜子放在茶几上，换到一个“他爱她她爱他他不爱她他爱我”的复杂多角家庭伦理剧上开始嗑瓜子。

三个人各忙各的，直到播广告的时候，关妈剥了个橘子视察工作，先去关爸那儿表达了他把一块儿黄不拉几的石头磨得跟绿玉似的“好厉害辛苦了吃个橘子歇会儿吧”，又绕到书桌前有模有样地拿着毛笔画石头的关小柳身后：“哟！这画了个啥？福娃？挺好看，哎，老关你看看，还真挺像的，那个是叫火娃？不对，叫欢欢是吧？”

关小柳黑着脸搁下毛笔，仔细打量自己的杰作，本来挺好看的一个美人，被关妈这么一说……居然还真挺像福娃的。

关妈第二天雷厉风行地带着关小柳去置办新衣。毛呢背心裙喜欢？

买！粉色绣花短羽绒背心喜欢？买！绿色阔腿喇叭裤喜欢？你这什么品位！

在关小柳越买越高兴看见什么都想买时，关妈把卡一收，手一扬：“还是我帮你挑吧，你都二十三了还净穿些孩子衣服。”

最后在关妈的指挥下，关小柳换上了白色纱纺领口带着绑带蝴蝶结的衬衣，紫色低领羊毛衫，黑色紧身小脚裤，灰色修身呢子大衣，还有带着灰色兔毛的小高跟皮鞋。

关妈上下打量了女儿一番，满意地点点头：“就说我跟老关的孩子怎么会不好看嘛，以后好好捯饬捯饬自己知道不？”

关小柳看着试衣镜里的自己，不知道是不是因为高跟鞋让她变得挺拔了些，她居然也觉得自己好看了不少，悄悄拿手机拍了张照片发给林陆，想得到他的夸赞，结果他像是还没起床似的依旧半天没回。

采购完了本以为要回家，关妈却打车带着提了大包小包的她来到一家西班牙餐馆。

关小柳跟在关妈后边小声问：“不叫爸爸一起来吃吗？”

“不用，中午陪我跟我一个老同学吃。”关妈几乎才回答完，就看见了靠窗边位置的好友，拉着关小柳的手跟她说，“一会儿见了面喊苏阿姨。”

一起吃饭的不止苏阿姨，还有苏阿姨刚回国工作的儿子，她乖巧地顺着关妈的意见叫那个西装革履口袋里还叠着方巾的男人“小明哥哥”，太阳穴直突突。

手机振动了下，是林陆发的“真漂亮，刚才在忙没动手机，你干吗呢？”

关小柳一手扶额，一手在桌子底下快速地打字回他：“我好像被相亲了！”

“离则生变啊……”林陆耳边隐隐响起大爷昨天的话，烦躁地把头上的耳机摘了扔在桌子上，拿着手机走到宿舍门外，倚着栏杆给关小柳打电话。

电话很快接通，关小柳声音先是小小地“喂”了下，然后是她的呼吸和风声，应该是她拿着手机跑到什么地方去接了。

“不急，别跑。”林陆心里的烦乱在听见关小柳的声音时瞬间烟消云散，他柔声提醒她，希望她别摔到自……

“哎哟！嘶——”关小柳揉着不小心撞到桌角的腰，站在去厕所那条无人的走廊里，“没事没事，我没摔！找我什么急事吗？”

“……”林陆觉得这样挺不厚道的，可他还是忍不住嗤笑了下，“女朋友快跟人跑了，我觉得算是挺急的事吧？”

“哪有，我才没跑。”关小柳笑着反驳，语气甜腻得自己都受不了，“就是妈妈同学的儿子，才留学回国工作，我妈今天一大早就带我买衣服什么的，然后中午又吃饭，感觉……感觉怪怪的，好像是在相亲……怎么了，你担心了？吃醋了？”

最后的那句话，关小柳问出口就开始害臊，转身面对着墙壁，一只脚尖着地转啊转的，屈着食指一下下地抠墙纸上那颗古铜色圆扣。

她满心期待地等林陆说些什么来表示对她的强烈喜欢，可还没等到林陆的话，耳边响起一个陌生的男人声音。

“您好，女士，破坏装饰物要原价赔偿的，请您不要再抠墙了。”帅气的侍应生微笑着站在她一米开外的距离提醒她。

关小柳抠铜扣的手停住，迅速缩回去想插到口袋里，结果新换的一身衣服居然一个兜都没有，她尴尬地手心手背在裤子上擦了擦，小声说着“对不起”，脸爆红地跑进卫生间躲着去了。

“别笑了！”就在她锁上卫生间的门，捂着脸颊的时候，林陆居然还在那边低声笑个不停。

听出关小柳真的很羞恼，林陆适时地收住了声音，只是脸上的笑意一直扩大：“本来是挺担心的，不过感觉那位哥们出国留学见过大世面，眼光应该挺好的，嗯。”

“你什么意思！”关小柳不乐意了，想挠门怕外面那个侍应生还没走，生生地忍住了，嘴噘得老高，能挂卷卫生纸。

电话那边的林陆就像能看见她的神态似的，叹了声气：“别噘嘴了，好想亲你啊。”

“……”画风怎么变得这么快……

“我这边真的走不开，你在家里乖乖的，等我忙完了早点儿去你家拜访下你爸妈。”林陆调戏完就开始说正经事，甚至打算把原本的计划重新调整下，留几天出来去一趟关小柳的老家。

拜访爸妈？

“不用了不用了！你还是好好干活吧！不要来看我爸妈！”关小柳着急得连手都摆上了，也不管林陆能不能看见。

“为什么？”林陆刚想开玩笑问她不会在老家有婚约了吧，忽然想到什么，“你不会又打算瞒着你爸妈吧？”

呀……被猜中了……是这么想过来着……

关小柳的沉默让林陆才转好的心情又一点点失落下去：“我就那么见不得人吗？这个要瞒那个要瞒连你爸妈都要瞒。”

他语气里有受伤的情绪，关小柳慌了：“不是的，林陆你别瞎想！我只是怕我爸妈听说我找了个……找了个师弟当男朋友会担心你不成熟，我本来打算你工作了就跟家里交代的，你……你别不高兴啊！”

“哦。”

单音节的“哦”“喔”“呵”都是生气的表征！

“那……那等你要来的时候我再告诉他们好吗？”关小柳想着可能爸妈见到林陆的人就不会瞎担心了，信誓旦旦地跟他保证，“放心吧林陆，我会对你负责的！”

林陆头上的血管都快摆出个“#”了，他不知道该高兴还是该无语，只好回：“行，等你负责。”

两人就何时何地见家长的事谈了个七七八八，林陆提醒她该回饭桌了她才想起自己离开十几分钟了。

挂了电话背着手小跳步地往回走，迎面对上了刚才那个帅气的侍应生，立马低头抬手抓了抓刘海借机挡住半张脸，也不跳了，嗒嗒的小高跟鞋踩在大理石地板上迅速侧着身子从那人身边走过。谁知回到桌前就发现只剩下那个小明哥哥，自家妈妈和苏阿姨都不见了。

还真是好标准的相亲套路呢……接下来这个小明哥哥就要说“她们说有个麻将要搓、有件衣服要买，或者有个活动要参加，让我们自己玩完以后我送你回家，你想去哪儿玩”了吧！

“她们说隔壁商场有个促销活动，让我送你回家。”果然，小明哥哥开始说关小柳心里的台词。

“我还约了女朋友下午看电影，你再吃点儿东西，吃完了我送你。”

什么？

关小柳震惊地看向喝柠檬水的男人，怎么和电视里演的不一样呢？

“怎么了？”男人放下杯子，拿纸巾姿态高傲地擦了擦嘴，让关小柳产生“误会这种人来跟我相亲实在太亵渎他了”的感觉。

关小柳摇摇头，这家店的海鲜饭有些夹生，还不如关爸煮的好吃呢：

“小明哥我吃饱了，咱们这就回去吧，别耽误了你约会。”

听着关爸拿小锤和铁钉一点点凿石头的声音，关小柳坐在床上陷入了沉思。

如果告诉林陆今天是误会一场，她的妈妈以及苏阿姨真的只是带着各自的孩子吃了个饭，完全没有想撮合他们的意思，一切都是她的臆想，林陆会笑话死她吧?

这么自作多情，还真是好尴尬啊……

她从床头柜上拿了把小镜子，握着包了碎花布的木头手柄，看着小小一块圆玻璃里面自己的脸。

挺好看的啊……

为啥她妈都不着急她没对象……

吃饭的时候看见对自己狂野的妈妈对爸爸温柔，关爸对关妈更是各种体贴，关小柳陡生一种“存在感好薄弱”和“如果我有了孩子一定也要在他面前秀恩爱”的奇怪想法。

她脑子一热，放下筷子忽然开口：“爸，妈，我要跟你们说个事。”

她语气格外严肃，搞得关爸关妈都吓了一跳，也跟着放下筷子：“什么事？”

“那个……那个，我谈恋爱了！”关小柳以为难以启齿的话居然一口气就说出来了。

“哦。”

“嗐……”

爸妈同时舒了一口气，还以为怎么了呢，就这点儿事啊……等等！什么？谈恋爱了?

“丫头，你才多大啊就谈恋爱！”关妈的声音响彻整栋楼，震得关小柳忍不住捂了捂耳朵。

“是啊小柳，现在外面的男生坏人太多了，你还这么小，会被骗的……”关爸也是一脸的担忧。

关小柳忧郁的脑袋上都要长出草来了，所以她的爸妈不仅完全没觉得她需要相亲找对象，还觉得她是个孩子不能谈恋爱？

一顿饭吃得三个人都心事重重，关小柳去刷碗的时候，关爸还特意在厨房溜达了几圈叹了好几次气，她问他“有事吗”，他又不说话地转过身去反方向转一圈。

关小柳觉得这样不是事，刷完碗拉着两人坐在沙发上三方会谈，会谈主题是：“我谈恋爱了，对象是大四一个学计算机的师弟，这个对象今年过年可能会来家里拜访。”

“学计算机的？是秃头吗？”

“比你还小？那岂不是很不成熟？”

“过年要来咱家？啊！那我得去买条新裙子！”

“老婆你不是有条蓝色绒绒毛的旗袍裙吗，那个特称脸。”

可是那条有点薄，今年冬天冷，我想买件加厚修身的……”

“咱们不是在讨论林陆吗……”关小柳努力想把话题拉回原先的议论轨道，成功引起他们的注意后又立马把手摆在腿上坐好了等待训导。

“你那儿有他的照片没？我看看什么样。”关妈先松了口。

“有有有，可帅了！”关小柳立马掏手机，把自己那些偷拍的以及正大光明拍的照片一张张翻着给关妈看。

她一边给他们看照片，一边跟他们夸林陆的成绩好、能力高、有前途吧啦吧啦，夸得天上有地上无的。

关妈接过手机去自己看，看到某张的时候翻过去后又折回去看了一眼，然后问关小柳：“比你小的话，你想没想过可能他对花花世界还没看够眼，女人本来就比男人老得早，以后你年老色衰他还风华正茂，出轨了怎么办？”

……

“我就说：‘我比他大一岁，更会照顾人理解人，这样可以避免很多幼稚的争吵。’……反正我说了可多了，后来他们就没问了，只说等见到你再说。我是不是很厉害！说得很好吧！”关小柳窝在棉被里跟林陆汇报情况，把自己说得勇敢机智。

林陆暂且跳过了她自夸的那些貌似并不存在的优点，只提醒了她一句：“你还应该跟他们说一点很重要的。”

“嗯？什么啊？”

“你应该说，找一个比你大很多的男人，等你四五十岁的时候他肯定没法保证你的和谐生活。”

“……”关小柳沉默着把手机换到另一边不太热的耳朵旁，揪着被角告诉林陆，“喂，要优雅，不要污。”

“其实今天你说在相亲的时候，我有一瞬间很想立马坐车去你那儿，或者把你叫回来待在我身边。”林陆胳膊肘撑着栏杆，看对面宿舍楼上亮着灯的几个窗户。

“我又不是你的腿部挂件……”关小柳嘀咕了声，坚定地转移话题，只字不提所谓的“相亲”事件。

她说的话林陆今天才从夏普那里听过，不过夏普问的是：“你把她当BB机吗？非得挂在腰带上才放心？”

“这个游戏卖出去之后，我拿赚的钱带你出去旅游吧，你想去哪儿玩？”林陆的声音跟哈过气的窗户一样朦胧柔和，传到那边被窝里，酥得关小柳食指尖都痒痒疼疼的。

“我想去泰国，那里的榴莲肯定特别甜……或者去台湾，那里有好多小吃……还有穿当地好看的衣服，照好多美美的照片！”关小柳特别开心地畅想着，说起好吃的时还忍不住咽了口唾沫。

“嗯，都去。”林陆一口答应，“你想去哪儿都行。”

关小柳也不总是活在童话里，虽然他答应得轻松，她却忽然想起晚上关爸问的问题。

“林陆啊，你毕业以后要干吗呢？”

这正是林陆他们几个最近在烦的问题，到底是去上班还是自己创业，如果毫不了解行情，他们一定会满腔热血地开自己的游戏公司，可有了现实的考量，他们实在下不了决心，但隐隐又有种不甘，觉得安安心心地去做个程序员、“码农”过个平凡没有波澜的人生太过于无趣。

他不想让自己的烦恼困扰关小柳，笑着敷衍她：“不管干吗，反正肯定养活得了你。”

“嗯……”他不想说，关小柳很知趣地不再聊这个话题了，把脸埋在枕头里，闷声闷气地说了句，“林陆，我好想你啊……嗯，晚安！拜拜！”

她自顾自地抒发完感情就立马挂断电话，都不给林陆回答或者调笑她的机会，刘海在枕头上来回蹭，蹭得毛毛躁躁的。

她电话挂断没半分钟，林陆又打回来，关小柳接起来，像是刚才什么都没发生过一样：“喂？”

林陆沉默了几秒钟，忽然问她：“我说过我喜欢你吗？关小柳，我可真喜欢你。”

这是一个和往常差不多的春节，包饺子，看春晚，放鞭炮，拜祖先。

唯一多出来的不一样大概就是这年的大年初二，关家三口严阵以待地坐在一楼大厅，时刻关注着门口出现的可疑黑色车辆和可疑年轻男子。

没错，林陆今天要来这座城市，这个家。

他腊月二十八才回的自己家，只过了个春节就马不停蹄地赶来关小柳的老家，还好两人所在城市离得不算太远，开车只要两个多小时就到了。

终于，门外停车区缓缓停下一辆黑色四个圈的时候，关小柳看着车牌号和林陆告诉自己的无异，开心地站起来，要往外跑，被关爸一个眼神给制止了，她嘴一嘟，不情不愿地又坐回去。

关爸家训：女孩子一定要矜持。

她翘首以盼，终于看见林陆开了主驾的门下车，他抬头看了看招牌，又看向屋里，视野里只看见坐在木凳上冲自己悄悄招手的关小柳，他笑了笑，打开后备厢去拿礼物。

关爸关妈本来还只是好奇地看了两眼，一直端坐如山，谁知道就在林陆往车尾走的时候，副驾的门也打开了，出来一个穿着西装，头发往后梳得一丝不乱的中年男人，虽然隔着门玻璃，关小柳还是看见那中年男人长得十分好看，林陆的颜值基因一准就是继承自他。

这下不止关小柳不坐了，连关爸关妈也站起来出去迎人。

刚走出大门，又有新情况发生，车后门打开，下来了穿着砖红色呢子大衣的林陆妈妈，紧接着蹦出来两只被拴着绳带的狗。

这是全家都出动了的节奏啊……

林陆提着礼物走在最前头，虽然手里满满的，见到穿着毛呢背心裙的关小柳乖乖站在门口时还是把东西都转移到一只手上，空出另一只手揉了揉关小柳的头发，一脸不遮掩的笑意。

关小柳仰着脑袋，眼睛滴溜溜地转着看他又去看他爸妈，把他的手拂开，有礼貌地说着“叔叔阿姨过年好”。

她刚问完好，林妈妈就高兴地塞给她一个大红封：“过年好过年好，小柳对吧？长得真可爱。”

可爱……是用来形容小孩子的吧……

林陆中午吃完饭出发的，到这里的时候已经差不多快到晚饭时间了，于是本来打算盘问这个拐走自己女儿的“坏人”的计划，因为有家长的出现全被打乱。

关妈买的菜四个人吃吃还凑合，要接待这么多人就显得不够了，关爸干脆锁了大门，打了车在前面领路，找了个不错的酒店要了个包厢，这才坐开了这么多人，有了空闲聊天。

就像提前商量过似的，两家人都没谈孩子的感情问题，只是互相介绍自己家的大体情况，然后爸爸们谈体育谈国际新闻，妈妈们聊起护肤和养生菜谱的话题。林陆和关小柳不时地参与说几句，更多时候就是安静地倒茶倒酒，夹菜吃饭。

中途，关小柳起身去上厕所，林陆没过一分钟也跟着去了。关爸瞟了一眼门口的方向，皱了下眉。

今天的事情太突然，林陆那小子连个招呼都不打一声。这感觉就像是小孩子打架的时候，本来很有胜算的结局，被揍的小孩突然喊一句：“你等着我找我爸来！”

太孬种了。

此刻，关爸完全没考虑自己也是在以大欺小，只是很单纯地看林陆不痛快。

走廊拐角，关小柳警惕地看了眼包厢的方向，确定爸妈都没出来，才跟林陆抱怨："昨天打电话的时候你怎么不说你爸妈也来啊！"

"昨天我也不知道。"林陆很冤枉，"中午吃着吃着饭，我爸突然说要跟着我，怕我好长时间没开车了手生出事，然后我妈就说大过年的家里就剩她一个人太可怜了，也要跟着。"

只是他心里清楚，这肯定不是他们的临时起意，大概是自己告诉他们要来的时候就在谋划了。

关小柳想着林陆今年在家待的时间本来就少，他爸妈想多和他待一会儿也很合理，但是惊吓过度，还是想把气撒在林陆身上。她捶了他的胳膊一下："谁让你急着来的，等回学校的时候从这边路过不就好了。"

"初二不是应该走丈人家吗？"林陆歪着头认真地思索了下，"而且明天是情人节，我今天不赶过来你能乐意？肯定得哭哭咧咧地跟我说：'人家过节都有男朋友陪，我有男朋友却没法过节，我好可怜……'"

他贱兮兮地做作地学她说话，关小柳又生气又高兴，矛盾得都没法好好管理表情了。

她气急败坏地指着他："你……你再说，再说看我明天陪不陪你过节！"

他们在外边待的时间有点长，林陆一把攥住她的手，带她回包厢："乖，别急，我知道你迫不及待地想和我亲热，等明天。"

"谁想……阿姨！"关小柳还没奓完毛，碰上出来的林妈妈，立马小家碧玉地微笑。

最终这次饭局在林爸和关爸喝得醉醺醺的情况下结束了，站在冷风的夜色中，林爸很谦虚地拉着关爸的手拍道："老关啊，我们家臭小子不懂事也不优秀，高攀你们家小柳了。"

关爸回拍着林爸的手，也很谦虚地答："可不是嘛，可不是嘛。"

关小柳哭笑不得地拉开自己爸爸扶他坐上出租车，在自己跟着上车前看了一眼林陆，就看见他用口型说“明天见”，她还没回应，林陆怀里的那只吉娃娃突然狂叫起来。

“汪汪汪！”

情人节这天，阳光格外好，让想着用天气做借口的关爸眼睁睁地看着女儿就要被林陆带走。他那格外不痛快的眼神让林陆有点儿怯场，在留下来讨好老丈人还是带女朋友出去逍遥之间犹豫了好久，最后还多亏自己亲爹来救场。

林家三人住的宾馆也在商业区内，离关家也就是走个十几分钟的路程，林陆正坐在木椅子上给关爸斟茶，林爸牵着狗带着林妈又来拜访：“老关啊，林陆他妈想出去逛街，哎，我哪有那耐心啊，弟妹闲着的话领她逛逛？咱哥儿俩来下棋。”

林爸把狗松开，教小孩似的让它们不许乱跑，自来熟地就坐到关爸对面。

边牧听到主人的话乖顺地走到林爸脚边卧下，摇着尾巴趴着。那只白白的吉娃娃就没那么听话了，撒着欢跳到林陆身边，吐着舌头冲着林陆裤脚哈气。

林陆不为所动，给身边的关小柳也倒了杯水：“喝吗？”

关小柳接过去说“谢谢”，偷眼看着关妈居然控制住了嗓门，轻声细语地跟林陆妈说哪个商场的衣服很好看。

或许是林陆的冷漠伤害了那只吉娃娃，它突然冲着林陆狂吠起来，一边叫一边还扭头看关小柳。

“汪汪汪汪汪汪！”（你为什么不理我！你是不是外面有别的狗了！你说！是不是就是她！）

林爸正喝茶，被吉娃娃突然的叫声惊了一下，热茶洒出来烫到自己的手，他“嘶”了一声，拿着纸巾擦手的时候烦躁地对林陆说：“你说你，连狗都嫌弃，赶紧走，别在我眼前晃，吵死了。”

这么过分的话，林陆一句也没顶嘴，站起来冲爸爸们点头示意：“那我就先走了。”

他一站起来，关小柳也立马跟着站起，手指着正看着自己的吉娃娃对关爸说：“它也嫌弃我，我……我也走吧。”说完拉着林陆就往外走，好像晚走一步会惹恼了那只狗很过意不去似的。

关爸看着两人并肩的背影叹了口气，唉，女大不中留啊。

“你家那只小狗好凶啊。”关小柳一出门就挂住林陆的胳膊，说话跟唱歌似的透着婉转的笑意。

“嗯，占有欲挺强的，挺敏感的。”林陆想起最初他就觉得关小柳时常迷糊，跟那只蠢狗一样才会不自觉地经常关注她。考虑了一下如果说出“你不觉得你跟它挺像的”这句话后很可能会失去好不容易得来的约会机会以及一系列未知的福利待遇，他谨慎地换了个话题，“和你完全不一样，你心挺大的。”

“……”关小柳挎着他的手一僵，“你为什么要拿我和一只狗比较？”

“啊，对了，你今天想去哪儿玩？”

“你这话转得也太生硬了……”

“看电影怎么样？”

“你为什么拿我跟一只狗比较？”

“外面好冷啊，哎，你看那里有关东煮，去吃点儿？”林陆就跟暂时性失聪一样无视关小柳的问题，指着不远处飘动的靛蓝色幡布，“吃不？”

“你为什么……关东煮？好哎！阮阿姨家的串串超级好吃的！”关小柳也跟暂时性失忆一样不再追问那个问题了，先一步走在前面。

林陆呼了口气，紧跟着她进了关东煮店的大门。

虽然是大年初三，可是因为正赶上情人节，不少商家都开着门，大街上一派红火景象。

林陆吃得不多，基本上是一串丸子关小柳吃两个剩下的那个丢给他，然后去吃别的再继续丢。

她递过来他就吃掉，她吃的时候，他就坐在一旁看着：“你们这儿哪里最热闹？咱们先去看电影吧。”

“热闹？就这条街最热闹啊，这里是中心商业街，喏，往那边走就有个万达广场，三楼有电影院。”关小柳拿纸擦擦嘴唇溅上的油，指着不远处能看见商铺的广场。

在岳父眼皮子底下约会？亲个嘴都得担心老人家会不会出来倒垃圾不小心看见吧……

“就这一家电影院吗？”他接过那串撒尿牛丸，没注意就直接都含进了嘴里，咬了一口油溅得满嘴都是，烫得他龇牙咧嘴的还得强装镇定，回过头去张着嘴吸了半天冷气。

那边的关小柳正在跟蟹脚作斗争，没注意林陆的惨剧，等她看他的时候，他已经托着腮保持着依旧清冷的表情了。

“还有一个老电影院，不过没这边的设备好啊，而且离这里还挺远的，是在老市区了。”

“没关系，远点儿好。”林陆很满意地点头，喝了口大麦茶卷着舌头摩擦了下被烫的地方，痛得心尖儿颤。

关小柳不知道林陆的花花心思，反正能约会去哪儿都好，说起来这还是两人恋爱以后第一次正式约会呢。

交了钱打车去老市区，这边的出租车不打表，司机一看是小情侣出来玩，而且两人说着普通话都不像本地人，漫天要价。关小柳一听价钱立马就用方言说：“伯伯不好这么宰客的，也就是个起步价好不好？”

那司机一时下不了台，本地人也不管了，挥挥手让他们下车：“就这个价，不坐拉倒。”

关小柳很有骨气地拉开车门就走，林陆自然跟着下去，想再打辆车，关小柳牵着他的手直接走：“一共两里多地，咱们走着去好了。”

林陆看她气呼呼的，有点儿想笑，这个小师姐，有时候看起来是个“好好都可以”的软乎性子，可一犟起来也是挺强硬的，上次在地铁过安检时也是现在这个样子。

为了让她消消气，林陆在街边摊位上买了个棉花糖，不是他印象中白白的一坨，那老人家黄一圈、红一圈、蓝一圈地卷了好几圈，最后用木签一压，压出一捧花的样子，虽然价格要得挺贵，不过关小柳这次不嫌人家坑了，转着木棍嘴巴利落地吃了一圈。

林陆看她吃得好像很好吃的样子，不打招呼就低头咬下一块。关小柳一停，倒没说什么“你不许吃”，只是对着缺了一角的棉花糖立马转着圈又吃了一层，才满意地欣赏了一下。

林陆贱不拉几地又低头咬了棉花糖一大口，这次咬下来的区域特别大，整个花捧都变形了。

关小柳来不及骂他，赶紧大口大口地继续转着圈咬，想把它给咬圆了。可她还没吃到一半，林陆又咬了一口，而且还是刚才咬过的位置，这下那缺口都快露出木棍了。

关小柳抬头看见林陆挑衅地冲自己扬着一边嘴角笑，郁闷地举着那残缺不完美的棉花糖不理他了。

“不吃了吗？”林陆还不长眼色地去招惹她。

“不吃了。”关小柳加快脚步，小跑了起来。

“哎，你走那么快干吗？”林陆迈着大长腿追上她，拉她的胳膊。

“我要回家，我要找我爸告状。”

他越拉，关小柳走得越快。

林陆看她真是往家的方向走，哪里能放她，夺过她手里的糖几口就吃完了：“走走，我再给你买个。”

听到这话，关小柳立马不跑了，潇洒地转身，冷哼了一声：“林陆你怎么那么幼稚？”

“咱俩谁比较幼稚啊？哎，好好好，我幼稚，走走买糖去……”林陆孙子似的急忙认错，唯恐关小柳真回家，心里盘算着赶紧离开这片不安全区域。

到了老市区的电影院，林陆才发现关小柳说得没错，这里的放映厅确实挺旧的，不过大概因为过节，即使影院破旧也都场场爆满，他们没有提前订票，只能买到比较偏的位置。

林陆看着影讯，问关小柳：“你想看《XMONKY》还是《神秘谷》？”

关小柳悄悄看了眼一个连图都没有只排了一个场次的那个电影名——《安琪公主的七个梦》，弱弱地抬手指了一下：“看这个行吗？”

林陆“呃”了半分钟之久才下定决心：“行吧。”

关小柳开心地抱着一大桶爆米花：“不知道为什么这个电影看的人数那么少哎？居然还有中间的位置。好棒！”

这有什么好不知道的……这种听名字就知道评分不会过“3”的电影

怎么可能有票房……

林陆无奈地一手拿着一杯奶茶跟在她身后落座。

这个放映厅连个壁灯角灯都没有，广告刚播完整个房间完全陷入了黑暗，真正是伸手不见五指。

之前播广告的时候关小柳看见前排的那对情侣很有爱的样子，男生含着一个黏在一起的爆米花冲女生嘟嘴，然后那个女生就凑过去吃另一半爆米花，然后那个男的就亲过去了呢！

多有情趣啊。

关小柳的手在爆米花桶里一通乱抓，也没找到个黏在一起的爆米花，于是她只好退而求其次找了一个个头比较大的，含了半个在嘴里，趁着黑灯瞎火的用胳膊肘拐了拐林陆，红着脸要和他来一个甜蜜的亲亲。

可她忽略了一件事。

这个放映厅，实在是，太黑了！

林陆戴着3D眼镜扭头看关小柳的时候什么都看不到，以为她只是不小心撞到自己，又扭过头去继续看电影了。

这电影虽然是小成本制作，名字也起得让人完全没有观看的欲望，剧情却出乎意料的还挺有意思，有点模仿外国电影的《梦中梦》，就是3D的场景做得太差，感觉完全没必要。

被忽略的关小柳挫败地把那个大个儿爆米花自己吃了，安安分分地看了半场，发现和自己预期的美美的公主穿着美美的裙子的剧情完全不一样，那个落魄公主一直穿着乞丐装，只在有个梦里逆袭加冕时好看了一会儿，她托着腮都快跟着安琪公主一起睡着了，胳膊却突然被旁边的人一提。

她刚回神，眼镜就被林陆给摘掉了。

她眼睛瞪得大大的，看他把爆米花桶放到自己右手边，又把两人中间的扶手给抬了起来，左手揽着关小柳的腰往自己方向拉了拉，在她耳边说：“这片子好无聊。”

“嗯……”

“我们做点儿有意思的事情吧。”他一笑说话就会带着撩人的气息。

有……有意思的事……

这么黑的电影院……难道是小说里经常出现的那种……

关小柳脸红得要命，如果他要求她对他做什么不可描写的事情或者他对她做什么不可描写的事情，她一定要狠狠地拒绝！

她还没有想出什么义正词严表明立场的话，他就压过来一手按着她的后脑勺，让她半主动地亲吻上自己。

她闭着眼睛，睫毛一颤一颤的，牙关打开，他舌头顶进来的同时好像还有什么一起滚过去了，她还没想明白那是什么，就觉得口腔上颚一下子滑腻地沾上了什么。

林陆松开她，拿着自己那杯喝得只剩爆珠的奶茶用力地吸了一口，扯过关小柳继续亲吻，舌尖推一个爆珠抵在她上颚上用力一挤，爆珠的皮被挤破，里边的巧克力糖浆溅在她和他的舌头上，每一次爆破后的那一丁点儿甜头都让人想继续挤开下一个。

林陆的舌头其实还有些疼，不过这有趣的游戏实在让人上瘾，忽略掉那丝丝痛意，他们断断续续地亲吻着，从第六个梦一直亲到第七个梦，亲得两人一嘴的巧克力味。

他们太投入，完全没注意电影已经播完了，晃眼的灯光忽然亮起，林陆很淡定地松开关小柳的脑袋，甚至用拇指帮她把嘴巴上亮晶晶的口水擦了擦。

关小柳正打算做缩头乌龟赶紧用围巾捂着脸往外跑，被林陆提着衣领顿住才发现他们前排也都是一对对刚刚分开的交颈鸳鸯，敢情大家都差不多啊。

林陆意犹未尽地感叹了句：“这片子挺好看的。”

关小柳腹诽着他真的看了吗，还是把围巾往上兜了兜，牵着林陆的手赶紧离开了放映厅。

走到商场大厅的时候发现在一个人不多的位置，一个套了大圆脑袋的玩偶人正在那里一摇一摆的，旁边还有个漂亮的女推销员正笑容满面地欢迎大家了解他们的商品。

她好奇地看着那个大脑袋跟长草颜文字表情似的人，看见旁边的托盘里是迷你包装的易拉罐，以为是新出的饮料推广，目光又盯回那个可爱的大头娃娃了。

似乎是看见她感兴趣，女推销员和那个玩偶人都冲她招手：“可以合影哟！”

关小柳抬头看了眼林陆，觉得拒绝人家不好意思，就跑过去站在大头娃娃旁边二二地比画了个胜利的姿势。

走近看才发现那个工作人员后头还有个长长的尾巴，拍完照她好奇地问大头娃娃：“请问你是什么动漫形象呀？”

那个白色大脑袋头罩上嘴巴的位置有块黑色网格透气的部分，一个女生的声音从那里传出来：“我是一个精子。”

关小柳被这个答案吓了一跳，退后三步重新审视，发现还真的是……

林陆早就笑得不行了，要去追已经遁走的关小柳时，那个“大脑袋”很热情地让推销员送了个挂扣易拉罐给林陆，还用手比画着摇一摇的动作，示意他瓶子里边有东西的。

林陆不用看都能猜到这家推销的是什么，瓶子里装的又会是什么。

他接过随手放进口袋里，大步追都快跑没影儿了的关小柳去了。

“你放开我！”关小柳没有形象地蹲在地上，任林陆怎么拉她的手都不动弹。

那形象就像是贾良辰拖着狗绳要带叫小关关的那只柴犬出去遛弯时，小关关抗拒的神态。

关键是，他们所处的位置是距离快捷酒店十米远的小路上，来来往往的路人好多看过来的。

林陆认命地松手，也蹲下去跟关小柳平视：“我明天就走了，带你去开个房怎么样？”

“……”是要有多无耻才能把“开个房”说得坦然得跟“看个电视”似的？

关小柳气咧咧地告诉他：“我爸会打死你的。”

林陆也气咧咧地说：“你再拿你爸吓唬我，小心我留下什么心理阴影以后亲密生活不能自主。”

关小柳咬着唇沉默了一会儿：“我妈会打死你的！”

林陆叹了口气：“真不去？”

“不去！”关小柳很坚决地回答。

“那算了。”他站起来，往背离酒店的方向走。

咦？这么轻易就妥协了吗？

关小柳迟疑地站起来，看他走出老远了才过去拉他的手：“你生气了？”

林陆停住脚步看她，温柔地捏了捏她的脸：“一辈子那么长，我也没那么急的。”

在她感动得一塌糊涂的时候，他又一副沉思的模样，边走边说：“不过咱们能不能先找个没人的地方，我想亲亲你。”

“喂！”关小柳跳着去打他。

他欺负她个子矮，大手推着她的脑袋她就打不到她，两人吵吵闹闹地往家的方向走。

一辈子那么长，我们慢慢相爱。

Chapter.10

听说我命里缺你

“你……你轻一点……”她泪盈于睫，小声地哭求。

“放松，肯定不会痛的。”他温热的呼吸喷在她的耳垂上，动作轻柔小心。

“嗯……”关小柳好像掉进了一片棉花里，意识迷糊，身体也变得不像自己，越来越轻……越来越软……

“小柳！起床吃饭！”关妈的喊叫声隔着一层楼都无比清晰，原本卷在被窝里已经有一半悬在床外的人被这喊声惊醒，睁开眼左右看了看，意识回笼之际那种梦里身体变轻的感觉也回来了。

她惊慌地往床里边滚，跪坐起来拍着胸口后怕——这要是掉下去摔傻了可怎么办！

当害怕淡去了，随之而来的是一股弱弱的尴尬，刚才的梦……呃……

“咳咳咳……”关小柳拍着自己的胸口，摇摇头把那些旖旎的梦境都摇走，“一定是林陆太想我了所以才会跑到我梦里来！”

哼，果然是流氓，跑到她梦里来也不干点儿正经事！

完美地把这个锅甩给林陆后，关小柳心情轻松地洗洗换了条卡其色格子背带裤下楼去吃饭，吃着关妈做的盐放多了的番茄鸡蛋面都没皱一下眉头，吃完了一边喝水一边夸关妈：“妈妈厨艺进步很大嘛！”

关妈看着女儿，一脸说不出的疑惑，林陆离开了十天，关小柳的心就跟着飘了十天，虽然她嘴上不说，可关妈身为一个过来人，关小柳眉毛一挑嘴巴一撇她就知道是因为什么。

“怎么今天这么高兴？”关妈不跟她绕弯，直接把疑惑问了出来。

“梦见林陆了。”梦得可清楚了。

“啪！”

关爸把筷子重重地摔在桌子上，被关小柳那话尾听得出来的波浪号语气气得不行。

关小柳被关爸这一声吓了一跳，身子都不自觉地颠了一下：“爸？”

关爸有气不能冲女儿撒：“面太……”想说面太咸了，说了半句又想到不能把气撒在老婆身上，只好硬生生地拐成，“面太好吃了，我气自己做不了这么好吃。”

说完这诡异的理由，他不想看妻女的表情，直接起身去楼下门外抽烟了。

路上来来往往的行人，都没法理解他心里的那种失落。他想起第一次从护士手里接过软乎乎皱巴巴的女儿的情景。关小柳生下来的时候还没足月，皮肤长得不够开，关妈总说她像只小猴子一样。他记得女儿乖乖地依偎在他手臂里吐泡泡的样子，他从没有跟女儿说过一句重话，她懂事又体贴，学习也不用他操心，他想用一辈子去呵护她做她世界里的小公主，想她无忧想她快乐，可他的一辈子还没用完，她就已经不需要他保护了。

她有了别的骑士，比他年轻比他结实比他会讨她的欢心。

他想起初三那天林陆早早地牵着关小柳回家和他们一起吃晚饭，想着林陆跟他承诺的那些会好好照顾小柳的话。可是大学都还没毕业的男生，谁知道他的话有几分几两的可信度。

他抽完了一根烟，扔在脚下碾灭，正要再点一根，身边伸来一只手把他嘴里的烟给拔走了。他扭头就看见自家妻子披着外套站在他身边，那根被拿走的烟此刻转到了她嘴里。她仰仰下巴，让他给她点上火。

好多年没抽过烟了，关妈一口烟呛到肺里把自己难受得眼泪都出来了。关爸看她咳成那样，倒是笑了。曾经的叛逆少女，曾经莫名被拐跑了的年轻管家，忽然间就都生出了白发，连抽根烟都会呛出眼泪。

“别笑。”关妈飞了他一个眼刀，主动把烟掐了，转身回屋，“大清早的发什么疯呢，吓着你宝贝女儿，赶紧回来刷碗。”

他看着妻子的背影，释然地笑得更开怀了，笑得眼泪都要出来。算了，年轻的爱情本来就是不可理喻又控制不住的。

小柳高兴就好。

关小柳知道爸爸为什么不高兴，她拼命地撒娇卖蠢帮着刷石头，怯生生的眼神看得关爸都不忍心了。

“想回学校就回去吧。”

“不回去不回去，开学再回去！”关小柳狗腿地保证，看见关爸僵硬的嘴角扬起来时心里也是一松。

C 大的假期一向以长著称，还有将近二十天才开学，关爸就算想通了，可如果能把女儿多留在身边一天还是更开心的。

关小柳哄好了关爸自己回屋子玩，从书包里拿出本《黑格尔的客观哲学》打算提升一下自己时，发现乳白色的封皮上是沙尘一样褐色的一层，她抖了抖又凑过去闻了闻，一股咖啡味。

“呀！”她又过去看书包，果然在底部看见一条破了口子的速溶咖啡，黑色的书包内兜里也撒了不少咖啡粉。

她嫌弃地把书包里的钱包和装卫生棉的小布袋子拿出来，提溜着书包在废纸篓上方抖啊抖的，想把那些咖啡粉都抖出去。

“嗒”的一声，有什么物体砸在塑料桶壁上发出清脆的声音。关小柳以为是钥匙，把书包放在椅子上，把散落的头发别在耳后，蹲在废纸篓前掐着兰花指把一张张废纸还有吃完的零食袋子给掀开，去看是什么掉在桶底了。

一层层地翻开，在浅粉色的垃圾桶底端，一颗绿色包装纸的糖果显眼地躺在正中间。

她把那颗糖拿起来，放在掌心安静地看了几秒。呔！是一颗苦瓜糖！

是那次去 G 市出差时从火锅店拿的苦瓜糖，不知怎么就顺手放进了书包里，又不知怎么掉进了书包的夹层里一直没被发现。

她把糖纸剥开，绿色带着糖霜的小东西被放进嘴里。

关小柳皱着鼻子鼓着腮，分分钟想把这难吃的糖给吐掉，可几次往外伸舌头几次又忍住了。

这么纠结着直到整颗糖都已经融化了，她终于不必再想要不要吐这么高深的问题，拿起带着咖啡味的《黑格尔的客观哲学》倚靠着床头看书去了。

她才不是因为林陆才把这苦瓜糖给吃完的，是因为她觉得这味道还挺好的，嗯，是这样的。

而同一时刻，“完全没被她想”的林陆就不如她那么悠闲了，他有些焦躁地跟游戏公司的推广部第三次电话谈判。

游戏已经做完了，要交工签正式合同的时候那家游戏公司忽然就出了问题，因为之前的两个主推项目都没达到预期效果，广告商撤资，资金链断了，公司为了保障主体的正常运行，只好舍弃了一些支流项目，连同林陆他们这一批新签的采购项目也都抛弃了。

之前的合同是草拟的，因为林陆和公司的经理认识，这个项目也不大，双方都没想到会出问题。

挂断电话，林陆气得想摔电脑，整个屋子里都是低气压。

因为是提前返校，他们几个人在交通方便的地界租了一间套四的公寓，一人一间屋子，客厅宽敞又方便，夏普就直接睡沙发。忙碌了一整个新年，好不容易把游戏公司要求的都完成了，结果忽然面临这么尴尬的局面，大家都有些郁闷。

魏立春买了些炒菜回来，看见林陆闭着眼靠在沙发上气得不行，把饭摆开以后喊人吃饭。安静的饭桌上，秦辰建议道："违约金不然就不要了吧，他们老板认识的人多，要不你让他帮忙找找哪家公司能接手买了也行。"

林陆也考虑过这个问题，可每个公司有特定的受众群体，他当时选择这一家除了和老板认识比较放心之外，更多的是因为他们公司最常推类似的游戏，现在要把给这家量身定制的游戏转手，一时真不一定能找到合适的。

可眼下似乎也就这个方法了，他喝水的时候看见夏普眼圈下黑黑的，苦笑着捶了他的肩膀一拳："你快去睡会儿吧，瞧你跟熊猫似的，咱们几个要是真混不下去了还得靠你出去卖艺吃饭呢。"

夏普连反驳都懒得反驳，往沙发上一躺，拿脚踢了踢林陆的腰让他给自己让地方，闭上眼睛就睡起来。

为了在截止日期前交东西，他们熬了好几夜，谁知道交过去的时候人家才告知公司运营出问题，因为是过年所以压着没报，打算出了正月十五再通知合作方的。

他们都睡了，可林陆睡不着，这是他拉拢过来的人，他得为他们负责，大家的辛苦努力不能白费。他洗了个澡刮了刮胡子，换上一身正装，到路边刚要拦出租车，忽然想到留点儿钱晚上大家多吃个肉菜也好，于是垂下手走进了旁边的地铁站。

或许是他真的受那家公司老板的赏识，老板让秘书领他去了办公室，他们谈了很久，老板似乎也对这次经营失误很苦恼："大概过完这个年，老板也就换人了。"

他只是个管理者，不是公司的所有者，裁决失误就面临着下岗。

"有猎头最近在找我，你那个游戏放一放别急着便宜卖出去，我帮你联系，跳槽的话就带过去。"在秘书打电话来提醒十五分钟后有个会议的时候，老板跟林陆保证，虽然依旧是口头的，但林陆还是选择再相信一次。

不然又有什么办法?

他坐着观光电梯下楼，这座繁华的城市在他眼底一点点被放大，那些精致衣着、步履匆匆的小点点出现又消失，他忽然有些迷茫。

秦辰开玩笑说，要是卖不出去，他们就自己开公司自己做自己卖。

创业这个话题他们说起过几次，每次都没有个具体的结论。像这次这样一个财力丰厚的大企业，因为几次决策失误都有可能断了资金链，他们几个哪有那种雄厚的资金在这被垄断的产业里打出一片天?

就在他迷茫的时候，电话响起来，备注是关小柳亲自输入的"我每天都萌萌哒女朋友"，他看着这一长串头衔，笑了笑，他跟她说过自己要赶工，日夜颠倒不知道什么时候有时间，她就很懂事地一直没打电话过来，只在每天十点发短信跟他说晚安。

他接起电话，对面元气满满的声音传过来："你知道吗，黑格尔认为

‘实践感觉’包含着某种普遍性和必然性，‘情’和‘理’实际上是统一在一起的，两者不能完全割裂开。”

“嗯？”

“所以你不能存天理、灭人欲！你都超过五十个小时没有和我说一句话了！当然我并没有特别想你，只是看到精神学这一章的时候想要和你探讨一下人生哲学问题。”关小柳一本正经地在那边胡说八道。

“我也很想你。”她的话逗笑了他，他从电梯门走出去时步伐轻快了许多。

“我没说我想你！”

“那我想你。”林陆不和她犟。

“哦……那好吧，那我也想你一会儿。”关小柳的嘴都要咧到耳根了，还要克制着不笑出声来，她摇晃着脚丫子，用全身表达能跟林陆打电话的高兴，“你那个游戏做完了吧？给客户了吗？”

“嗯……出了点儿问题。”

林陆不想多说让她担心，可这次关小柳一直追问，他不得已，问了她一个一直困扰自己的问题：“你希望我以后去公司上班呢还是自己开一个公司呢？”

“哪个空闲时间会多一些啊？”关小柳只把自己关心的问题问出来。

“都挺忙的吧，可能自己创业时间更自由一些，但是前几年肯定很忙。”

“就没有第三种选择吗？”

“第三种？”林陆从来没想过这个问题。

“比如就像你们现在这种，只负责出产品，其他的宣传啊招资啊都让专门的公司去干，只做独立的工作室不行吗？”关小柳想着这样应该可以做完一个游戏就歇一阵子了吧？

“工作室吗？”林陆沉默了几秒钟，其实很多刚创业的小作坊最开始都是只出产品的，只是后来看见了巨大的利润存在于各个环节之后就忍不住把手伸长了，立志做五脏俱全的小麻雀，结果往往被大鸟、被风雨、被网兜子轻易地给弄死。

他们心比天高，在那两种选择之外就没考虑过别的，可现在听关小柳说完之后，林陆忽然有些茅塞顿开的感觉，回归他们最擅长也最乐意去干的领域，或许只出活也能做强做大。只是有些头绪，可具体操作依然复杂，他不再和关小柳说这些没意思的事情，问她这两天在家干了什么。

“洗石头、刷石头、磨石头、卖石头，店里的姐姐在家过年还没回来呢，我就随便帮帮手。”

“哟，我们家石头西施这么能干啊。”

“我才不是石头西施！”关小柳对这个听起来就不可爱的称号很不满意，后知后觉地补了一句，“我也不是你们家的！”

虽然很不仗义，虽然知道关爸防他跟防狼似的，林陆还是忍不住问她：“你什么时候回B市？最近破产了，总去饭店买炒菜有点贵，你早点回来接济一下我。”

“哈？什么破产啊？”她吓了一跳，可再问的时候他又开始打太极，只说是开玩笑，让她早点儿回去。

因为林陆的话，上午还跟关爸信誓旦旦承诺的关小柳晚上就变了主意，筷子戳土豆都戳出窟窿了才垂着眼睛问：“爸，林陆工作上遇到了挺大的问题，都吃不起饭了，我想……我想早点回学校可以吗……”

意外的是，关爸并没有什么不高兴的样子，关妈甚至还很开心地拍了拍手：“正好下周有个去海南的旅行团，你走了我们就可以放心地出去玩了！”

关小柳看看爸妈，不确定地问：“是，开玩笑的吧？”

“谁跟你开玩笑呢，你苏阿姨今天下午跟我打电话让我去玩的时候我还犹豫呢，这下好了，那你收拾收拾行李。哎，你打算什么时候回去？”

“要不，正月十六？”

“好好好，吃了汤圆这年也就算过完了。哎，你刚才说什么，林陆没钱吃饭了？一会儿我给你打点钱，你等着多买点肉给他炖炖，年轻人吃不好可不行。”

“……”关小柳有点蒙，看到靠谱的关爸已经跟关妈合计着明天去超市买点东西给她带去学校以及他们出去玩时，她彻底无语了。

她觉得她得去找找楼顶储物间里那个据说是发大水把她冲过来时装她的菜篮子，说不定那上头有她亲生父母的联系方式！

不管如何，关小柳提前回学校了，她憋着劲儿给林陆惊喜，下了车才给池哲打电话问他要公寓的地址。

“小师姐啊，你回来了？那可太好了，家里就我和林陆，他感冒了有点发烧，刚吃的退烧药，你快过来照顾一下吧。”

听说男朋友病了，关小柳拉着箱子跑得飞快，直奔到林陆身边看着他睡得无知无觉的时候吓得要命，还伸出食指去试了试他的鼻息，确定人还活着才放下一颗吊着的心。

她扭头问池哲：“他这是烧晕了？”

“没有，困的。他也好几天没睡个囫囵觉了，今天陈经理打电话来说游戏下家找到了，他可能松了口气，就病了。”池哲跟她解释，“他们出去看球赛了，本来大家是想一起出去庆祝下的。”

“啊，那你也去吧，这里留我就行了，只是感冒嘛，没关系的。”关小柳听说他们有活动，连连让池哲出去玩。

正牌女友在这里，虽然偶尔池哲会觉得这师姐不靠谱，不过想着应该不至于把人给弄死，也就放心地把备用钥匙给了她，出门找其他人去了。

关小柳这才有空摘了围巾脱了外套，爬上床跪在他身边，伸手摸了摸他的脑门，发现热热的，嘀咕了句“小可怜”，从自己行李箱的小药盒里拿出个宝宝退热贴，“pia”地贴在他的脑门上。

估摸着他一时半会儿不会醒，她拿了睡衣去这间主卧带着的浴室里洗了个澡，出来以后一边晾头发一边很勤快地帮他们把乱得要命的客厅给收拾了，把卫生间脏衣篮里的衣服扔进洗衣机里洗了，看看时针已经指向“8”，池哲他们大概是在外边吃了。

关小柳翻了翻厨房，除了一袋大米和一冰箱的啤酒居然什么都没有，没办法，空有一手关爸独传的好厨艺，她也只能给林陆和自己煮了一锅白粥。

打开卧室的灯，她把粥放在床头柜上，把林陆给摇醒了，那家伙迷迷糊糊的似乎都不知道是谁摇的他，不过倒是很配合地把已经晾温的粥给喝光了，喝完以后又一头扎下去睡了。

无聊的夜晚，坐了好久的车又干了一晚上的活，关小柳掀开被子的一角钻进去，手搭在林陆的胳膊上和他一起入睡了。

睡到不知什么时候，觉得胸口痒痒的，她抬手去挠了一下，却碰到个毛茸茸的物体。这一碰吓得她一个激灵，睡意全无地睁大了眼睛。

在她的手伸过去的时候，就被人握住了手腕抬起来压在她耳边了。卧室里的台灯亮着，不是那种暖暖的黄光，就是白白的灯棍式的台灯。此刻，不知是不是灯映照的，林陆的脸看着有些苍白。关小柳看清是谁后刚松了一口气，瞬间又觉得不对，衣……

衣服呢？不等她思考，林陆的脑袋移上来就去啃咬她的嘴唇，咬得又急又狠，让关小柳没空继续发现什么不对。

他睡得正香，被人给叫起来吃饭的时候还以为自己做梦梦见了关小柳，谁知道睡到半夜口渴醒过来，居然发现怀里真的趴着个睡得香甜的关小柳。他确认了好多遍，胳膊都快掐青了才发现这是真人，她在台灯下睡得安稳，嘴巴微微张着，不时还能呼出个小小的哨来。

欣喜若狂是什么感受，他第一次知道。

关小柳拼着最后一丝理智，声音好像要哭出来似的："那个……那个……"

"哪个？"他被她抓得疼了一下，撑起身子看她。

"那个……套套……"关小柳已经不做垂死挣扎了，只是她不信他一个病号会疯到跑下楼去买。

林陆思考了两秒钟，一个跨步下了床，从书包里的钥匙链上摘下个易拉罐挂饰，几下扭开包装，就听见有什么落地声，他弯腰把地上的东西捡起来，又回到床上。

全程不到半分钟。

林陆扬了扬手里的东西，挑眉看着她。

关小柳两手捂着脸："你还在生病，这样伤身体……"

"就是火太多了憋的，你别乱滚，我病着呢，没劲儿。"

病着你还不老老实实睡觉！没劲儿你还不老老实实睡觉！

"你……你轻一点……"她泪盈于睫，小声地哭求。

"放松，肯定不会痛的。"他温热的呼吸喷在她耳垂上，动作轻柔小心。

"嗯……"关小柳恍惚间好像觉得现实和曾经的梦混在一起，她以为会像跌进棉花里那样轻柔，而事实是……

“妈呀太疼了！”

“我不要了我不要了！”

“林陆你这个大骗子！不是说快好了吗！”

“嘤嘤嘤嘤，疼死宝宝了……”

……

这么一番折腾，这次林陆是真的渴了，套了件T恤去客厅接水，谁知道看见的是一群歪七扭八正看直播的人。

“哟，哥们儿，轻伤不下火线啊。”池哲举了举手里的啤酒。

“下次团战的时候请你保持着坚挺的品质。”秦辰看了看手上的表。

“三十三分钟，坚挺个屁。”夏普随口吐槽。

“放心，明天看见小师姐我们会当什么都不知道的样子。”魏立春体贴地补充。

卧室的门根本没关，他们的话全都飘飘飘地飘进了关小柳的耳朵里，她把被子一拉，告诉自己：这只是个梦……这只是个梦……这只是个梦……

其实那天池哲他们回来的时候看房子里静悄悄的，以为那两人已经睡了，所以刻意放轻了手脚，拿了啤酒和他们买的煮花生堆坐在沙发上看游戏直播。夜阑俱寂，屋里却忽然传出一声“疼死宝宝了”，四个人都是一惊，随即互相看了看，了然地又重新把目光盯在屏幕上了。

好在这房子的隔音还不错，除了那一声哀号，他们没听见别的什么响动，至于三十三分钟什么的完全是瞎扯的，他们才没兴趣听墙角呢。

可怜的关小柳第二天早晨睁开眼睛看着完全不熟悉的房间和身边还在熟睡的林陆时，意识回笼，想起昨晚发生的一切，力不从心还是拼尽所有力气一脚踹在林陆的腰上，把他踢出去老远，差点滚到床下。

林陆闷哼了一声，不情不愿地醒过来，看到眼睛瞪得滴溜圆的关小柳，不耐转瞬变成了开心，扬着嘴角靠过去把头枕在她的肩膀上：“早上好。”

“不好！”关小柳才不吃他这一套，“不好不好不好！”她还记得昨晚从门缝里飘进她耳朵中的那些师弟的话呢，他们都知道了！

尴尬和委屈一起涌上心头，身体也有些不舒服，她把被子往头上一拉，发誓再也不要理林陆这只大尾巴狼了……起码今天不要理他！

关小柳这次的态度格外坚决，抛下了感冒还没好利索的林陆趁着无人的时候回到了学校，宿舍已经可以提前入住了，不过林陆他们的公寓最短要租三个月，住在一起也比较方便交流，于是他们还是住在外面。

下家公司接手了游戏，付了百分之三十的定金后提出了一些修改意见，他们现在又开始忙了。

关小柳宅在宿舍写论文，偶尔也会被林陆骚扰一下告诉她，那群人“恰巧”不在家，她要不要过去看看尚未痊愈的可怜的他，顺便给他带点好吃的。

他把重点落在自己生病没东西吃营养不够上，关小柳还真不忍心拒绝他，只好隔个两三天就去他那里一趟。每次去了都是把客厅给收拾了把衣服洗了，把饭做了和林陆吃完后再给其他人留出来用保鲜膜封好了放在餐桌上，然后被林陆纠缠着亲亲抱抱一会儿就跑回学校。

她十分、完全、绝对，不要和那群师弟碰到！

可越是躲什么越是容易遇见什么，某天林陆扯着她的衣领不让她走的时候，大门忽然开了，四个人排着队往屋内走，见到关小柳都没什么异样的表情，打趣地说道：“哟，田螺姑娘来了。”

关小柳手指头溜到沙发要拿自己的围巾，被林陆抢先一步拿到手远远地扔到对面的椅子上去了。他小声地和她商量：“反正他们都回来了，你今天别走了吧，自己住学校不害怕？”

“才不是一个人，妖精和老大都回来了！”关小柳奔过去拿围巾，急着离开。

林陆见她是真的抗拒，只好忍着不甘心送她回去。

宿舍楼下他如同被遗弃的大型犬那样默默地目送她离开，结果关小柳看着他失落的样子也只是拧了拧裙角，飞快地转身跑进楼里了。

卖可怜无果，林陆手揣进裤兜里，也不打算回公寓了，先回宿舍住一晚好了。

晚上没吃饱，他去粥店点了两个小菜填肚子，要离开的时候就见到推门而入的周大爷，他本来只是打个招呼就要走的，谁知后头紧跟着露出了宋淼的脸：“外公，你要不要吃烤地瓜？”

周大爷，姓周，周易的周，确实是C大的退休老师，不过不是教《易经》的，而是一位太极扇体育老师。

在粥店遇见林陆时，周大爷本以为这是一次见家长之旅，谁知道三人对坐说起这复杂的关系时，周大爷才知道自己一直误会了。

“他是不是说什么你命里缺一个‘带水之木’的女朋友？说这个人旺夫旺命？”宋淼简直无语至极，看到林陆点头后，摇晃着周大爷的胳膊抱怨，“外公！你真是……”真是走火入魔了啊！

原来宋淼父母离异，从小由外公外婆抚养，或许是没有父母的关怀，宋淼的性格有些孤僻，于是周大爷就怕宋淼找不到对象，这些年周大爷没少用“多水之木”这个卦象去骗那些看起来不错的男生。反正学校就这么大个地方，宋淼这么个又多水又有木的姑娘还是很容易碰到的嘛！

后来周大爷碰到了林陆，又从宋淼口中知道了她和他居然在一个项目组工作，听她说他很厉害时是欣赏的口气，想着这次总算钓了一个好女婿！

于是几次碰见林陆，他都特别热情地和他讨论学习生活，和他说着那个“特别”的“多水之木”可能有些不一样，可能和他有摩擦，但是要多花心思去观察她的优点，要主动出击去追求她。再后来，宋淼要出国学习，周大爷十分不放心她不在自己眼皮子底下，又鼓动着林陆别让人走远了，在一起才能放心。

周大爷千算万算，没算到项目组不只有宋淼一个姑娘，还有一个叫关小柳的女生更早地闯进了林陆的视线！

林陆也是有些惊奇，原本以为只是碰到个算命的半仙，谁知道后边还有这么多故事，而且人和事就在他身边。同时又有些一切都是注定的感觉，这么兜兜转转的，他居然还能和关小柳走到一起，也真是不容易。

被外孙女埋怨了半天，周大爷一拍桌子：“我这次真没唬人，我给林陆算的是真的，才不是骗人！小林，你那个女朋友的生日名字都给我说说，我帮你再算算！”

虽然不想让老人难过，不过林陆觉得自己女朋友的个人信息还是不要透露出去的好，他谢绝了老人的好意，起身离开。

不管老人算得准不准，他都不想再被这些虚无的言论扰乱自己的心思，就让他像之前自己瞎琢磨的那样，柳树长生水边，喜潮喜湿，所以是多水之木好了。

他顺着去粥店的路原路返回，边走边给关小柳打电话：“你能下楼来吗？”

“哼，你不要想了，我不要和你一起住，你快回去吧！”

“我就是突然挺想你的。”

“你少骗人！上次你也说只想跟我说说话然后就……哼！我不要下去！”

“那我就站这儿了，今儿霾可挺大的，我没戴口罩。”

电话那端出现短暂的沉默，关小柳似乎是从床上爬下去穿鞋子了，然后她恶狠狠地威胁他：“我就下去五分钟，然后你就回家去！”

林陆没回答，不能做到的事还是别承诺比较好。

她套上大衣跑下楼，林陆就站在门口，眼光幽幽看着她，她放慢脚步，走到他面前：“什么事嘛？”

林陆把她大衣的帽子给她盖上，两只手拉着帽子两侧垂下来的珠珠，用力一拉，帽子的锁边缩成皱褶，关小柳的脸一下子被挡住，只露出一小部分，就像俄罗斯套娃似的。

她疑惑地微张着嘴仰头看他，他向前倾身，在她鼻子上亲了一小下。直起身子捧着她的脸看她，宿舍楼前的路灯湮没在白色的雾霾里发出微弱的光，四周都是朦胧的，唯有她傻乎乎搞不太清状况的样子如此真切。

大四下学期只需要做毕业设计，什么课都没有，林陆他们之前做的那款 App 就可以拿去当毕设，因此几人专心在公寓做游戏，之前那家公司自己的产品有一部分游戏也外包给了他们。

关小柳的课挺忙的，几乎每天都满课，晚上还要帮着导师剪片子，因此除了固定的周末去公寓找林陆，平时基本上只能靠视频联络，视频的时候也是各忙各的，就开着摄像头，闲下来的时候说两句话。

周三本来是满课的，结果上午和下午的那两位专业课老师一起去国外参加学术会议了，于是一整天时间都空了出来。关小柳听完班长的通知就高兴地背着小书包去坐地铁了，可以有一天时间跟林陆一起玩咯！

她脑海里盘算着他们可以去玩的地方，或者他很忙的话她就在他屋里看电影，中午还可以抱着睡个觉什么的。

她有公寓的备用钥匙，才九点钟不到，她估计这些夜猫子还没起呢，因此声音格外轻地换了拖鞋，想着一会儿扑到床上把林陆给吓醒。

咦？门开着一半呢？林陆起床了？

她伸头透过半开的门看屋内的情境，恍惚好像看到个女人走过，心里有什么不好的预感闪过。不会的不会的，林陆才不是那种人！

她手都有些颤抖地把门完全推开，结果看到了一个穿渔网袜的浓妆艳抹的年轻女人坐在床边！

而林陆正光着上身半靠着床头，一手垫在脑后，一手拿着平板电脑看视频！

关小柳惊呆了，连喊都忘了喊，好像有尖叫梗在喉头，可先一步发泄出来的是夺眶而出的眼泪。她难以置信地抹着眼泪，什么话都没问，转身就跑。

还问什么呢！这种场景！还能是怎么回事！

林陆也是惊呆了，这才反应过来一般连忙跳下床，连鞋子都来不及穿，一把拉住要跑的关小柳："你听我解释！"

"我不听我不听我不听！"关小柳捂着耳朵疯狂地摇头。

林陆全身上下就一条短裤地站在那里，拉着跟嗑了药似的关小柳让她冷静。

"小师姐……"站在他们身后的"女人"忽然开口，"是我呀。"

关小柳眼泪还没停下来，却被这一声给镇住了。

哈？是夏普？

夏普穿了条皮质短裙，从还在纠缠的两人旁边走过，出门前撂下句："你跟她说吧，我赶时间。"

然后从大厅拿了自己的黑色羽绒服穿上，"咚"一下带上了大门。

关小柳用胳膊抹了一把眼睛，蓝色羽绒服的袖子上立马出现一道颜色发深的印子。

“快别哭了，哭得可怜死了。”林陆看见关小柳终于冷静下来，悬着的心也松快了很多，用手背帮她擦眼泪鼻涕，一点儿都不嫌弃的样子。

关小柳打了个哭嗝，看着浑身上下只穿了条裤衩的林陆，才觉得热似的，把外套给脱了：“那……那是夏普？他为什么穿成那样啊？异装癖？”

“呃，也不是，他是挺有名的一个cos社的社员，知道这事的人不多……”

“哦，我懂我懂！次元墙不能打破！”关小柳恍然大悟的样子，“可是他平时都是cos女孩子吗？”

“一般都是男的，有个社员病了，他去救场，好像是要在天台拍写真，他不愿意在男厕所换，就在家里换了再过去，在客厅换衣服会被其他人看见，就在我屋里换了。”林陆耐心地解释着，解释完了觉得有些冷，跑回被窝里冲关小柳招手，“过来说话。”

关小柳受的冲击太大，刚才赶路过来时腿还有些冷，听他招呼就跟着一起进了被窝靠着他坐着，抽抽搭搭：“吓死我了……”

她五六分钟的工夫就把自己的眼哭得跟兔子似的，林陆揽着她的肩膀，从床头柜上抽了湿巾擦了擦自己的手又抽了一张帮她擦脸：“好了好了，没事，别哭了，哭得我都要以为自己真出轨了。”

“……”

后面的十几分钟，林陆找到了夏普的微博和关小柳一起“观赏”，看到粉丝数的时候关小柳吓了一跳：“好大的咖啊。”

夏普很少发什么心情和状态，所有的微博都是简单粗暴的“分享图片”，然后就是出的片，有风度翩翩的白袍公子，有邪魅戾气的王侯少爷，有关小柳不认识的动漫人物，还有几张比较另类的舞娘、女警官什么的，意外的是这些女性角色照片似乎格外受欢迎，评论数都是别的照片的几倍甚至十倍。

浏览完夏普所有的照片，关小柳有些困了，早上早起上课，又坐了挺长时间地铁，刚才哭得脑子也有点缺氧了。她屁股往下挪了挪，拉着林陆的胳膊要枕着：“我睡会儿……”

“嗯。”林陆早上也是被夏普换衣服还有进进出出洗手间化妆的声音吵醒的，他顺势一起躺下，轻轻拍着关小柳，“睡吧。”

虽然像个宝宝一样被拍着睡觉挺温馨的，可是……

“喂，你的手放哪儿呢？”

“拍心口啊，你的心别跳这么快，快睡。”林陆完全不知道“害臊”两个字怎么写，轻轻地拍打着她。

“哎！林陆，我想到一个好主意！”关小柳把他的手推开，忽然坐起来，眼睛放光。

“当今最火的传播营销方式就是情绪营销，而在所有热门传播的情绪中，排名第一的是吃惊，第二就是搞笑。”关小柳两手交叉放在桌子上，腰板挺得笔直，就像作汇报似的侃侃而谈。

“And then？”秦辰往嘴里扔着玉米粟，不知道小师姐突然这么正经是想表达什么。

“我们的工作室要想弄出点名堂来，最简单的方式就是通过网络营销炒作。”关小柳微笑着跟他解释。

“先等等，什么工作室？我们什么时候有工作室了？”魏立春打断关小柳的话。

她疑惑地去看林陆，林陆老神在在地喝酸奶，瞥了魏立春一眼："没有吗？那就从今天开始建一个好了。"

这么草率地就决定了吗……

屋里一片寂静，一直安静倾听状的池哲弱弱地打破这气氛："加我一个吧。"

他刚说完，秦辰嘴里的零食一使劲儿都咽了下去，连忙附和："还有我！"

他俩都表明态度了，先前提出问题的魏立春想了一下："那也加我一个吧。"

"嗯，我问问夏普。"林陆说话间拨通了夏普的电话，"喂，我们开个工作室吧。"

"什么？"夏普只来得及问出这一句，林陆就说着"好的"，把电话给挂了。

"夏普也同意了。"林陆点点头，然后对关小柳说，"你继续。"

关小柳见识了他们几个人这感人的效率，喝了口水压惊，继续开始之前的话题："所以我们可以为工作室造势，不需要把商业动机加进去，单纯发一些工作室的搞怪日常，打破常规让大家看到和刻板印象中不太一样的程序员，再付费让一些营销号转发增加曝光率，应该会有效果。这第一步，可以从夏普开始，因为他本身就是有一定粉丝基础的大V了。"

其他几人编程序在行，对这些并不太懂，但是听关小柳说得好像很简单而且还挺靠谱的，也都没什么异议。

林陆那厮，除了一开始关小柳跟他大概说自己的计划时听了听，后头开会就没怎么听她的话，全神贯注地看着和平时愚笨的形象完全不一样的她，看她说起自己擅长的事情时那种神采飞扬的样子……啊，好想把其他人都赶走然后把她拐进屋里啊。

“那么，朴素的男程序员和妖娆的女装 coser 就是一个很好的卖点。”关小柳之前跟着老师研究过一个新媒体营销的案例，可还没自己动手操作过，因此对这件事十分感兴趣，脑子里的想法一个接一个地蹦出来，可最后忽然想到一个很重要的问题，“夏普会不会不同意啊？”

他 coser 的身份瞒了这么久，连关小柳这种关系比较好的都不知道，他愿意这样曝光他的真实生活吗?

一大家子人怀着忐忑的心情，围着桌子把电磁炉煮的火锅吃了个精光，终于等到已经摘了假发、短发被抓得有些乱的夏普回家时，全用一副嗷嗷待哺的眼神盯着他看。

夏普被看得发毛，一言不发地进了洗手间换衣服，门都没关好，那几个男生就一齐冲进厕所帮着拿衣服、摘首饰、卸妆擦脸抹大宝。

“打鸡血了？”夏普拿格子衬衣的衣角擦了擦眼镜，戴上以后被众星拱月地推到主座上吃他们特意留下来的饭菜。

在他默默吃饭的时候，几个人又开始给他轮番讲解关小柳说的那些话。

“情绪营销你知道不？我们要发一些让人吃惊的内容！”

“我们花钱让大 V 转发，哦，你也是大 V，你也要转发。”

“就是你穿着你那些漂漂亮亮的衣服，最好是女装，还有你的日常照做对比……”

他们聒噪了整顿饭的工夫，夏普吃完的时候差不多已经听明白了，没他们想象中那么抵触，他只问了关小柳两个问题。

“能赚钱？”

“应该能。”

“你来操作？”

“嗯嗯，我来。”

“那就弄吧。”夏普抽了张纸巾擦嘴，很无所谓的样子，一点儿不担心暴露了长相会掉粉或者会影响日常生活的样子。

从前他们犹豫、彷徨、不能下定决心，可是这么莫名其妙地组成工作室之后，大家倒是安心了。就像是一直怕天上掉下个什么东西砸到脑袋，有一天这个东西突然砸下来了，他们也没被砸得多疼，仔细看看好像还是个饼，有没有肉不知道，但是肯定可以吃。

创业的团队里因为多了个关小柳，日子像以前他们在实验室那样简单，大家的日常就是吃饭、睡觉、编程，关小柳基本上把家务活都包了，时不时地做些好吃的给他们改善生活，宣传那一块儿也是完全不用他们操心。

他们只需要根据关小柳的要求偶尔被拍个照就行，连麻烦的摆拍都不用，关小柳最喜欢趁他们不注意的时候抓拍。

于是在小师姐特意查的黄道吉日这天，第一条爆料微博发布了。微博的内容是“无意间发现公司最厉害的程序员哥哥居然是那个很有名的coser”，跟着的图片也是偷拍的视角拍的，先是戴着眼镜看起来蛮清秀的程序员坐在电脑前的，然后是在他桌子下的袋子里的红色古装和一条很清楚的腰带，最后放了张夏普微博上前几天po的一组红衣定妆照，那条华丽的腰带还有腰带上的“夏”字尤其惹眼。

她发布的第一天，转发量并不多，因为她那是新开的小号微博发的，没几条微博也没几个粉丝。

第二天她又假装是夏普的一个粉丝无意中发现了这条微博，然后去夏普的粉丝群里截图发消息，引起大家的注意后没有立即遁了，身体力行地去转发顺手刷话题。

等到有一定的关注度后，关小柳联系了营销号开始转发，并没有加很硬的广告，只是用了“这么可爱果然是男孩子”这类常见的话。

第三天，发微博的账号已经涨到上万粉丝，有许多帮艾特夏普的和求问原博工作地点要去组团参观的。关小柳用夏普的大号转发了最开始的那条微博，附言：“老板，咱们公司的保洁小妹该换了。”

因为夏普之前在微博上唯一说过的人话只有春节那天的“新年好”，这次的十四个字和两个标点符号都让粉丝们觉得是“活久见”系列了，“保洁小妹”的粉丝数更是以肉眼可见的速度噌噌噌地往上涨，一群“念过大学，会扫地会洗衣服会做饭，当个腿部挂件也行”的网友留言要去应聘当保洁。

他们的第一步走得很是漂亮，大家下馆子庆祝的时候除了高兴，又提出了新问题：“既然要办个工作室，咱们起个什么名啊？”

按理说，这是早该考虑的问题，不过这些人都不爱在这种没啥意义的事上动脑子，于是又沉默了。

关小柳看大家都不说话，想到自己身边坐着的都是大神，举着勺子提了个很有建设性的名字：“要不叫‘666 游戏工作室’？”

“噗——”从各个方向不约而同地发出了液体喷溅的声音。这个名字，还真是够“6”的。

工作室最终定名为“LLL 游戏工作室”，简称 3L，念作“略略略”，工作室的“logo”是一个扮鬼脸吐舌头的小孩儿，嘴里发出“略略略”的声音，画风和他们做的那款“熊孩子”的游戏有些像。

这名字起得还真和关小柳的提议有关，“666”本来是从游戏里出来的一个词，大意是夸人很厉害游戏玩得好，后来传到网上就变成了夸一切厉害的人和事了。

池哲表示，对于很多不知道这个词的人，尤其是上了一定年纪的公司决策者，他们不会觉得“666”这个名字很厉害，只会觉得这名字很“222”。

关小柳也就随口一说，看大家都在笑话她，委屈得靠到林陆身后冲他们扮鬼脸。于是靠谱的男朋友一拍桌子：“不叫666，叫略略略吧。”

于是接下来，关于一个名字都可以略略略的游戏公司的微博迅速在网上火起来，也有网友察觉到了这是这个公司在打广告，可是“# 程序员还可以这样 #”的话题持久不下的热度以及许多身为程序员或程序员恋人的人积极地参与话题，总之公司的关注度一直在上涨。除了最开始对夏普身份和他的粉丝力量的消费，后面关小柳又把其他几个人的日常发了出去，还包括工作室发生的一些有趣的事，偶尔也会上传一些他们做的搞笑小动画。

在关小柳意料之外的，是林陆和池哲单凭着几张照片就吸了一大批粉丝，林陆发现自己微博粉丝暴涨后勒令关小柳不要再发他的照片了，于是池哲就成了工作室的颜值担当，各种喝咖啡被偷拍、趴着睡觉被偷拍、走个路都会被拍，他又总是一副笑着的阳光暖男款，迅速成了新晋网红。

合作的公司对这种状况喜闻乐见，这样的宣传比他们自己做效果更好，于是迅速签下第三单项目，工钱也水涨船高很多。

越来越多的合作意向找来，不用只做一个隐姓埋名的小作坊，林陆花了一个多月的工夫去办了各种执照，每天都能看出心情很好。

执照批下来那天，他顺路回学校找关小柳。她说在图书馆借书，他就站在图书馆门外的台阶下等。旁边还有一个在等人的男生，对着墙抽了两口烟，回头看着林陆有些面熟：“是林师哥吗？”

林陆手插在口袋里走神，听到有人喊他就冲人家点了点头。男生有些兴奋：“我们老师经常夸你是他教过的最有天赋的学生呢，哦，我是计算机大三的，我室友还关注了你的微博。”

林陆不知道说什么，只好答“谢谢”。

男生拿出盒烟：“师哥抽根烟吗？”

“不了，我女朋友不喜欢烟味。”他提起女朋友时，没什么表情的脸似乎柔和了许多。

男生正想着要回去跟室友分享八卦，就听见一道脆亮的女声从台阶上传来：“林陆！”

那脆亮声音的主人连蹦带跳地从十几级台阶上往下跑，林陆就面朝着她稳稳地站着，在她下到最后一级往他怀里扑的时候张开手臂抱住她。他低头亲了下她的脸，数落她：“跑那么快干吗？”

“嘿嘿，见到你高兴！”

在一旁驻足的路人男生感觉被虐了一脸，一直到那两人的背影都快消失不见了才平复下心里的哀伤。一抬头，发现自己在等的室友慢慢吞吞地往下走，不禁咆哮道：“你就不能快点跑嘛！”

公司挂了牌照后，林陆暂时没接活，新签的那个项目工期很长，他把刚收到的合作方上个项目尾款的银行账单甩在桌子上，霸气地问他们：“旅游去吧？”

从寒假开始就一直没个轻快日子的众人听到这提议都眼放绿光，从冬天忙到春天，是该歇歇了。

这或许是自己当老板最大的好处了，几个人说走就走，办了护照签证，林老板还亲自给关小柳开了个实习出差证明让她去教务处批假条，公寓门一锁就不营业了。

旅行的第一站是去关小柳曾经说想去的泰国，至于有没有第二站，林陆表示看这次败家败到什么状况。

从下了飞机转大巴开始，关小柳就拿着个地图和她打印出来的地图研究个不停，问一次路买一张票都要合掌跟人家说“萨瓦迪卡”，林陆看她那么兴奋的样子，有点儿后悔没早点儿带她出来玩。

他们来的这天正好是宋干节的最后一天，宋干节是泰国新年，和泼水节差不多，一行人下了车还没走到预订的宾馆前，就被不认识的各种人拿着水枪滋了一身。

有些仓皇地逃进旅馆，发现里面的情况和网上的图片差别还挺大，不过不知是不是过年的缘故，老板娘很热情也很好说话，领着他们去了房间后，还给每个房间送了一些水果。房间不大，一张大床和一张放着电视机的桌子几乎就占据了所有的空间。反正他们在这边只待一晚，倒也没太在意。

换下被水淋湿的衣服，几人下楼吃了点儿午饭，都没来得及午休就被进店里来推销水枪的小商贩劝诱着去街上打水仗了。

被强行带到马路上，几人面面相觑，魏立春正对着秦辰，他先开口：“美人，你听说过打水仗的时候你出手的第一个人就是你最在乎的人吗？”

“哈？”秦辰的浓眉大眼一跳。

魏立春抬起手来照着他的脸“滋”了一下，一束水流正中他的眉心。

“开心不？感受到我的在乎没？”魏立春一边说着一边继续滋。

秦辰用他汗毛浓密的大手擦了一把脸，一蹦三尺高“大春！你大爷！”

这两人迈开步子就你追我赶起来，留下还在原地发愣的几个人。关小柳觉得他们那样挺有意思的，学着魏立春的话问：“林陆，你听说过打水仗的时候……”

林陆没等她说完就朝着她的脑袋滋了一枪：“开心不？我最在乎你。”

关小柳摸摸被喷湿的头发，没脾气地答：“开心……”

这几个人原本觉得这么幼稚的行为很不符合他们的气质，都商量着要回旅馆，这时候几个亚裔姑娘忽然过来冲他们一顿扫射。

或许是姑娘们长得不错，或许是其实他们心里也有点儿想玩，总之被这么一闹后，他们也完全融入到这混战里。

整条街上的人，谁都不认识谁。可能昨天有的在商战里智斗，有的在运动场上挥汗如雨，有的在闹市区乞讨卖艺，可今天，大家就跟认识了很久的朋友一样，一句话不用说，大白牙一露，水柱往脸上突突突突地就完成了一次美好的邂逅。

几个人被人群冲散了，都是大老爷们儿，林陆倒不担心他们，只是时不时地把关小柳往自己身边拉拉，确保她不会被人贩子给拐走。

熊孩子这物种还真是不分国界，不知道是哪家的小孩看街上的人玩得不够大，“噗”一下从二楼的窗台上往下倒了一脸盆水。很不幸的，关小柳成了那个被眷顾的人，满满当当的一盆水从肩膀浇下去，半边身子湿了个彻底。

她穿的是件白色棉麻长裙，一半衣服完全湿透，另一半在刚才打水仗的时候也湿得七七八八了，白色的衣服一湿就跟透明的似的，贴在身上能看见她里边的小衫。

林陆在她被水浇到的时候先是着急地过去问她疼不疼，确认她没受伤后就看着她的狼狈样笑得停不下来。关小柳跳起来去捂他的嘴不许他笑，噘着嘴说：“我要回去换衣服！”

两人一直没走太远，一人提着一个水枪往旅馆走，上楼的木质楼梯年代久远，走一步就会发出“吱呀”的一声，转角处的那盏吊灯，似乎是因为外面太过于喧闹的人群而被震得左摇右摆的，灯影在墙上也是晃来晃去。

这是个安静的楼道，可一墙之隔的街上依然热闹，那些笑声喊声也能从窗户传进来。这种感觉很微妙，好像是在整个喧嚣的世界里他们两个人独自构筑了一个空间，一个只有他们俩的空间。关小柳的心脏扑通扑通跳个不停，原本上楼前她还张牙舞爪地让林陆不许笑她，可现在她不知为什么就觉得很想削弱存在感。

林陆拉着她的手，把水枪给她让她拿着，掏钥匙开房门。前后脚进了屋，他把她手里的两把水枪都拿走放在电视机旁，居高临下地看着她："抬手。"

"哎？"关小柳不明所以地举起一只手，像是要回答问题的学生在跟老师示意。

"两只都抬起来。"林陆又说了一遍，"两只。"

关小柳乖巧地做了个投降的姿势，林陆弯下身子去握住她到脚踝的裙摆，起身的时候顺势把整条裙子给脱了下来，连同那个白色的吊带衫，一起扔在了脱落了红色油漆有些起皮的木地板上。她听到他"咔哒"一声把门闩插上了，然后他高大的身影就步步逼近，把她困在他的胸膛和门板之间。

身上还有水，裙子被脱掉后，裸露在外的肌肤贴到门板上立马觉得冷冷的很不舒服。

他低头去咬她的鼻子，咬她的下巴，咬她脖子上软软的肉，咬她锁骨处浅浅的窝。

他的啃咬让她觉得身子有些飘，可每当这感觉出现的时候，又总能感受到背后那慢慢被焐热的门板和身前一直散发着热量的人。

他托着她的大腿把人又抱了起来。这姿势，让关小柳想起他们在那个巷子里的初吻，他也是一边托着她，一边让她背倚着墙壁和她亲吻。只是时过境迁，同样的姿势，他却不再满足只是和她的唇舌嬉戏。

老房子的隔音不好，走廊里不时有打完水仗回房间休息的人，他们的鞋子和地板擦撞的声音、他们互相交谈说笑的声音，倚在门后的关小柳听得清清楚楚。

到后来，也就不怎么清楚了，意识好像有些飘忽，迷迷糊糊的，关小柳觉得又像在做梦了，这店里的床是她睡过的最柔软的床，真的就跟在棉花里躺着一样。洗了个澡，她趴在床上晒太阳，午后的阳光又温暖又舒服，她像只懒猫一样打了个滚，颐指气使地让林陆给她唱歌哄她睡觉。

林陆看看她粉嘟嘟的脸颊，看她半眯半睁的眼睛，觉得这个时候不用管她，她也熬不过五分钟就自己睡着了。可他高兴，高兴的时候她说什么他都愿意去做。

他轻轻拍她的胳膊，小声地哼唱着歌哄她睡，窗外是依旧喧闹的喊叫声，乌乌泱泱的听不清具体内容，而他清晰的咬字全落入了她的耳中。

“怎么会迷上你，我在问自己。我什么都能放弃，居然今天难离去。你如此美丽，而且你可爱至极，哎呀灰姑娘，我的灰姑娘……”

曼谷有个露天的四面佛，据说特别灵验，那群男生都不信这些，四处溜达去了。关小柳有些好奇，央求林陆陪她去看看，林陆这次来就是为了陪她，自然她说什么就是什么。

一路上，关小柳念念叨叨地跟他说：“不能随便许愿，因为许了就要还的，所以咱们就去看看，不许愿。”

“好。”林陆原本也没打算许愿，毕竟比起神明，他更愿意相信努力。

在这座城市最繁华的商业区，到处是卖供奉品的，看着那一群群虔诚的身影，关小柳又开始心动，和林陆商量着：“要不然我们也去拜拜吧？就拜拜，不许愿！”

林陆笑了，依旧说好，去商场门口买了香、蜡烛还有花：“你去拜吧，

我心不诚，拜了要被怪罪的。”

关小柳点点头，跟着旁边一个台湾姑娘的方式，先拜对门的那尊佛，顺时针又拜了代表健康、婚姻、财富的佛，献花献香，拜完以后觉得“整个人都干净了好多”。

林陆听她那些奇奇怪怪的形容词，笑着揉着她的脑袋带她去逛小吃街。

好像跟她在一起的时候，脸部肌肉就跟抽了一样，除了笑，再做不出别的表情。

从曼谷转战芭提雅，秦辰几个人才发现了这次旅游的真正意义——这里简直就是男人的天堂！只是他们也就是秉持着开眼界的态度，在各种酒吧里看看跳舞的美人。到底还有个小师姐一起呢，谁都不好意思做出什么名声不保的事来。

而队伍中最淡定的三个人，都是托着腮，无聊地喝着酒表示不感兴趣。

关小柳：那人妖长得还没化了妆的夏普好看呢。

夏普：那舞女身材还没陈菁好呢。

林陆：都没有我们家小师姐好看！

体验了泰式的“马杀鸡”按摩，三个人各自回房休息去了，只留下负责看管的池哲和被看管的两人举杯对碰，大声感慨：“我想入赘到泰国！”

旅途的最后一站在皮皮岛，总算进入到一片安静的海域，每天游游泳、潜潜水、晒晒太阳、吹吹海风，日子好像都过得慢了下去。

关小柳坐在沙滩上，顶着已经晒红的小脸问他：“你以后还带我来玩吗？”

林陆用脚背铲了沙子往她脚上倒：“来呀，你想来就来。或者我们也可以换个地方玩。”

世界那么大，到处去看看多好——如果是跟你一起的话。

她只是随意地问问，也觉得他就是随口应承一下，这个国家，肯定再也不会来了吧……

事实证明，一切以“肯定”为开头的句式都是在立“flag”，七个月后的某天，从学校里慌慌张张去公寓的关小柳，一进门就拉着林陆去卧室。

林陆受宠若惊地问：“先脱衣服还是先脱裤子？”被关小柳兜头就是一个背包摔在身上。

她弯腰把散落在地上的包里的东西扒拉开，举着一个白色笔状的东西放在他眼前，指着上头的两道杠，欲哭无泪地说：“中招了……”

林陆跟被施了定身术一样愣在那里，下一秒就去保险柜里把所有的卡和证件都堆放在床上，就跟把自己心爱的毛线球跟喜欢的人分享的大猫似的，神态骄傲又有些不安：“都给你，你爸能让我娶你吗？”

关小柳扑哧一声笑出来，忽然想起什么来，蹙了一下眉：“我们好像得再去泰国一趟。”

“嗯？”不是应该回她家去提亲吗?

她垮下肩：“上次在四面佛那里，我……我忍不住许愿了……”许愿早日和他修成正果，永远在一起。

也是他们运气好，再次去的时候又赶上了泰国的节日，是水灯节。和上次的宋干节弄得一身狼狈不一样，这次的节日要优雅得多。林陆看着往河里放水灯的关小柳温柔静谧的侧脸，提醒了句：“可别再许愿了哈，这么来回折腾我可心疼我宝贝女儿。”

关小柳虽然合着掌，其实心里什么都没想，就是看大家都这样，所以随大流而已。

她不说话，林陆又问了句：“你上次来许的什么愿啊？”

关小柳不好意思说，紧抿着唇不看他。

身后，已经有大片的孔明灯被放飞，在漆黑的天空里，那些橘黄色的光格外柔和。关小柳就是在这样如画的背景下心虚地左顾右盼，让他想起那个在空调下盖着毯子一看书就打瞌睡的她，每次睡着都被他看见，还总以为自己隐藏得很好。

他失笑："算了，不说就不说吧，我也有个秘密，不告诉你。"

"什么秘密？"关小柳耳朵都竖起来，很是好奇的模样。

他像她那样紧抿着唇，她着急知道，就红着脸把自己的那个愿望给说了。

和他猜得差不多，不过听她亲自说出来还是觉得很让人窝心，他清清嗓子，满足她那强烈的好奇心："嗯，就是之前呢，我碰到个老先生，他说我什么都好，就是命里缺一个叫关小柳的姑娘。"

"关小柳？缺我吗？"她傻气地指着自己的鼻子。

"嗯，缺你。"林陆笑着点头。

"嘿嘿嘿……那大爷算得好准啊！"

"是，很准。"

可是世上哪有卦能算得精准无比，所谓命里缺的那个人，不过就是你心里想的那个人罢了，这人世乏陈，能遇见你真好。

番外一

一觉回到十年前

“嗒！”

圆珠笔掉在桌子上的声音把关小柳吵醒，她无意识地晃了下脑袋，睁开眼睛看见对面的林陆正专注地对着电脑写代码。

她揉了揉眼睛，冲他嘟囔了声：“老公，几点了？”

屋子里原本存在的噼里啪啦敲键盘的声音一瞬间全都停止，关小柳这才发现秦辰他们也在，此刻他们正用一种见鬼了的表情看着她。

关小柳不明所以地冲他们笑了笑，随即感觉到一丝不对劲，怎么他们看起来穿得都那么幼稚呢？她把目光重新集中在林陆脸上，这是她朝夕相对的人，她能清楚地分辨出他哪一根眼睫毛比别的长。可现在这张脸有些特别——特别年轻。

林陆左边嘴角一扬，看起来是一个十足的嘲讽脸，他对着正反复看自己的手的关小柳说：“不就让你看书编个网站吗，你这是看出幻觉来了？”

关小柳还在感慨自己的手怎么变得那么白嫩了，听到林陆这么说，有一种似曾相识的熟悉感，而且他语气中的疏离让她没来由地委屈，昨晚他求亲热的时候不是这样的！

池哲就坐在她的右手边，担忧地问了句："小师姐，你不会发烧了吧？陆神不是提醒过你在空调房打盹会感冒的吗……"

小师姐？

关小柳看着一脸正太模样的池哲，他改口叫她"嫂子"多少年了，怎么又冒出这么个称呼？

"你们这是准备了什么惊喜派对吗？是不是墙上藏着摄像机呢？为了看我出糗？"关小柳觉得有些害怕，一口气把心里所有的猜测都说出来，求证似的看着林陆。

林陆嗤笑了一声："师姐你要是真的很累就去隔间休息一下吧。"

师师……师姐？林陆这是怎么了？为什么叫她师姐？

她脚步虚浮地去了隔间的床上躺着，看着天花板发呆，脑容量不太能很好地解释刚才发生的一切。拿出手机看了眼时间，四点半，该去接小飞碟和小肉团放学回家了。

等等，四点半上边那个日期是什么意思？

2015 年 10 月 20 日？

关小柳的脑子"轰"地炸开，一个诡异的念头闪过脑海，她……她睡了一觉，然后就回到十年前了？

林陆刚好推开门进来要去上厕所，看到呆坐在床上双眼无神的关小柳，好奇地多看了一眼，还没走开，忽然被关小柳叫住。

"林陆，虽然这件事情听起来很荒谬，可是我是你未来的老婆，我们有两个儿子，虽然你经常嫌弃他们不是你想要的可爱小姑娘，但你依然很爱他们。然后我不知道怎么回事，突然回到了十年前，回到了这里。"关小柳习惯了有什么事情都坦白地告诉林陆，这次也是，她盘腿坐在那里，一本正经地说着像是胡话的事情。

只是她忘了一件事，眼前的这个林陆，不是她日后耳鬓厮磨的那个男人，而是和她只认识不到一个月的师弟。

林陆皱了一下眉头，只当她真的烧糊涂了，继续往洗手间走，谁知道从门缝里忽然传来关小柳震天的喊声：“我没骗人！我还知道你左边大腿根上有颗红色的痣！”

回应她的是林陆“砰”的一道摔门声，紧接着是清脆的落锁声。林陆摸了下自己腿上那颗痣，想到身边可能存在一个脑子不太灵光的偷窥狂师姐，汗毛都要竖起来了。

带着师弟们的猜疑和关心，关小柳早早地回了宿舍，结果又是一阵唏嘘，天哪，室友们那一脸满满的胶原蛋白哟！

她心情久久不能平静，在自己睡过两年的床上来回打滚，盘算着现在该怎么办。思来想去，办法没想出一个来，倒是很想念林陆的怀抱。她安慰自己睡一觉就好了，睡一觉可能就发现自己在做梦，可等她睁开眼发现仍然置身在宿舍的时候彻底绝望了。

接连一个星期，每次从宿舍的小床上起床，她都是一副生无可恋脸。

她好想她的儿子们啊……虽然他们小小年纪就常常表现出嫌弃她笨的倾向……可是肉乎乎的两个小团子抱在怀里的时候幸福得就像花儿一样好嘛……

她也好想她那温柔帅气的老公啊……眼前这个时不时冲她“呵呵”冷笑的少年是什么鬼啊……还有那种看变态的眼神又是怎么回事啊……

心痛了好多天，痛定思痛的关小柳终于接受了这样的设定，她回到了十年前，回到了和林陆刚认识不久的时候。在一起的十年他一直对她很好，关小柳也没有换老公的念头，于是认清现实以后，她开始了消极的“追夫计划”，消极的主要原因是她见识过成熟优秀的林陆后，对眼前总是瞧不起她的这个小屁孩实在提不起兴趣。

甚至怀疑起自己二十多岁时的眼光来，这么臭屁又对人不友好的林陆，自己当时是怎么喜欢上的？

她重复经历着当初经历过的那些事情，只是反应却和当年的出入很大。

郑主任骂她编写的网站丑得要命，她一言不发地听着，态度诚恳地认错，希望老师能找一个专门做设计的学生来帮忙。然后回了实验室又垮下张脸来，熟稔地吩咐林陆：“给我找个甜点儿的橘子压压惊。”

林陆很诧异她居然知道自己书包里有橘子，拿出来给她，看她一瓣一瓣地吃进嘴里，然后鼓着腮帮子说了句：“气死我了，郑老头果然还是老了比较可爱。”

她叫他一起去买平板电脑，出门看见抓娃娃机前有人在玩，抓了半天也没抓到，等那人走了，她就上前去投了两个币，抓到一只金黄色的大眼猫，随手塞进他手里：“送你了。”

她不小心把他的刀子摔裂了，秦辰逗她说那是林陆家传之宝，她冷哼一声：“拉倒吧，天桥上二十块钱一把。”说完留下二十块钱放在林陆的笔袋里就走了。

他把她的电脑给烧了，她丝毫不在意，先知一般问他：“你假期不是赚了很多钱吗，陪我去换台新电脑吧，一人一半钱。”然后在那辆公交车上，她又一直叮嘱他扶着栏杆不要拉吊环，“因为手会卡进去的。”他觉得她在说笑话，结果车子大转弯的时候真的就看见一个男生的手窜进吊环里拿不出来了……

林陆觉得这个师姐很神奇，认识她的第一个月和第二个月，她性子反转得如此彻底，原本蠢蠢的一个人忽然变得成熟了很多，让他忍不住总想去关注她。

只是她偶尔会托着腮旁若无人地盯着他看。

那次她睡蒙了管他叫了一次“老公”，兄弟们回去就逼问他俩什么关系，后来看她总是这么看他，更是坚定地相信他俩之间有猫腻。

林陆也有些不好意思，有时候被她看得快要脸红的时候会瞪她一眼：“你能不能好好看书？”

她就会特别调皮地冲他眨眼：“书哪里有你好看啊。”眨得他心跳都有些不规律。

直到某一天，组里来了个新成员，一个叫贾良辰的师哥，一进组就对关小柳产生了极大的兴趣，成天“小柳师妹”“小柳师妹”地缠着她。林陆觉得心里有些不舒服，却说不上来为什么不舒服。

那天他去上厕所，在隔间看见了贾良辰貌似想“壁咚”关小柳，他皱着眉还没想好说些什么，关小柳忽然过来挽住了他的手臂，对着贾师哥说：“这是我老公。”

她说的不是“男朋友”，是“老公”。

林陆愣了一下，贾良辰则是不相信的表情。

关小柳好像叹了口气，然后，她忽然踮起脚来手臂环住了他的脖子，在贾良辰的注视下仰头就亲上了林陆的嘴。

世界有一瞬间的安静。

她在他没反应过来之前，离开他半公分，说话的热气扑在他唇上：“张嘴啊。”

林陆脑子还是“嗡嗡”的，不知道怎么的就和她亲作一团，恍惚间好像听见他讨厌的那个师哥尖叫着跑出了隔间，好像还听见门口他的兄弟们正在鼓掌叫好。

他气喘吁吁地松开她，有些羞涩地把视线放在她的发顶：“你当时说，我们有两个儿子？叫什么？”

“老大叫小飞碟，因为我那天晚上看到天上的飞机激动地告诉你看见飞碟了，结果动了胎气生下了他；老二叫小肉团，因为他一直肉乎乎的。”

……

“妈妈，妈妈……”关小柳好像听见耳边有个软糯的声音在叫她，眼皮沉重地抬起来。

“妈妈！妈妈醒了！”小肉团扑到她胸口，脑袋顶在她下巴上来回蹭，“妈妈你都睡了一天了！”

小飞碟比弟弟反应更快，他爬下床去厨房找正在煮粥的爸爸，告诉他妈妈醒了的消息。

林陆大步走进卧室，一把提溜起小儿子：“别压着妈妈的胸口。”然后取代了儿子的位置坐在关小柳身旁，满是愧疚和心疼地说，“以后不和你在露台闹了，谁知道你身体居然这么弱，一阵风都能吹发烧了。”

关小柳看着儿子们懵懂单纯的表情，有气无力地打了林陆一拳：“你能别当着儿子面胡说吗！”

听着儿子们吵闹的声音，喝着林陆煮的甜粥，她松了一口气，原来是做梦啊。

她很是骄傲地跟林陆说起自己的梦，说着年少的他被她迷得团团转时特别神气：“你不知道你那时候那个没出息的样儿，看我那小眼神啊，啧啧，都直了！”

林陆温柔地给她擦脸：“我现在也被你迷得团团转啊。”

关小柳笑得眼都没了，显然对林陆的话很受用。

他俩旁若无人地秀恩爱，小飞碟和小肉团就坐在不远处的毛毯上搭积木。小飞碟看到弟弟因为妈妈好哄而撇了撇嘴，严肃地教导他：“肉团，你不能嫌弃妈妈。”

小肉团心虚地答：“妈妈笑得好蠢。”

小飞碟看了一眼床上的人，虽然同意弟弟的看法，还是板着小脸告诉他：“我记得妖精阿姨说过一句话叫‘一孕傻三年’，妈妈现在这么笨可能是因为生我们俩生的，所以我们不能嫌弃她。”

小肉团再聪明也只是个四岁的小孩，哥哥说什么就是什么，看向妈妈的眼神也变得复杂起来。

关小柳不经意地对上儿子的小脸，那是什么眼神？为什么她好像感觉到了浓浓的……可怜？

她早就习惯儿子们的早熟和聪慧，没有多想，只是扭头跟林陆说：“好羡慕儿子们都能遗传你的智商哦。”

林陆笑了一声，把碗收起来放在床头柜上：“我也很羡慕你梦里的我。”

“咦？”关小柳眼睛瞪得大大的，一头长发柔顺地披着，看起来还像是当年那个稚气的小师姐。

他顿了一下：“羡慕他能早早就得到你的喜欢。”

开了缝隙的窗有风吹进来，窗帘摇摇摆摆地晃动着地上的影子，屋里的一家四口各自笑着。

能早早就得到你的喜欢，这一定是年轻时的林陆最幸福的事了。

番外二

这是一封绝交信，请你严肃对待

“亲爱的林陆……”关小柳刚写下这个称呼就生气地拿笔划掉，她明明是要跟他断绝夫妻关系，怎么还叫他“亲爱的”呢！

关小柳换了张信纸，重新写：“讨厌的林陆，当你看到这封信的时候，我已经走了，不要给我打电话，我肯定已经拉黑你了，也不要报警，我没有被拐卖，我就是离家出走了，小飞碟我带走了，他还没断奶，不能离开妈妈。”

写到这里，想到自己可爱的儿子就要没有爸爸了，关小柳忽然有些伤心。

“哇啊！”小飞碟趴在床边，瞪着圆圆的大眼睛，嘴角流着亮晶晶的口水，肉嘟嘟的小手一抓一抓的，想要抓住被妈妈扔掉的纸团。

关小柳把儿子往床里面挪了挪，小飞碟一把抓住妈妈的手指，往嘴里塞。

关小柳也不敢用力挣脱，只好陪着儿子玩了一会儿“逗逗飞”的游戏，然后给他换了条干净的围嘴，继续去写信。

“等小飞碟上幼儿园的时候，你可以每周五去接他，然后过一个快乐的周末，他依然是你的儿子。”关小柳觉得眼眶发热了，抽了抽鼻子，“我的衣物都拿走了，银行卡里的钱也够我生活一阵子，宝宝的衣服太多，我只收拾了一部分，我会再给他买新衣服和玩具的。”

床边摆着两个超大号的行李箱，看起来有些孤单。

手机传来嘀嘀的信息声，关小柳打开看了眼，一条是导师发的，说一轮查重结果出来了，让她看消息；还有一条是林陆发的，问她晚上想不想吃芒果糯米饭。

关小柳抹眼泪，她才不要吃什么糯米饭呢，怕儿子会过敏，芒果她一年多没吃了，林陆根本不关心她！

她把笔一丢，打开电脑查收邮件，论文的重复率符合要求，只有绪论章节的概念性内容重复率较高，导师让她再改下，打算给她推优。

关小柳湿着眼睛咧嘴笑起来，跟床上自己玩的小飞碟骄傲地介绍：“你妈妈要成为优秀毕业论文作者了哦，厉害吗？”

“啊！”小飞碟仿佛听懂了一样回应她。

关小柳越看儿子越可爱，凑过去亲了亲他的脸蛋，哼着歌儿去改论文了。

改了大概快两个小时，重新检查了一遍格式发给导师后，关小柳阖上电脑又继续把那张未完成的绝交信做一个结尾。

“和你在一起的绝大多数时间，我都挺开心的，虽然生小飞碟很累很痛，但是有你陪着也没那么难熬。我也反思了我自己，或许让你这么年轻当爸爸，你还不能适应吧，所以会觉得心累，在家给儿子换尿布给我做饭都让人厌烦，晚上不停起夜照顾宝宝又很伤神，我可能也有点懒，尤其是最近有些邋遢……”关小柳写着写着觉得自己有些卑微，又一扫丧气的状态，“但这都不能改变你是个渣男的事实！你作为一个丈夫和父亲，在孩子还在哺乳期的时候出轨是犯法的！你也不要解释你们到了哪一步，我不想知道，就我亲眼所见，看到你们一起去过珠宝店，看见你给她买过花，还一起去看起来很好吃的餐厅……渣男！”

关小柳想起来自己看见过的一幕幕都要气炸了。

就在昨天，她给他打电话想让他陪自己去商场给小飞碟买点衣服，他长得好快，几乎一天一个样。可林陆说自己公司要开会，没时间陪她，周末再和她一起去买。关小柳等不及，跟阿姨一起去了，结果那个信誓旦旦说自己在开会的男人居然陪着一个高挑漂亮的女人在买珠宝饰品……之后更是去了花店，捧着漂亮的鲜花，进了高档餐厅。

关小柳先是感到愤怒，然后莫名害怕，她想和林陆谈一谈，说不定只是客户，是误会，然而昨晚林陆没回家。

林陆说他们要通宵赶一个项目。

关小柳觉得自己头顶一片青青草原。

她连夜收拾了行李，打算带着小飞碟离家出走，离婚协议什么的之后再签，她不想和林陆有任何纠缠，她得出去冷静冷静，不能被林陆轻易洗脑说服——他总是很会说，她根本讲不过他。

关小柳写下名字和日期，又加了一句：“再见吧林陆，你会后悔一辈子的！”

写完折了两折，又怕不够明显，干脆展开拿花瓶压住一个角，抽了抽鼻子，拿小毯子包住小飞碟：“儿子，咱们走。”

“咦……”小飞碟嘟嘟嘴，朝妈妈笑。

关小柳低头亲亲小可爱，穿上专门用来放孩子的腰包，系上安全背带，让小飞碟坐在自己身前，露出个毛茸茸的小脑袋，像小袋鼠似的。

她就这么带着儿子，一手一个大行李箱，推着往外走。

阿姨正在厨房做晚饭，听见响动出来，惊讶地问关小柳：“小柳你要干吗去啊？”

“我，我要去我姐那儿，我已经打好车了，就在楼下停着呢。”

阿姨不疑有他，擦了擦手：“那吃了饭再去吧？你早跟我说呀，我饭都做好了。”

“张阿姨你自己吃吧，我要走了。”

“哎呀，我给你拿着，你注意点自己的腰。”阿姨上前帮她拿了个大箱子，和她一起推出门。

出门没走几步，电梯门开了，穿着衬衣手搭着西装的林陆走了出来。

看见她这大包小包还带着孩子的阵势，林陆一愣：“要去哪儿啊？”

关小柳看见他的时候鼻子一酸，扭头看墙，不理他。

阿姨看关小柳不说话，替她解释：“说是要去小柳姐姐家。”

“姐姐？”林陆盯着关小柳，“什么姐姐啊？”

阿姨看着这两个人，嗅到了一丝不对劲的火药味，她想着小两口大概是拌嘴了，自己在这儿不合适：“炉子上还放着锅呢，我先去看看饭菜。”

她不光回去，顺手把关小柳的一个大行李也拖回去了。

林陆往前走了两步，走到关小柳面前，摸了摸小飞碟的脑袋，笑着问关小柳：“我怎么不知道你还有个姐姐啊？谁呀？”

“你知道什么！你根本就不关心我！”关小柳不愿意吓着孩子，低声吼了一句，推开林陆往前走。

林陆还没见过关小柳这个样子，他刚才感觉出来她不高兴了，以为是昨晚自己加班她生气，可没想到她气成这样。

仿佛带着冷漠的疏离感一样。

林陆不知为何心里有些慌。

他一把拉住关小柳，想抱住她和她说话，被关小柳挡开。他再拉，关小柳直接喊了句：“别碰我！”

“怎么了？我……”

小飞碟感受到了爸妈之间的氛围，嘴一撇，“哇”的一声哭起来。

关小柳颠着儿子哄他，哄着哄着自己也哭起来：“别怕别怕，别哭了……”

林陆看着这母子俩哭成一团，又心疼又郁闷，握着关小柳的手轻轻揉：“咱们先回家吧，有话好好说行不行？我昨天晚上那个项目真的很急，不信你给夏普打电话问，他不会骗人。”

一提起昨晚，关小柳的气愤如同火山爆发一样，狠狠瞪着林陆：“林陆，离婚吧。”

她话音刚落，林陆的脸瞬间黑了。

关小柳不再说什么，按了电梯直接进去了。

她没想到自己这么轻易就把这话说出来，也没想到林陆什么都没解释，他应该是猜到自己都看见了吧，所以也不知道怎么辩解。

想到这些，关小柳抽噎着带着儿子和行李上了约好的出租车，朝着自己预订的酒店去。

“美女，后面好像有辆车在跟着我们。”出租车司机看着后视镜，跟关小柳说，“跟了十几分钟了，要甩开他吗？”

关小柳回头看，看见了林陆的车。小飞碟在她怀里睡着了，她怕不安全，告诉司机：“不用，您稳着开就行。”

一路开到了酒店门口，司机帮关小柳把行李搬下来交给门口的服务生。后脚林陆就到了，把车钥匙递给服务生让他停车，自己紧跟在关小柳身后。

关小柳回头看他，他就站在原地不动。

关小柳走，他就在后面跟着。

两个人像在玩“123 木头人”的游戏。

林陆跟着关小柳走到房间门口，关小柳不给他进门的机会，“咚”的一声关上门，然后给小飞碟换尿布、喂奶、哄睡。

大约过了半小时，小飞碟睡着了，她才打开门，林陆就在门口，靠墙站着，看起来还挺可怜的……

关小柳甩甩脑袋，她才不同情他！

“小飞碟我要带走，其他的我不要，你每个月付抚养费就可以了。”

“不要闹了。”林陆说这话的时候额角青筋分明可见，已经气得要死了。

关小柳又气又怕，索性摊牌：“昨天下午，我都看见了！你加班你开会你忙得要死了，你还有时间跟别的女人约会！”

林陆紧握的拳头骤然松开：“你昨天去明基了？”

“对！我都看见了！我都知道了！我不能容忍任何出轨行为！不管你们发展到什么阶段！精神出轨也不行！明白了吗！所以离婚！”

林陆哑口无言，张了几次嘴才发出声来：“你不觉得你这样太武断了么？你怎么就知道你没冤枉我？”

“我亲眼所见，你骗了我，我还怎么冤枉你？”

“你亲眼看见我们亲了抱了还是开房了？你亲眼看见什么了？”林陆忽然开始委屈，“我以前觉得一孕傻三年都是夸张的话，现在我有点怀疑了。”

“对！我傻！我傻才会被你这个渣男骗！渣男！”关小柳也不会打人也不会骂人，看起来完全没有攻击性。

林陆叹了口气，搂住她，任她怎么挣扎咬她都不放开，等她累了平静了一些才开口："我昨天真的很忙，通宵也真的是在赶工程，下午我出去了一个小时，因为我要去看钻戒，看婚礼的鲜花设计，看餐厅的求婚现场怎么布置。"

信息量太大，关小柳反应了好一会儿才问了一句："为什么我不知道我们要办婚礼？"

"你不是嫌麻烦，还要写论文，不想费脑子吗，所以我都弄好了，让你美美地当新娘，这样不好吗？"

"好像挺好的……"关小柳呆呆地咬指甲，"你要在那个餐厅跟我求婚？你为什么现在要告诉我？就没有惊喜了！"

林陆看着酒店的走廊，看着房间，看着眼前的一切："你可是给了我一个终生难忘的惊吓了。"

关小柳变身鸵鸟，正不知道说什么，小飞碟哭醒了。

她赶紧跑进屋里，抱起儿子，一边哄一边偷眼看林陆，感觉自己似乎做了非常愚蠢的事情。她强词夺理："那刚才在家你怎么不说清楚，害我出来折腾了一趟。"

"我听你说离婚我都吓蒙了。"

他说的是吓蒙了，不是气蒙了。

关小柳最擅长装傻充愣，她弱弱地问："唔……那你生气吗？我还有求婚吗？"

"生气，没了。"

"没事没事，没有也没关系，我不是很在意。"关小柳还非常宽宏大量地安慰他。

林陆简直要呕血，他精心准备的仪式，她居然说不在意，没有也没关系。

林陆怕自己再跟她说话会朝她发脾气，提着房间里的大行李往外走。

关小柳包好孩子跟着一起走，思考了一下自己刚才的话，好像知道又说错了。她憨憨地去晃林陆的胳膊，柔声哄他：“林陆啊，求求你跟我求婚吧，啊？好不好？”

林陆被逗笑，憋着，不理她。

她就这么一直晃他胳膊，胸前的小飞碟被晃得吐泡泡，仿佛一只没有记忆的金鱼。

不记得那些莫名的争吵与伤心。

“啵！”

减速慢行
jian su man xing
这一生时光太短，在最好的年纪里相爱才是正经事